HISTOIRE

DU

Félibrige

(1854-1896)

PAR

G. JOURDANNE

AVIGNON

ROUMANILLE, Libraire-Éditeur
19, Rue Saint-Agricol, 19

—

1897

Histoire du Félibrige

DU MÊME AUTEUR

Restitution d'un « Pagus de l'Aude ». Paris, Leroux, 1890, in-8°...................... *épuisé.*

Les Littérateurs Narbonnais à l'époque romaine. Paris, Leroux, 1892, in-8°................. 2 fr. »

Esquisses Littéraires et Historiques. (Tirage à 25 exempl. numérotés)....................... *épuisé.*

Les Variations du Littoral Narbonnais examinées au point de vue de la concordance des données géologiques avec les descriptions des géographes de l'antiquité (avec une carte). Paris, Leroux, 1892, in-8°................. 2 fr. »

Etude sur les Littérateurs Languedociens de Narbonne, du XVIIᵉ siècle à nos jours. Carcassonne, *Bibliothèque de la Revue Méridionale*, 1893, in-8°.................................... 2 fr. »

Eloge de Goudelin suivi d'une étude sur le réveil poétique des idiomes d'oc actuels. Carcassonne, *Bibliothèque de la Revue Méridionale*, 1893, in-8°.................................... 2 fr. 50

Climat, productions naturelles de l'Aude durant la période romaine. Paris, Welter, 1894, in-8°. 1 fr. 50

L'Hôtel de Rolland à Carcassonne. Carcassonne, Gabelle, 1896, in-8°....................... 1 fr. 50

Bibliographie Languedocienne de l'Aude. Carcassonne, *Bibliothèque de la Revue Méridionale*, 1896, in-8°............................. 2 fr. »

HISTOIRE

DU

Félibrige

(1854-1896)

PAR

G. JOURDANNE

AVIGNON
ROUMANILLE, Libraire-Editeur
19, Rue Saint-Agricol, 19

—

1897

G. Jourdan

Histoire du Félibrige

HISTOIRE DU FÉLIBRIGE

UELQU'UN *qui rencontrerait pour la première fois, au cours de ses lectures, la description d'une fête félibréenne, de celle,
par exemple, qui eut lieu, en mai 1893,
dans la Cité de Carcassonne (1) y trouverait, en
vérité, de quoi l'étonner. Il y verrait d'abord que
les Félibres ont couronné le buste de Mistral. Jus-
que-là rien que de très naturel. Mistral étant le
représentant le plus autorisé de cette pléiade poétique qui a voulu donner un renouveau de gloire au*

---

(1) Le compte-rendu de cette fête a été fait par G. Jourdanne
(*Revue Félibréenne*, octobre 1893) et dans une publication spé-
ciale : *Sainte-Estelle à Carcassonne* 1893, in-8°, par A. Rouquet,
G. Jourdanne etc.

vieil idiome d'oc, il trouvera assez naturel que, de
son vivant, on lui ait, en ce pays méridional, tout
éclatant de soleil et d'azur, si voisin de l'Italie, élevé des statues devant le peuple assemblé, de même
que les Italiens du quatorzième siècle décernèrent à
Pétrarque vivant les honneurs suprêmes du Capi-
tole. A côté de Mistral, il verrait se lever Félix
Gras, un grand poète aussi, et lui entendrait faire,
en sa qualité de président de la fête, un discours
où il est question « de la Revanche de Muret », de
la haine que tout bon patriote méridional doit pro-
fesser pour Simon de Montfort. Encore que Félix
Gras soit l'auteur de la fière épopée de Toloza, le
lecteur aurait le droit de se demander : « Que diable
vient faire Simon de Montfort en une fête littéraire ? » Mais son étonnement ne serait pas au bout.
Après Mistral, qui représente la première génération félibréenne, après Gras, qui incarne la seconde,
il verrait se lever la troisième qui, avec Marius André et Prosper Estieu, invoque à la fois la reine
Jeanne et Montségur, c'est-à-dire le souvenir d'une
époque disparue et dont on semble regretter la disparition. Enfin, et comme pour faire écho, il
entendrait un essaim de jeunes félibres, parmi
lesquels Amouretti, venu tout exprès pour cela de
Paris, et Louis-Xavier de Ricard, et d'autres,
envoyer aux échos des proclamations nettement,
résolument fédéralistes.

Si le lecteur en question était tant soit peu au
courant des opinions respectives d'Amouretti, qui
est blanc comme la simarre papale, et de L.-X. de
Ricard, qui est rouge comme la chemise d'un gari-
baldien, il se poserait indubitablement cette secon-

de question : « *Où veulent-ils en arriver, étant venus de pôles si opposés ?* » *Et pour résumer ses étonnements, il se dirait :* « *Est-ce une réunion de poètes que j'écoute ? Est-ce à une réunion de députés constituants que j'assiste ?* »

A quoi il est facile de répondre : « *Vous assistez à une réunion de poètes, cela ne fait nul doute ; leurs œuvres sont là pour en témoigner, et si vous les lisez, vous en trouverez qui sont vraiment hors de pair. Mais, par la force même des choses, ces poètes sont peut-être en train de faire naître une légion de futurs constituants.* »

C'est ce que nous allons essayer de démontrer en exposant les débuts et l'état actuel du félibrige. Ces deux points nous amèneront à en examiner un troisième : Quel est l'avenir du mouvement félibréen ?

Période de Début

I

Période de début (1854-1859)

DE ce qu'on est convenu, d'appeler les *Précurseurs des Félibres*, nous ne dirons pas grand'chose ; ce n'est pas une étude des vieux poètes d'oc que nous voulons faire, c'est surtout de nos contemporains que nous désirons nous occuper. Du reste, les deux volumes que Noulet a consacrés à l'*Histoire littéraire des patois du Midi de la France* font suffisamment connaître, avec pas mal d'autres études disséminées par lui dans les Mémoires des Académies toulousaines (1), la période qui va du lendemain du quatorzième siècle à la fin du dix-huitième. Pour la première moitié du dix-neuviè-

(1) Notamment dans les Mémoires de l'Académie des sciences, inscriptions et belles-lettres de Toulouse : *Dissertation sur le mot roman* moundi (1850) ; *De l'influence de la littérature française sur la littérature romane* (1850) ; *Etudes sur quelques troubadours du quatorsième siècle* (1852) ; *Clémence Isaure substituée à la Vierge Marie* (1852) ; *Recherches sur l'état des lettres romanes* (1860), etc... Il faut citer aussi, entre beaucoup d'autres, la publication du manuscrit : *Las Joyas del Gay Saber.*

me, quelques jalons ont été plantés de ci de là que
nous entreprendrons peut-être un jour de rassembler.

Mais cette période de quatre cents ans, on peut la
résumer en peu de mots. Au sortir des luttes effroya-
bles de la Croisade albigeoise la langue d'oc est frap-
pée de stupeur. Quand le tumulte s'est un peu calmé,
sept poètes essaient, à Toulouse, en 1324, par la
fondation des concours du *Gay Savoir*, de faire re-
vivre l'ancienne poésie et la vieille langue méridionales. Leur tentative ne réussit pas. La poésie d'oc
ne meurt pas tout à fait cependant. Une série d'œuvres, parfois excellentes, forme comme le chaînon
qui rattache les anciens troubadours aux poètes d'oc
modernes. Mais à côté du soleil triomphant de la littérature française du grand siècle, que ce soit celui
de Louis XIV comme le pensent quelques-uns, que ce
soit celui de Voltaire, comme veut le dire, je crois,
Arsène Houssaye, la littérature du midi de la
France semble un lumignon chétif, et pour en aper-
cevoir la pâle lumière il faut la regarder plutôt deux
fois qu'une. Dans les premières années du dix-neuvième siècle, l'exceptionnelle popularité de Jasmin
rappelle l'attention sur la langue méridionale que
cultivaient d'ailleurs en même temps que lui, et très
honorablement, une pléiade de poètes, qui, aux
yeux de la postérité, a un peu disparu dans le rayonnement de la gloire du poète d'Agen, mais qui ne
passa pas, aux yeux des contemporains, aussi inaper-
çue qu'on a bien voulu le dire.

La simple constatation de ces faits démontre sura-
bondamment que la *Renaissance Félibréenne* n'a pas
été une *génération spontanée* éclose du soir au matin

dans le cerveau des fondateurs du Félibrige. Ce n'est
pas seulement au point de vue physiologique qu'on
est toujours le fils de quelqu'un ; on l'est aussi au
point de vue intellectuel. Et à cet égard, M. Lintilhac,
a raison d'insister sur ce point que Mistral, Rouma-
manille et Aubanel ont toujours payé leurs dettes
envers leurs devanciers depuis les troubadours jusqu'à Jasmin (1).

Il est certain que si, d'une part, les évènements an-
térieurs, et, de l'autre, l'état d'esprit contemporain
ne s'y étaient prêtés, l'impulsion que le Félibrige a
donnée à la littérature méridionale n'aurait pas duré
quarante ans, et qu'à l'heure actuelle il ne resterait
de cette tentative que quelques belles œuvres honorablement citées par les *provençalisants* et... très
peu lues. Or, tel n'est pas le cas. Cette littérature
a déjà produit de quoi remplir des volumes de bibliographie ; elle a, à son service, des revues et des journaux particuliers, ainsi que des publications spéciales
telles qu'almanachs et recueils collectifs, sans compter la propagande que ses adhérents font par la
parole dans les réunions dont le nombre se multiplie
chaque jour. Peu ou prou, dans le midi de la France
(et ailleurs) tout le monde a lu des fragments d'œuvres
félibréennes et a chanté, ou entendu chanter quel-
ques-unes de ces chansons martiales, amoureuses ou
plaisantes dont les Félibres ont enrichi la mémoire
populaire.

Donc, quand le Félibrige fut fondé, il y avait des
poètes et des littérateurs en langue d'oc. D'abord

---

(1) E. Lintilhac, *Les Félibres*, à travers leur monde et leur
poésie. Paris, Lemerre, 1894.

Jasmin n'était pas mort ; Pierre Bellot, Désanat,
Moquin-Tandon, Jacques Azaïs, d'Astros, Castil-
Blaze vivaient encore ; c'est vrai que plusieurs d'entr'eux étaient fort âgés et ne vécurent que fort peu de
temps après 1854 : mais enfin, ils existaient, et, plus
ou moins, (eux et d'autres qu'il serait trop long d'énumérer) rimaient dans la langue de leur pays.

Roumanille lui-même, le père des Félibres, comme
on l'a appelé, n'avait pas attendu la fondation du Félibrige pour faire paraître ses *Margarideto* en 1847 et
li Sounjarello en 1851 ; avec Mistral et Anselme
Mathieu, ses deux premiers confidents, il avait publié
en 1852 *li Prouvençalo*, recueil collectif des poètes
vivants du Midi (1). *En* Arles, le 29 août 1852, avait
eu lieu un congrès « de Troubadours provençaux. »
Ce congrès fut suivi d'un second en 1853, organisé à
Aix par J.-B. Gaut, qui voulait discuter avec Roumanille les questions orthographiques à élucider et à
l'issue duquel parut, en 1854, un autre recueil collectif : *Lou Roumavagi deis Troubaires. (2)*

C'est dans ces deux réunions qu'on vit s'affirmer
l'idée d'une croisade destinée à épurer la langue provençale. Quelques poètes furent réfractaires à cette
idée, n'approuvant pas les réformes orthographiques
et linguistiques dont le groupe de Roumanille s'était

(1) S¹ René Taillandier en avait écrit l'introduction. L'éminent
critique fut toujours sympathique au félibrige. Outre cette magistrale introduction il fit plusieurs articles sur la littérature provençale dans la *Revue des Deux-Mondes* (15 octobre 1859 ; 1ᵉʳ avril
1867 ; 15 novembre 1868). — V. aussi : *Etudes littéraires, la
Renaissance de la poésie provençale*. Paris, Plon, 1881.

(2) Voyez plus loin aux *Notes et Documents* : Note sur les
Troubaires.

FRÉDÉRIC MISTRAL

(D'après un dessin de l'Illustration du 18 septembre 1852)

fait l'apôtre (1). C'est ainsi qu'à Marseille notamment persista longtemps une école qui repoussait la manière d'écrire des Félibres. Dès son origine, le Félibrige, c'est-à-dire le provençal épuré, se heurtait donc aux *patouesejaires,* aux partisans des patois qui ont la prétention d'écrire « comme on parle. » Cette question des patoisants, peu importante d'ailleurs dans l'ensemble du mouvement, n'est pas près de finir, car il est de toute nécessité qu'au fur et à mesure de l'extension du félibrige les partisans de la nouvelle grammaire entrent en discussion avec ceux qui prétendent représenter le sous-dialecte local. C'est une question sur laquelle il sera bon de revenir un jour, car on a prétendu que les Félibres ont été amenés, comme les troubadours, et par la force même des choses, à se faire une langue artificielle au-dessus de l'idiome courant : « Non, dit M. Lintilhac (2), Aubanel ne parlait pas, avant de l'écrire, la langue (provençale) de ses poèmes, pour l'excellente raison qu'on ne l'a jamais parlée ni *en* Avignon ni ailleurs. Mais on l'entend assez aisément à l'aide de la langue vulgaire, et qui voudra y mordre y morde ! Et, au fait, on ne parlait ni le dorien composite de Pindare sur l'agora de Thèbes, ni le latin littéraire d'Ennius aux camps et au

---

(1) « C'est contre la tendance déplorable de faire du *français provençalisé,* écrit Roumanille, que je m'insurgeai dès la première heure, à Tarascon, quand j'étais sur les bancs du collège, jeune petit diable, décidé à parler, à écrire, à nettoyer la langue des jardiniers de Saint-Rémy et à guerroyer... » *(Correspondance de Roumanille,* citée par M. Lintilhac). — V. *La part dou bon Diéu,* précédée d'une dissertation sur l'orthographe provençale. Avignon, 1853.

(2) *Les Félibres,* p. 92.

forum, ni le *vulgaire illustre* de Dante dans les rues
de Mantoue ; et les *Trophées* de M. de Hérédia
seraient presque aussi peu compris aux halles que les
odes de Ronsard. En étirant et ployant leur langue,
qui est aussi une langue française, selon la remarque
de M. Jules Simon, les Félibres sont donc dans leur
droit : reste à trouver un public qui les lise dans leur
texte et non dans leurs traductions. Mais c'est affaire
à eux de le recruter par leurs *félibrées*, comme Jasmin
y avait à peu près réussi par ses milliers d'infatiga-
bles récitations. » Evidemment, c'est affaire à eux de
se trouver un public, et c'est à cela qu'ils s'emploient,
non sans succès, parfois.

« Le bel épanouissement de notre cause ! disait
Roumanille vers la fin de sa vie, et qui pouvait prévoir un tel avenir quand on se réunissait, quelques
bons compagnons, pour chanter, chez notre ami Giéra,
à Fontségugne ? » — Voilà bien la note de ces charmantes et amicales réunions d'où est sorti le Félibrige.
Rire au grand soleil en buvant de ce bon vin vieux de
la *Vigne papale* dont Anselme Mathieu avait le dé-
pôt ; célébrer la beauté des filles d'Arles, d'Avignon...,
et la grâce de Zani ; se redire de beaux vers en une
langue harmonieuse et sonore ; chanter la Provence
mystiquement païenne des Saintes-Marie-de-la-Mer
et de la Vénus d'Arles, et aussi d'Esterelle et de Mé-
lusine, les fées des montagnes bleues aux pieds des-
quelles s'épanouissent les Iles d'or, tel était le
programme de ces réunions, programme renfermé
tout entier en cette délicieuse chanson qui ouvre,
comme un manifeste expressif et entrainant, le premier Almanach félibréen, celui de 1855 :

Sian tout d'ami, sian tout de fraire,
Sian li cantaire dou païs ;
Tout enfantoun amo sa maire
Tout auceloun amo sou nis :
Noste cèu blu, noste terraire
Soun pèr nous-autre un paradis. (1)

Refrain : *Sian tout d'ami galoi e libre*
Que la Prouvènço nous fai gau ;
Es nautre que sian li Felibre
Li gai Felibre Prouvençau (2) !

Non, certes, aucun de ces gais amis ne pouvait prévoir le bel épanouissement de la *Cause*, et le champ de leur action future ne dépassait pas, dans leur esprit, leur horizon natal. Mais par suite du prestige qu'apporte toujours le succès avec lui, on n'a pas voulu croire qu'une aussi importante manifestation pût être née au choc des verres joyeux. Et tandis que certains ont considéré les sept premiers Félibres de Font-Ségugne comme de graves diplomates se rendant autour du tapis vert d'un congrès, d'autres les ont représentés comme des conspirateurs roulant dans leur tête des pensers mystérieux et traçant les bases d'une association, presque d'une Société secrète, destinée à provoquer une agitation pour la réalisation du programme entrevu... Légendes que tout

(1) Nous sommes tous des amis, des frères, — Nous sommes les chanteurs de la terre natale ; — Tout enfant aime sa mère, — Tout oiselet aime son nid. Notre ciel bleu, notre petit pays, sont pour nous le paradis.

(2) Nous sommes tous des amis gais et libres qui aimons la Provence ; c'est nous qui sommes les Félibres, les gais Félibres provençaux.

cela ! Le Félibrige, pendant plus de vingt ans, n'eut rien qui s'approchât d'un statut, rien qui marquât une association. C'est seulement en 1876, et sous l'empire de certaines idées nouvelles (nous le montrerons plus loin) que fut adoptée l'organisation actuelle. On ne songea point alors à créer un Consistoire, ni un Capoulié, ni des Maintenances, ni des Écoles ; il n'y avait ni Félibres majoraux, ni Félibres mainteneurs. On était Félibre ou on ne l'était pas ; en d'autres termes, on était pour le relèvement de la langue provençale ou partisan de l'usage exclusif du français ; on était pour les *cantaire dou païs* ou on dédaignait leurs chansons et leurs œuvres, voilà tout.

Les sept amis qui se réunissaient à Font-Ségugne (1) se nommaient : Roumanille (1818-91) ; Paul Giera (1816-61) ; Théodore Aubanel (1829-1886) ; Jean Brunet (1822-1894) ; Anselme Mathieu (1833-1895) ; Frédéric Mistral (né en 1830) et Alphonse Tavan (né en 1833). Telle est la liste officielle. (2)

---

(1) Font-Ségugne, près Château-Neuf-de-Gadagne en Vaucluse.

(2) Nous disons la liste officielle car dans les sept se trouvait Eugène Garcin qui fut remplacé par Jean Brunet lorsqu'il eut publié son livre : *Français du Nord et du Midi*, Paris, Didier, 1868, dont le titre seul indique la signification. C'est une violente diatribe contre les félibres, où l'accusation de séparatisme apparaît pour la première fois très nette et très violente.

L'évolution de Garcin fut une grande douleur pour les félibres et aussi pour Mistral qui lui avait consacré ces trois vers dans l'invocation du chant VI de *Mireille* :

> *Tu'nfin, de quau un vént de flamo*
> *Ventoulo, emporto e fouito l'amo,*
> *Garcin, o fiéu ardént dou manescau d'Alen*

(Et toi enfin dont un vent de feu — agite, emporte et fouette l'âme — Garcin, ô fils ardent du forgeron d'Alleins...)

Eugène Garcin est maintenant à peu près rentré dans le giron

Mais pourquoi ce nombre de sept, diront les chercheurs de petite bête ; il y avait alors en Provence plus de sept poètes en langue d'oc. Eh ! mon Dieu, il faut bien passer quelque chose aux poètes. D'abord, s'ils faisaient tout comme les autres ils ne seraient pas poètes, et ce nombre sept leur parut un nombre fatidique. De fait, en cela, ils étaient les fidèles interprètes de certaines traditions méridionales (1) ; ensuite, c'étaient sept poètes qui avaient fondé les Jeux Floraux de Toulouse. Par ce détail caractéristique les nouveaux *Félibres* montraient qu'ils entendaient bien reconnaître pour ancêtres les derniers troubadours. En outre, c'était le groupe de Roumanille qui avait pris l'initiative de la réforme ortho-

félibréen. Aux fêtes de Sceaux, en 1895, il lut un discours sur les *Origines du Félibrige* (reproduit par la Revue *la Province)* dans lequel il essaya de justifier sa fugue de jadis. Il est actuellement vice-président du *Félibrige de Paris.*

(1) Un voyageur hollandais, dit M. P. Mariéton (*La Terre provençale,* Paris, Lemerre, 1894, p. 7), décrivant Avignon au commencement du dix-huitième siècle, était frappé de la fréquence du nombre sept dans cette ville : « Le nombre septennaire est remarquable à Avignon ; il y a sept églises capitales, sept portes, sept collèges, sept hôpitaux, sept échevins ; sept papes y ont tenu leur siège environ septante ans. » Nous ajouterons que la tradition de l'importance du nombre sept n'est pas seulement avignonnaise. M. Achille Rouquet, directeur de la *Revue Méridionale*, a entendu, à Béziers, dire par une brave femme qui certainement n'avait jamais ouï parler des Félibres, le proverbe suivant : « *Soun sèt sus un sause que s'assoulelhoun*. » Ils sont sept sur un saule qui se chauffent au soleil. — Il est à remarquer également que le mot Félibre se compose de sept lettres. — Voir aussi de curieux rapprochements historiques sur le nombre sept dans le journal l'*Aioli* du 7 février 1893.

graphique. Or, un groupe de sept amis bien unis, bien dévoués à l'œuvre commune, est suffisant pour faire de grandes choses, surtout lorsque dans ce groupe se trouvent des talents poétiques de premier ordre.

Quant au nom de *Félibre*, ce fut Mistral qui le fournit pour l'avoir rencontré dans un vieux cantique provençal où il est dit que la Vierge « rencontra Jésus au Temple parmi les sept *félibres* de la loi. (1) » Quelle est la signification de ce mot ? on ne le sait pas encore exactement (2).

En ce qui concerne l'étoile emblématique à sept rayons, voici ce que nous a conté M. Frédéric Mistral : « La première félibrée officielle eut lieu à Font-Ségugne le 21 mai 1854 ; nous cherchions quel emblème nous pourrions nous donner, lorsqu'un de nous, regardant le calendrier, vit que ce jour-là était celui de la fête de Sainte-Estelle. C'est ainsi que Sainte-Estelle est devenue notre patronne, et comme *estello*, en provençal, signifie *étoile*, c'est de là que nous avons tiré l'étoile symbolique qui préside aux destinées du Félibrige. »

C'est donc en riant et en chantant, comme le voulait, du reste, le tempérament de leur race, que ces jeunes gens se donnèrent une noble tâche : celle de

(1) Publié dans l'*Aioli* du 17 octobre 1894.

(2) Diverses étymologies ont été proposées : φίλαϭρος, ami du beau, φιλεϭραῖοσ, ami de l'hébreu, équivalent chez les Juifs à docteur de la loi ; *felibris* ou *follebris*, nourrisson, d'après Ducange (de *fellare*, téter, d'où *filius*) ; de l'irlandais *filea*, barde et *ber*, chef. Du mot provençal lui-même on a tiré *fé libre*, foi libre. — M. Jeanroy a proposé une nouvelle étymologie : *félibre* viendrait de l'espagnol *féligrès* = *filii Ecclesiæ*, paroissiens. (*Romania*, XXIII, p. 463).

faire de belles œuvres dans la langue de leur pays natal. Mais avec un instinct vraiment admirable, ils comprirent que pour réaliser leur rêve il ne suffisait pas de produire en une langue plus épurée, plus correcte que le simple « patois » de leur région, de magnifiques poèmes qu'admireraient un nombre forcément restreint de lettrés. Il fallait s'adresser directement au peuple, il fallait refaire l'éducation populaire. Immédiatement ils se mirent à l'œuvre et lancèrent cet almanach provençal (l'*Armana prouvençau*), qu'on s'arrache aujourd'hui, sur les bords du Rhône, à des milliers d'exemplaires, et dont les quarante petits volumes forment la plus intéressante encyclopédie familière qu'il soit possible de parcourir et aussi la plus belle anthologie poétique qui se puisse admirer (1).

Du reste, on aura beau faire ; à vouloir compliquer les origines du Félibrige, à vouloir qu'il ait débuté autrement que par des chansons (et les plus grandes révolutions commencent par là en notre beau pays de France), on risque de provoquer des contradictions de toute sorte quand les Taine futurs du mouvement félibréen entreront en scène. Or, le témoin contemporain de cette histoire, le plus sûr puisqu'il n'a pu être endoctriné après coup, est l'*Armana prouvençau*.

La préface du premier almanach (celui de 1855, nous l'avons déjà indiqué) ne va pas, comme on dit

(1) Le tirage de l'almanach de 1855 fut de 500 exemplaires ; celui de 1894 a été de douze mille. La collection complète de l'*Armana Prouvençau* ne se trouve pas communément ; elle vaut actuellement de 70 à 80 francs. Les premiers numéros sont rares; celui de 1855, est presque introuvable ; un exemplaire de cette année, s'est vendu 15 fr. en 1891 à Marseille à la vente de la bibliothèque du Dr Poilevé.

vulgairement, chercher de midi à quatorze heures.
« ... Les félibres conservent la langue maternelle, ils la
défendent, ils la cultivent, ils l'aiment et ils la chantent. C'est ce qu'ils font dans les petites et dans les
grandes *felibréos*... » Plus loin apparait l'idée domi-
nante du moment : « Nous n'avons appelé dans la rédaction de notre almanach que ceux qui ont juré, main
levée, d'écrire avec notre orthographe, qui est la
bonne. » (1)

« Chantez, Félibres, et racontez des histoires, s'écrie
Roumanille dans l'almanach de 1856 ; on vous écoute

(1) Dans les premières années de *l'Armana*, presqu'aucun félibre
ne signe de son nom ; la plupart ont un pseudonyme : Mistral
était le félibre de *Bello-Visto* (d'une ferme de ce nom qui lui ap-
partenait) ; Roumanille était le félibre *di Jardin* (de son père
jardinier à St-Rémy) ; Aubanel, le félibre de *la Miougrano* ; Jean
Brunet, le félibre de *l'Arc-de-sedo*, (de l'arc-en-ciel, par allusion
à son métier de peintre) : J. Gaidan, de Nîmes, le félibre de
la *Tourre-magno* ; Paul Giéra, le félibre *ajougui* (enjoué) ; le Dr
Poussel était le félibre *dis Aglan* (des glands) ; Paul Achard,
archiviste de Vaucluse, le félibre *dis Encartamen* (des chartes) ;
J-B. Laurens, le félibre *adoulenti* (mélancolique) ; D. B. Martin,
le félibre de *l'Aïet* (de l'ail) ; Moquin-Tandon le félibre de *Magalouna* ou *Fredol de Magalouna* ; Barthélemy Chalvet, le félibre
dou Pountias (du Pontias, vent de la vallée de Nyons) ; Alphonse
Tavan, le félibre de *l'Armado* (il fit la campagne de Rome, 1859),
puis le félibre *di Tavan* ; Marius Bourrelly, le félibre de *la Mar* ;
Bonaparte Wyse, le félibre de *l'Esmeraudo* (de l'émeraude, allusion à sa patrie, la verte Erin) ; Guitton-Talamel, le félibre d'*En-
tremount*, d'Entremont ; Auguste Bonfilhon, le félibre de la *Quéirié*
(du nom d'une vieille tour située dans sa commune de St-
Marc.)

A propos de pseudonymes, il n'est pas inutile de faire remarquer
que celui de : *Lou Cascarelet* qui accompagne les plus jolis contes
de *l'Armana*, n'appartient pas comme on l'a dit souvent, à Roumanille tout seul. Mistral en a usé, ainsi que L. de Berluc-Perussis,
Anselme Mathieu et Félix Gras. Depuis la mort de Roumanille,
les conteurs de *l'Armana* en usent encore. Jusqu'en 1860 les *gale-
jades* dues plus tard au *Cascarelet* sont signées : *Lou félibre
calu.*

J. ROUMANILLE

(D'après un dessin de l'Armana Prouvençau de 1892)

et on vous applaudit. » A lire aussi l'explication du
mot *félibre*, explication ironique et fantaisiste qui
n'explique rien et se borne à dire : « Qu'est-ce que
cela peut bien vous faire, pourvu que comme nous
vous aimiez votre pays et sa langue. » En réalité,
nous le savons, l'explication était difficile.

C'est encore Roumanille qui s'écrie en 1859 : « Le
Félibrige fait tache d'huile ; il se répand de plus en
plus. Béni soit le saint amour du pays. Bénie soit la
douce langue du berceau qui fait des frères de tous
ceux qui la parlent et l'écrivent ! »

Durant les cinq années qui viennent de s'écouler
et forment ce qu'on a appelé assez justement la période *casanière* du félibrige (2), l'almanach n'est destiné qu'à la Provence : *Tant pèr la Prouvènço que pèr
la Coumtat.* En 1860, l'horizon s'est agrandi ; le petit
livre s'adresse au peuple du Midi tout entier : *En tout
lou pople dóu Miejour.*

C'est qu'en 1859 une œuvre capitale avait paru,
une de ces œuvres qui fondent une littérature quand
celle-ci n'existe pas ou la dressent sur un éblouissant
piédestal quand elle n'est qu'affaiblie. Nous voulons
parler du poème de *Mireille.* Dès lors commence la
période d'expansion ; le petit groupe de Font-Ségugne devient un bataillon avant de devenir presqu'une
armée.

Entre les Félibres de la première heure, c'est-à-dire
ceux qui se rangèrent tout aussitôt sous la nouvelle
bannière, il faut faire deux catégories. D'abord, parmi les anciens *troubaire*s déjà connus comme rimeurs
ou écrivains de langue d'oc, nous distinguons : Castil-

(2) P. Mariéton, *article Félibrige* de la *Grande Encyclopédie.*

Blaze, Gaut, Bourrelly, Chalvet, Antoine-Blaize
Crousillat, Reboul, Adolphe Dumas, Augustin Boudin, le Dr Poussel, Reybaud.

Parmi les talents nouvellement éclos on reconnait :
Mme d'Arbaud, Bonaventure Laurens, Autheman,
Thouron, Legré, Charles Poncy, Martelly. Déjà
même, dans le Languedoc voisin de Provence se
lèvent de nouvelles recrues : Gabriel Azaïs, Roumieux, Floret, Canonge, Gaidan.

Mais dès avant l'apparition de *Mireille*, la personnalité de Mistral avait commencé à se dessiner. Tout
en égrenant avec ses compagnons dans l'*Armana
Prouvençau,* des rimes d'or et des contes de bonne
humeur, à côté de beaux poèmes comme celui de la
Coumunioun di Sant il commençait l'exposition de
ces lumineux aperçus sur l'histoire et la langue provençales dont ses œuvres ultérieures furent le magnifique développement. Descendant sans effort jusqu'aux sujets les plus familiers il consignait les vieilles
traditions de culture, les recettes familiales, les pana-
cées populaires, en un mot, tout ce qui constitue la
vie du peuple en Provence. Le génial poète se faisait
instituteur en quelque sorte, et c'est ainsi qu'il commençait à remplir le double rôle qui lui était réservé :
celui de devenir un des plus grands poètes de l'humanité et aussi le représentant le plus exact, le plus
noble de cette portion du peuple méridional de France
qui, sous le niveau de l'implacable centralisation actuelle, a conservé quelques traits de ce qui fut son
originalité dans les siècles passés.

Période d'expansion

II

PÉRIODE D'EXPANSION (1859-1876)

OUT a été dit et redit au sujet de l'apparition triomphale de *Mireille* (1) dans le ciel littéraire de l'année 1859 ; aussi n'y insisterons-nous pas. Mais il paraît que ce premier chant du cygne de Maillane hâta la mort de Jasmin. De fait, le poète d'Agen avait coutume de dire qu'il serait le dernier représentant de la poésie de langue d'oc. Sa conviction, à cette égard, était si absolue qu'il dédaigna de parti pris toute cette effervescence qui commençait à se produire de l'autre côté du Rhône (2) Nous devons constater qu'en cette occurrence les

(1) Première édition de *Mireille*. Avignon, Roumanille, 1859. — Edition définitive. Paris, Lemerre, 1887. — Edition de luxe, Paris, Hachette, 1890, in-4, eaux-fortes de Burnand.

(2) Très amusante l'anecdote que conte Roumanille à propos de l'invitation qu'il adressa à Jasmin, par l'intermédiaire de Moquin-Tandon, pour le prier d'assister au Congrès des « Troubadours provençaux » qui eut lieu en Arles en 1852, et dont nous avons parlé. « Non, certes, je n'irai pas, disait Jasmin ; et puis ils ont beau se réunir trente, quarante, cinquante, cent, ils ne feront jamais autant de bruit que j'en ai fait et que j'en ferai à moi tout seul. »

Félibres eurent le beau rôle, et qu'en dépit des rebuf-
fades dont ils eurent le bon goût de ne pas s'aperce-
voir, ils proclamèrent toujours très haut leur admiration pour leur célèbre *précurseur*.

En quoi ils montrèrent une fois de plus que la justice et la loyauté sont, en somme, la meilleure des
politiques. Et l'histoire littéraire enregistrera toujours
avec plaisir l'hommage plein de grandeur et de digni-
té que Mistral rendit à l'auteur de *Françouneto* en
venant dire lui-même, le 12 mai 1870, devant la statue de ce dernier, le beau sirvente qui est un de ses
chefs-d'œuvre (1).

Il était indispensable de dire quelques mots sur le
poète d'Agen au moment où la pléiade félibréenne va
s'épanouir en une puissante efflorescence. Jasmin, en
effet, par son génie si plein d'abondance et d'émotion
contenue, par la popularité qui l'accueillit de son
vivant dans les milieux les plus humbles comme dans
les cercles intellectuels les plus élevés de Paris, prépara les esprits à envisager cette hypothèse, jusqu'a-
lors inadmissible, qu'on pouvait faire des chefs-d'œuvre dans une langue provinciale, en *patois* disons le
mot, puisque c'était celui qui était en usage à ce
moment. Aussi n'est-on pas étonné de voir paraître
autour de Mistral les mêmes personnages qui avaient
fait accueil à Jasmin, vingt-cinq ans auparavant, parmi lesquels Lamartine et Villemain. Lamartine con-
sacrait au poème de *Mireille* son quarantième *Entre-
tien littéraire*, et Villemain trouvait le mot caractéristique de la situation en cet aphorisme aussi fameux

(1) Il figure dans *lis Isclo d'or*, édition Lemerre, p. 192. — **V.**
aussi l'article nécrologique de Jasmin dans *l'Armana prouvençau*
de 1865, p. 107.

que discuté : « La France est assez riche pour avoir deux littératures. »

Si Villemain, qui, quoiqu'un peu oublié aujourd'hui, fut un des esprits les plus pénétrants du commencement du siècle en matière littéraire, osa s'exprimer ainsi, c'est qu'à la suite de Mistral, absolument hors pair par sa création géniale de *Mireille,* il avait entrevu la floraison qui commençait à sortir de la sève féconde de l'arbre planté à Font-Ségugne.

La renommée de Jasmin, en effet, était individuelle et égoïste, si nous pouvons nous exprimer ainsi. Ici, au contraire, nous nous trouvons en présence d'une véritable légion qui se lève, et, chose remarquable, qui marquera dans l'avenir d'un trait spécial ce qu'on est bien forcé d'appeler la Renaissance félibréenne, si chacun de ces poètes est possédé de ce désir de gloire inhérent à tout homme qui sent dans son cœur la flamme poétique, leur véritable objectif, pour le plus grand nombre, n'est point la poursuite de vains applaudissements. Poètes ils sont, mais patriotes surtout, comme le démontrent et le soin jaloux qu'ils apportent à épurer leur langue, et le choix de leurs sujets, et les chansons vibrantes d'amour pour leur terre natale qu'ils font retentir avec une énergie vraiment touchante toutes les fois qu'ils se trouvent réunis. C'est là que se rencontre, selon nous, le secret de la fécondité de ce mouvement littéraire qui, loin d'avoir été ralenti par une période déjà longue de quarante ans, ne fait qu'augmenter et s'accroître. C'est là aussi que se trouve la raison de certaines revendications hardies qui ont semblé détonner au milieu de cette uniformité qu'on s'était habitué à regarder com-

me le dernier terme de l'évolution de la société française.

Ces revendications, ces aspirations, nous les verrons peu à peu se dégager et se préciser. Mais encore la note exclusivement amicale et gaie des premières réunions du Félibrige n'a pas sensiblement varié.
Encore ne sont pas arrivés les éléments de la seconde et surtout de la troisième génération félibréenne
qui doivent, d'une rénovation d'abord purement littéraire, essayer de tirer la conséquence d'une rénovation sociale. Bornons-nous donc, pour l'instant, à jeter
un coup d'œil sur les fleurs poétiques que ces nouveaux
« Troubadours » sèment si gentiment dans les vallons
de leur Provence aimée. (1)

Le premier qui se présente à ce point de vue, comme envergure poétique, c'est incontestablement Théodore Aubanel. Il faut que Mistral soit bien grand pour
que le poète de la *Miôugrano-Entreduberto* (2) puisse
sans injustice figurer au second rang à son côté. Nul
jusqu'ici parmi les félibres (et bien peu parmi les poètes français) n'a égalé l'intensité du sentiment passionné qui gronde dans ses vers comme un torrent de
lave enflammé et lui faisait dire, dans le sonnet qui
sert de préface aux *Fiho d'Avignoun* : (3)

(1) Nous ne donnons de détails biographiques que pour les
Félibres morts ; pour les autres, nous nous bornons à l'énumération de leurs œuvres.

(2) Avignon, 1860, in-12. — 2e édition, Montpellier, 1877.

(3) *Li Fiho d'Avignoun*. Montpellier, Hamelin. 1885. Cette édition
est rare. Réservée aux amis de l'auteur, elle ne fut même pas
complètement distribuée. Une seconde édition en a été publiée:
Paris, Savine, 1894. — *La Cigalo d'or*, de Montpellier, a reproduit en entier *Li Fiho d'Avignoun* (1889-91). — Sur la vie d'Aubanel : Mistral, *Eloge d'Aubanel*, prononcé à l'Académie de
Marseille, dans *Revue félibréenne*, 1887. — L. Legré : *Le poète*

THÉODORE AUBANEL

Un capitàni grè que pourtavo curasso,
Dóu tèms de Barbo-rousso, es esta moun aujóu...

Vint an chaplè li Turc, raubé li Sarrazino ;
Soun espaso au soulèu lusissié cremesino
Quand sus li Maugrabin passavo coume un flèu,

A grand galop, terrible, invloumtable, ferouge !...
D'aqui vèn que, pèr fès, de sang moun vers es rouge :
Tire d'èu moun amour di femo e dóu soulèu. (1)

Quant à Roumanille, non content de faire de fort jolis vers, il semait à pleines mains, en des contes d'une
saveur impérissable, les trésors étincelants d'une
gaieté irrésistible et sonore, mais familiale et saine. (2)

Louis Roumieux, de Nimes (3) un autre grand
rieur, introduisait le théâtre dans la littérature nouvelle par sa comédie : *Quau vóu prene dos lèbre à la*
fes n'en pren ges, en attendant de donner *la Rampe-*

Théodore Aubanel, récit d'un témoin de sa vie, Paris, Lecoffre,
1894. — A. Glaize, *Théodore Aubanel*, dans *Revue des Langues*
romanes, 1886, p. 242.—Aubanel a laissé trois drames provençaux :
Lou Pan dóu Pecat. Lou Pastre, Lou Raubatôri. Le premier seul
a été imprimé à Montpellier, Hamelin, 1882. Traduit en français par Paul Arène (Paris, Lemerre, 1888), il a été joué à Paris
au Théâtre-Libre les 27 avril et 11 mai 1888.

(1) Un capitaine grec qui portait la cuirasse — Du temps de
Barberousse, a été mon aïeul... — Vingt ans il hâcha les Turcs,
viola les Sarrazines ; — Son épée au soleil luisait couleur de
pourpre, — Quand sur les Maures il passait comme un fléau, —
Au grand galop, terrible, indompté, farouche !... — De là vient
que parfois de sang mon vers est rouge : — Je tire de lui mon
amour des femmes et du soleil.

(2) Voici la série définitive des œuvres de Roumanille : 1. *Lis*
oubreto en vers. — 2. *Lis oubreto en proso.* — 3. *Li Capelan.* —
4.*Li Conte Prouvençau e li Cascareleto.* — 5. *Li Nouvé.* — 6. *Lis En-*
tarro chin. — *Lettres inédites de Roumanille*, dans *Revue féli-*
bréenne, 1893-94.

(3) Né en 1829, mort en 1894. — Chassary a esquissé la biographie de Roumieux, en tète des *Couquiho d'un Roumièu*.V. aussi la collection : *Les Félibres*, Gap, Richaud, 1882.

lado, recueil bigarré mais plein de verve naturelle, et surtout sa bouffonnerie : la *Jarjaiado* qui est son chef-d'œuvre (1). Anselme Mathieu, de Chateauneuf-du-Pape (2) réunissait ses poésies sous un titre évocateur et suggestif : *La Farandoulo* (3). M^mo d'Arbaud, sur les rives du Calavon (d'où elle tirait son nom de *Felibresso dóu Cauloun*), cueillait ses *Amouro de ribas* (4). Mlle Rose-Anaïs Gras, de Malemort, avant de devenir M^mo Roumanille, obtenait aux Jeux Floraux de Sainte-Anne d'Apt, en 1862 (5), le prix consacré au cantique en l'honneur de sa patronne (6) Antoinette Rivière, de Beaucaire, morte toute jeune (7), laissait ses *Belugo* étincelantes en héritage à ses amis, qui se

(1) Roumieux a semé ses œuvres (et elles sont nombreuses) un peu partout. Ses deux principaux recueils sont : *la Rampelado*. Avignon, Roumanille, 1868 ; 2⁰ édition, Avignon, 1876, et *li Couquiho d'un Roumiéu*, dessins de Marsal, Montpellier, Firmin et Montané, 1894, dont il n'a paru que le premier volume. — La *Jarjaiado*, Paris, 1879. a été aussi illustrée par Marsal. Sa comédie *la Bisco* a été publiée par la *Revue des Langues romanes, 1879-1883*. Il a fondé le journal *Dominique* (1876), dont *la Cigalo d'or* est la suite. — Sa chanson *Lou Maset de mestre Roumiéu* est célèbre dans le félibrige.

(2) Né à Chateauneuf-du-Pape en 1829 mort en 1895. Mistral a tracé quelques lignes biographiques sur Mathieu dans l'*Aióli* du 17 février 1895.

(3) Avignon, Bonnet fils, 1862 ; 2⁰ édit., Avignon, 1868.

(4) Avignon, 1863. — C'est le premier recueil de poésies en langue d'oc moderne écrites par une femme.

(5) Voir *Armana Prouvençau*, 1863. — Ce cantique a occasionné dus polémiques au point de vue orthographique. Voir Reboul, *Bibliographie des ouvrages patois*. Paris, Techener, 1877. n⁰ 20.

(6) Mme Roumanille est la sœur du poète Félix Gras, *capoulié* du Félibrige.

(7) Née en 1840. morte en 1865. Adrien Péladan lui a consacré quelques lignes biographiques reproduites par la *Revue félibréenne*, 1891, p. 339.

firent un devoir pieux de les réunir en un superbe écrin (1).

Les femmes n'étaient pas seules à sanctionner par leur présence la vitalité du mouvement. Nous verrons bientôt les Catalans répondre comme un écho aux Félibres et leur tendre la main ainsi qu'à des frères. Un Irlandais (Irlandais par sa naissance, mais bien Français par son nom), William Bonaparte-Wyse, s'arrêtait un jour à Avignon (2). Séduit par ce renouveau, il apprenait l'idiome provençal et ajoutait à la série que nous avons énumérée deux recueils char-

---

(1) *Li Belugo d'Antounieto.* Avignon, Aubanel, 1865. — Plusieurs Félibres y ont joint des poésies en son honneur. (Ce volume est rare). Dans l'*Armana Prouvençau* elle prend quelquefois le titre de *felibresso de l'Eurre.*

(2) Né à Waterford (Irlande) en 1826, mort en 1892. — Donnadieu, *W. Bonaparte-Wyse,* dans *Revue des Langues romanes,* 1883-84 ; tiré à part. Montpellier, 1884. — A. Mouzin, *Eloge d'En Bonaparte-Wyse,* prononcé au Consistoire félibréen. Avignon, Roumanille, 1893. — De Gantelmi, *le Félibre Bonaparte-Wyse.* Aix, Makaire, 1887. — Cet Irlandais était un démon de gaieté qui en aurait remontré même à des méridionaux. Il organisa la Société des *Arquins* (joyeux drille, luron en provençal) dans laquelle, avec quelques Félibres de son choix, il se livrait à d'étourdissantes facéties. Roumieux, qui en était, a donné quelques détails là-dessus dans la *Cornemuse,* journal franco-provençal de Marseille, janvier 1894. — Bonaparte-Wyse a consacré aux *Arquins* un petit poème : *Uno siblado is Arquin.* Waterford, 1889. — Les Arquins étaient sept ; chacun avait un nom de guerre. Bonaparte-Wyse, *lou Paire dis Arquin,* s'appelait aussi *Bon-arc-i-nas nasié* ; Aubanel : *l'Aloubati* ; le marquis de Villeneuve-Esclapon, *lou Vagounaire* ; Arnavielle, *l'Arabi* ; Antonin Glaize, *lou Cago-nis* ; de Berluc-Perussis, *l'Escalaire* ; Malachie Frizet, *lou Sartanié* ; Charles d'Ille, *l'Anacoundo.* Villeneuve-Esclapon fut plus tard remplacé par Roumieux, *l'Arc-Arquin* ou le *Roumieu dou rire.* Marsal, *lou Pintourlejaire,* Roque-Ferrier, *Roburfer,* et d'autres, venus par la suite, n'étaient que des arquins honoraires.

mants : *li Parpaioun blu* (1) et *li Piado de la Princesso* (2).

Entre temps, Roumanille et Mistral appelaient en
quelque sorte à leur aide le souvenir de leurs prédécesseurs. Ils rééditaient les Noëls si populaires de Saboly (1858), *lou Galoubet* d'Hyacinthe Morel (1862),
lou Siège de Cadarousso de l'abbé Favre (1867). Ils
réunissaient comme en une gerbe dans *Un liame de
rasin* les œuvres provençales de quelques-uns de leurs
aînés, morts peu après la fondation du félibrige, mais
qui avaient eu le temps de manifester leurs sympathies. On trouve en ce recueil des poésies de Castil-
Blaze (3), de Jean Reboul (4), de Glaup (5), du Dʳ
Poussel (6), d'Adolphe Dumas (7).

Parmi les anciens *troubaires,* ceux que nous avons
classés parmi les patoisants (8), la plupart se ralliaient
et adoptaient l'orthographe félibréenne. Jean-Baptiste
Gaut, d'Aix (9), faisait paraître son recueil si alerte :

(1) Avignon, 1868.
(2) Plymouth (Angleterre), Keis, 1882.
(3) Né à Cavaillon en 1784, mort en 1857. — Voir Donnadieu,
les Précurseurs des Félibres. Paris, Quantin, 1888.
(4) Connu surtout par ses poésies françaises. Né à Nimes en
1796, mort en 1864. Voir *Armana Prouvençau,* 1862, 1865.
(5) Glaup est le pseudonyme de Paul Giéra, auquel apparte-
nait, en 1854, le castel de Fontségugne. Né en 1816, mort en
1861.
(6) Né à Avignon en 1795, mort en 1859.
(7) Né près d'Avignon en 1806, mort en 1861. — Voir *Armana
Prouvençau,* 1860 et 1862. — Auteur de *Provence.* Paris, Hetzel,
1849.
(8) Nous avons plus haut effleuré cette question ; elle a été
excellemment traitée par M. de Berluc-Perussis dans sa brochure :
Le dernier Troubaire, Eugène Seymard. Avignon, Roumanille,
1892. (Extr. *Revue félibréenne.*)
(9) Né en 1819, mort en 1891. — V. Guillibert (*Revue Félibréenne,* 1891, p. 374).

Sounet, souneto et sounaio (1). Crousillat, de Salon, dans sa *Bresco* (2), toute imprégnée de miel attique, faisait songer à on ne sait quel atavisme ancien. Marius Bourrelly, de Marseille, un des plus abondants poètes du félibrige, publiait une traduction en vers provençaux des fables de La Fontaine (3).

Dans un autre ordre d'idées, François Vidal, d'Aix, en son curieux traité du *Tambourin* (4), écrit en prose provençale, faisait l'histoire du vieil instrument, enseignait l'art d'en jouer et recueillait de vieux airs populaires. C'est lui qui a corrigé les épreuves du *Trésor du Félibrige*. — Gabriel Azaïs, le lettré biterrois, (il avait du reste de qui tenir) (5), menait de front ses travaux sur le *Breviàri d'amor*, et la publication de son *Dictionnaire des idiomes romans du midi de la*

(1) Aix, Remondet, 1874, in-8. — Auteur de : *La Benvengudo*, mystère en trois actes, musique de Borrel. Aix, Remondet, 1887. — *Lei Mouro* drame. Aix, Remondet, 1875. — *Leis Sèt Pecat*. Aix, 1881. — *La Court d'amour*, drame couronné aux fêtes latines de Montpellier, 1878.

(2) Avignon, 1865. — Auteur de : *Lei Nadau*. Avignon, Gros, 1881. *L'Eissame*. Aix, Remondet, 1893. — Latiniste distingué, Crousillat tourne très correctement le vers latin. (V. *Revue Félibréenne*, 1888 et 1890.)

(3) Il aurait fait, dit-on, plus de cent mille vers ! Tout, on le pense, n'a pas été imprimé. Citons : *Fables de Lafontaine*, Aix, Remondet, 1872-75. — *La Carreto dei chin*. Aix, 1879. — *Tres galino pèr un gau*. Aix, 1880. — *Lou Sicilian*, Aix, 1881. — *Cigau e Cigalo*. Aix, Remondet, 1894. — Voir Reboul : *Bibliographie patoise*, nº 76. — Né à Aix en 1820, Bourrelly est mort à Marseille en 1896.

(4) Aix, Remondet, 1864. — *La lèi dei Douge Taulo revirado*. Aix, Remondet, 1879.

(5) Il est le fils de Jacques Azaïs (1778-1856) dont la biographie se trouve dans le livre de F. Donnadieu : *les Précurseurs des Félibres*. C'est sans doute sur la proposition de Jacques Azaïs que l'Académie de Béziers fut, dès 1839, la première du Midi à donner des prix à la littérature d'oc. — *Verses Besierencs de Jaques Azaïs, nouvelo edíciou*. Paris, Maisonneuve, 1882.

3

France,tout en se montrant aussi très fin poète(1).—A Nice, Léandre Sardou, le père du célèbre auteur dramatique Victorien Sardou, commençait ses travaux philologiques (2).

Ici se place, en 1867, l'apparition du second poème de Mistral, l'épopée de *Calend.iu* dont l'ampleur indique les horizons nouveaux qui s'ouvrent devant la jeune école (3). Nous y reviendrons. En attendant continuons notre inventaire.

Alphonse Tavan, de Chateauneuf-de-Gadagne, un des sept de Fontségugne, égrène ses poésies, où la perfection de la forme le dispute à la vérité saisissante du sentiment qui les inspire. Plus tard il les réunira, sous le titre : *Amour e Plour*, en un recueil qui le placera au nombre des grands poètes du Féli-

(1) Gabriel Azaïs, né à Béziers en 1805, mort en 1888. — Parmi ses œuvres littéraires nous citerons : *Las vesprados de Clairac.* Avignon, Seguin, 1874 ; — *Lou Reprin.* Avignon, Roumanille, 1885 ; — *Amfos de Balbastre*, retipe d'un conte rouman. Montpellier, 1881 ; — Son *Dictionnaire des idiomes romans*, 3 vol. in-8o, fait partie des publications spéciales de la Société des langues romanes (1877-80). — Le *Breviàri d'amor.* Béziers, 1881, 2 vol.

(2) Né au Cannet, près Cannes, en 1802, mort en 1894. — Voir Roque-Ferrier : *Le père de Sardou*, dans l'*Eclair* de Montpellier, 24 octobre 1894. — Outre la publication de la *Vie de saint Honorat* (poème provençal du treizième siècle) Nice. Caisson, s. d., on peut citer de lui : *Histoire de Cannes et des environs* ; *Les vieilles tours du Cannet* ; *La danse macabre du Bar* ; *Grimaud de Bueil.* N'oublions pas son étude : *L'idiome niçois, son passé, son présent*, Nice, 1878. Les séparatistes de Nice soutenaient, à l'appui de leurs prétentions, que l'idiome de ce pays était un dérivé de l'italien. Sardou, dans cette étude, démontre péremptoirement qu'il n'est qu'un rameau du provençal. Citons aussi sa *Grammaire de l'idiome Niçois.* Nice, Cauvin, 1883. — Raimbault : *Eloge d'En L. Sardou.* Cannes, Robaudy, 1895.

(3) Avignon, Roumanille, 1867. — Edition définitive. Paris, Lemerre, 1887.

Alphonse TAVAN

brige (1). Alphonse Michel, de Mormoiron (2), *Mèste
Miquèu*, comme on l'appelait dans le félibrige, produit par ses chansons du *Flasquet* l impression d'un
Bérenger champêtre (3). Marcelin Rémy, de Carpentras, fait paraître son recueil *Long dou Camin* (4),
dont les vers ressemblent à une source fraîche courant à travers des prés semés de jonquilles et de mar-
guerites. Auguste Verdot montre son talent si pur,
si châtié (5). Achille Mir, d'Escales, avant de devenir le grand rieur languedocien, l'inimitable conteur
que tout le monde connaît, publie ses premières œuvres poétiques dans un recueil qui se nomme la *Cansou de la Lauseto* (6). Alexandre Langlade, de Lansargue, s'élève jusqu'au plus pur sentiment virgilien
dans la description des paysages languedociens de sa

(1) Avignon, Roumanille, 1876.

(2) Né en 1837, mort en 1893. — Valère Bernard, *Eloge d'Alphonse Michel*, prononcé au consistoire félibréen, dans *Revue félibréenne* 1893.

(3) *Lou Flasquet de mèste Miquèu*. Apt. Jean, 1870. — *Histoire
de la ville d'Eyguière*, en prose provençale. Draguignan 1883. —
Des traces laissées par le paganisme dans le midi de la France,
Marseille, 1893. — Etant juge de paix, il a publié plusieurs ouvrages judiciaires : *Vade mecum des magistrats de paix ; Manuel
des officiers de police judiciaire ; Traité sur les conseils de famille et les scellés*.

(4) Avignon, Roux, 1869. — *Lou bon tèms*. Carpentras, Pinet,
1878.

(5) Né à Eyguière en 1823, mort en 1883. Ses œuvres, éparpil-
lées, devaient paraître sous le titre choisi par lui : *Li Luseto*. —
En voir la liste : A. Roque-Ferrier, *Mélanges de critique littéraire et de philologie*. Montpellier, 1892, p. 435.

(6) Montpellier, Ricateau et Hamelin, 1875. — Auteur de : *Lou
Lutrin de Lader*. Montpellier, Hamelin, 1883. — *Lou sermou dal
Curat de Cucugna*. Montpellier, 1885.' — *Lou rire, seguit dal
pourquet de lait*. Carcassonne, 1890. Ces trois œuvres sont illus-
trées par Salières. — *Glossaire des comparaisons populaires du
Narbonnais et du Carcasses*. Montpellier, 1883. (Extr. *Revue des
langues romanes*).

région (1). Auguste Chastanet, de Mussidan, est actuellement le meilleur poète de l'Aquitaine (2).

Puis voici venir les jeunes d'alors. Albert Arnavielle, l'apôtre du Languedoc, entonne *Lous Cants de l'Aubo* (3) où les chants d'amour à Teldette alternent avec des hymnes en l'honneur de la patrie *raiole* (4). Jean Monné, un Roussillonnais devenu provençal, commence par traduire *l'Atlantido* de Jacinto Verdaguer (5), le plus grand poète de la Catalogne moderne, et s'essaie lui-même en un drame historique : *Casau* (6). Marius Girard, de St-Rémy en Provence, prélude à ses *Aupiho* et plus tard chantera la Camargue dans son poème : *La Crau* (7).

Abrégeons. En Provence nous rencontrons Jean Brunet, rimeur populaire et collectionneur de prover-

---

(1) *L'Estang de l'ort (Revue des Langues Romanes,* 1876.*)* — *Lou Garda mas.* Montpellier, Hamelin, 1879. — *Lou las d'amour.* Montpellier, Hamelin, 1879. — *La Viradona.* — *La Fada Sarranela.* — *L'Alerta (Revue Félibréenne,* 1891*).*

(2) *Counteis e viorlas.* Ribérac, Delacroix, 1877. — *Per tuà lou tems.* Périgueux, Delage, 1890.

(3) Nîmes, Roumieux, 1868.

(4) Nom donné à leur pays par les habitants des vallées et versants méridionaux de la Lozère. — Tout vrai méridional est rieur. Arnavielle ne manque pas à la tradition dans son poème burlesque *Volo-Biòu*, Alès, Brugueirolle, 1876. (Reproduit par le *Cascavel,* d'Alès, mars 1893-juillet 1894).— Il y a publié aussi *Lous Gorbs,* Montpellier Hamelin, 1880. — Avec Roumieux et Alcide Blavet il a fondé la *Cigalo d'or* (2° série, 1889).

(5) Montpellier 1888.

(6) Paris, Duc, 1893. — J. Monné a fondé (1887) *Lou Felibrige,* bulletin mensuel de la Maintenance félibréenne de Provence.

(7) *Lis Aupiho,* Avignon, Roumanille, 1877. — *La Crau.* Avignon, Roumanille 1894.

bes (1); Charles Poncy (2); J. B. Laurens (3) ; André Autheman (4) ; Guitton Tallemel (5); Fortuné Martelly (6); l'abbé Bayle (7); Fortuné Pin, latiniste distingué (8), l'abbé Aubert, d'Arles, chapelain du Félibrige (9); l'abbé Lambert (10) ; Lucien Geof-

(1) Né à Avignon en 1823, mort en 1894. Ses poésies n'ont pas été réunies ; on en trouve un certain nombre dans *l'Armana Prouvençau* des premières années. Sous le titre *La Sagesso Prouvençalo* il avait ramassé quatorze mille proverbes de son pays. Il en a paru un certain nombre : *Etudes de mœurs provençales par les proverbes et dictons*, Montpellier, Hamelin, 1884. — *Bachiquello e prouverbi sus la luno*. Avignon, Aubanel, 1876. — Les manuscrits contenant la collection des proverbes de Brunet ont été acquis, à la mort de ce dernier, par M. Paul Arbaud, dont la bibliothèque, connue sous le nom de l'*Arbaudenco*, renferme des trésors en ce qui concerne la littérature provençale ancienne et moderne. — Jules Cassini : *Eloge de Brunet* dans la revue *lou Felibrige*, 1895. — V. aux notes et documents : *Sur les sept de Fontségugne*.

(2) Né à Toulon en 1821, mort en 1891. — Ses poésies peu nombreuses, mais savoureuses ont été publiées dans l'*Armana Prouvençau*. — *La Chanson de chaque métier*. Paris, 1850.

(3) Né à Carpentras en 1801, mort en 1890. — V. *Armana Prouvençau* sous la signature : *Lou felibre adoulenti*.

(4) De l'Isle sur Sorgues. *Lis Auvàri de Roustan*. Avignon, Roumanille, 1857. — *Poésies françaises et provençales*. Avignon, 1888.

(5) *Lou libre de la Princesso*. Aix, Remondet, 1878. — *Lou Libre de Toubio*. Aix, Sardat, 1880. — Fondateur du journal *Lou Brusc*. Né à Aix en 1831.

(6) Poésies dans *Lou Roumavage deis Troubaires*, *Lou Gay Saber*, l'*Armana Prouvençau*.

(7) Mort en 1877. — *La poésie provençale au moyen-âge*. Aix Makaire, 1876. — *Pichot oufici de l'Immaculado Councepcien*. Avignon, Roumanille, 1877.

(8) Né à Apt en 1805, mort en 1865. — *Souvenirs poétiques*, Bourgane, 1870. — V. *Armana Provençau* et L. de Berluc-Perussis: *Biographie de Fortuné Pin*, Nice, Gauthier, 1870.

(9) Né à Arles en 1803, mort en 1879. — *La Crous de Santo Vittori*. Aix, 1872. — Pour ses autres œuvres en voir la liste dans le *Cartabèu de Santo Estello* . Marseille 1877-82.

(10) Né à Beaucaire en 1815, mort en 1868. V. *Armana Prouvençau*, 1869. — *Betelen*. Avignon, Aubanel, 1869.

froy(1); François Delille (2); Casimir Dauphin (3); Auguste Thumin (4) ; Denis Cassan (5) ; Marius Trussy (6) ; Auguste Boudin (7) ; Ludovic Legré, l'ami d'Aubanel (8) ; Marius Decard (9) ; Victor Thouron (10) ; Amédée Pichot (11) ; l'abbé Pascal (12) ;

(1) Né au Luc en 1818, mort en 1889. Auteur de : *Mei veiado*. Paris, Dumoulin, 1869.

(2) Né à Marseille en 1817, mort en 1889. — Auteur de : *Les Chants des Félibres*. Paris, Ghio, 1881, recueil de traductions provençales. — *Flour de Prouvenço*. Montpellier, Hamelin, 1885. — *Sieis-Four*. Avignon, Roumanille, 1887. — *Li Martegau*, cansoun di gent de mar. Nîmes, Baldy, 1879. — *L'Erso*. Marseille, Cayer, 1883.

(3) Mort en 1888. — *Lei Bastidano*. — *Leis vieis camins*, Marseille, Gueidon, 1861. — *Leis Pins*, Toulon, Aurel, 1859. — *Marieto*. Toulon, Monge, 1853.

(4) Né à Marseille en 1835, mort en 1890. Auteur du recueil *Boui-Abaisso*. Aix, Remondet, 1888.

(5) Né à Avignon en 1810, mort en 1883. — *Li parpelho d'Agasso*. Avignon, Roumanille, 1860. — *Li Cassaneto*. Avignon, Maillet, 1880. — *Li Nouè*. Avignon, s. d. — Sur l'orthographe de Cassan ainsi que sur celle de Bigot. Dauphin, Trussy. V. *Armana Prouvençau*, 1864, p. 11. — Dabry, *Vie de Cassan*, Avignon, 1884.

(6) Né à Lorgues. mort en 1867 à Paris. *Margarido*, Marseille, Arnaud, 1861. — V. *Armana Prouvençau*, 1869.

(7) Né à Avignon en 1805, mort en 1872. — *Garbeto de fablo*. Avignon, Bonnet, 1853. — *Lou grant Saint-Genaire*. Avignon, Aubanel, 1866. — *Lou Soupa de Saboly*. Avignon, Seguin, 1848. — *Li sët Garbeto*. Avignon, Aubanel, 1879.

(8) Voyez plus haut à propos d'Aubanel. — *La ligue en Provence*. Avignon, Aubanel, 1866.

(9) Né à Aix en 1816, mort en 1884. — *La Fournigo e lou Grihet*. Aix; Nicot, 1857. — *La Ravouiro de la Justiço*. Aix, Remondet, 1878.

(10) Né à Besse (Var) en 1794, mort en 1872. — V. *Armana Prouvençau*, 1860 63 64-65-66-71.

(11) Né à Arles en 1796, mort en 1877.— *Les Arlésiennes*. Paris, Hachette, 1860. — *Histoire de Ch. Edouard Stuart*. Paris, 1845, 2 vol. — *Le dernier roi d'Arles*, Paris, Amyot, 1848. — *Traduction des œuvres de Byron*. Paris, Furne, 1885, 6 vol. — Fondateur de la Revue Britannique (1825).

(12) *Uno nia dòu païs*. Gap. Richaud, 1879. — *L'Iliado d'Ou-*

Alfred Chaïlan (1) ; Emile Négrin, le poète aveugle (2) ; Emile Ranquet (3).

Et ensuite ; Lucien Mengaud (4) et P. Barbe, à Toulouse (5) ; Telismart Bernard en Périgord (6) ; Vincent de Bataille en Béarn (7) ; Castela, le meunier fabuliste, à Montauban (8) ; Adrien Pozzi (9), l'un des vieux amis de Jasmin, et Antoine Delbès (10), à Agen ; Fargues (11) et Prache,(12) dans l'Aude ;

méro. Les 14 premiers chants ont paru successivement. Gap. 1884-95.

(1) Auteur de petits contes parmi lesquels : *Leis Ermitan de St-Jean Benurous a Mounte-Miserie*. Marseille, Olive, 1878. — A réédité le conte connu de son père Fortuné Chaïlan : *Lou Gàngui*.

(2) Né à Cannes en 1833, mort en 1878. — *Lou crid dòu Troubaire* Nice, Barbery, 1871.— *Las Argièras*, Nice, Verani, 1873.

(3) Né à Villeneuve-les-Avignon en 1846, mort en 1873. V . *Armana Prouvençau*, 1874.

(4) Né à Lavaur en 1805, mort en 1877. Son œuvre la plus importante est son recueil : *Las Pimpanelos*. Toulouse, Bertrand et Dieulafoy, 1841, qui a eu plusieurs éditions sous le titre : *Rosos et Pimpanelos*. Toulouse, Labouisse, 1845 ; Toulouse, 1866 ; Toulouse, Marqueste, 1877. — Sa farce, *Las aouces de Toumas de Founsoygribos*. Toulouse, 1860. est restée populaire.

(5) Né à Buzet.— *Picambril*. Toulouse, Bompard, 1875. — *La vérité sur la langue d O*. Paris, 1873, 2 vol,

(6) *Dus jours al castel de Biron*, Périgueux, 1870. — *Jacques l'oubrié*. Périgueux, 1870. — *La joio fa mouri*, 1873.

(7) Né en 1800, mort en 1873. Voir *Armana Prouvençau*, 1873.

(8) *Mous Farinals*. Montauban, 1873. — *Mous cinquanto ans*. Montauban, 1878. — *Cent fablos imitados de Lafountèno*. Montauban, 1891.

(9) Né en 1804, mort en 1885. — *Lou Pastre de Cardounet*. Agen, Quillot, 1865.

(10) Né en 1808, mort en 1888. — *La muso oublidado*, 1858.— *Lou Ritchouné*, 1861.

(11) Né à Montréal d'Aude en 1821, mort en 1870. *La camiso de l'ome urous, la Grasalo*, Toulouse, Delboy, 1868. — G. Jourdanne *(Notice sur Fargues*, in *Revue Méridionale*, 1894).

(12) Né à Fanjeaux en 1799, mort en 1870.— *Poesios Patouesos*. Carcassonne, Pomiès, 1868.

Junior Sans, à Béziers (1) ; Camille Laforgue, de Quarante (2) ; Jean Laurès (3) à Villeneuve-les-Béziers ;
Melchior Barthès (4) à Saint-Pons-de-Thomières ;
le Dᵣ Charles Coste à St André de Sangonis, dans
l'Hérault, (5) ; Balthazar Floret (6) à Agde ; Hippolyte Roch (7) à Montpellier ; Paul Félix (8) et
Gratien Charvet (9) à Alais ; Jean Gaidan (10) ; Jules Canonge (11) ; Ernest Roussel (12) et A. Bi-

(1) *Beit telados*. Paris, 1875. — *Autros beit telados*. Paris, 1881.
Un moulou de telados. Béziers, *1893*.

(2) *La Boumiano*. Montpellier, Imprimerie Centrale, 1878.— *La
Filho del Moulinié*. Montpellier Impr. Centr. 1881.

(3) *Lou Campestre*. Montpellier, 1878. — *Lous Tres Boussuch*.
Montpellier, 1894. — *Lous Bracouniès*. Béziers, Malinas, 1878.

(4) Né en 1817, mort en 1886. — *Glossaire de botanique Lan-
guedocien-français-latin de l'arrondissement de Saint-Pons*. Montpellier, 1873-76. — *Flouretos de mountagno*. Montpellier, 1878-
86, 2 vol.—*Mal usa pot pas dura*. Béziers, Granier. 1879.— Cavallier (*Etude bibliog. et littér. sur M. Barthès*, in *Messager du
Midi*, 31 mars 1886). — Dᵣ Espagne. (*Melchior Barthès*, in *Revue
des langues romanes*, 1886, I, 36.

(5) Né en 1830, mort en 1887. — *Une vouès dai vilage* Montpellier, Martel, 1877.

(6) Né en 1789, mort en 1872. — *La Bourrido Agatenco*.
Montpellier, Gras, 1866.

(7) Né en 1801, mort en 1872. — *Lou Porta-fuia de l'oubrié*.
Montpellier, Gras, 1861. — *Les Caritats dins Mounpèié*. Montpellier, 1862

(8) Mort en 1879. — *Las fados en Cevenos*. Alais, 1872. — *Las
Mouninetos*. Alais, Brugueirolle 1876. — *Lous Jardignès d'en
Pradarié*, comédie, Alais, Martin, 1879.

(9) Né à Remoulins en 1826, mort à Alais en 1884. — V. *Armana Prouvençau*, 1865-68 69. — Il a achevé le dictionnaire cévenol de d Hombres.

(10) Né à Nimes en 1811, mort en 1883. V. Roque-Ferrier :
Notice sur J. Gaidan dans *Mélanges de critique littér. et phil.*
p. 486.

(11) Né à Nimes en 1812, mort en 1870. — *Bruno la bloundo*,
Avignon, Roumanille, 1868.Et en français : *Le Tasse à Sorente*.—
Arles en France (1850).*Les Baux en Provence* Avignon Seguin,1875.

(12) Né à Nimes en 1827, mort en 1884. *Aubo felibrenco*. Avignon, Aubanel, 1879 ; on y voit d'intéressants détails sur les débuts
du félibrige.

got (1) à Nimes ; Octavien Bringuier à Montpellier (2) ; les Dauphinois, Roch Grivel (3), Barthélemy Chalvet (4), Auguste Boissier (5), tous viennent donner leur note dans ce concert dont les accents retentissent

Des rives de Provence aux coteaux d'Aquitaine (6)

Cette période, nous l'avons dit, a deux phases : l'une qui va de 1859 à 1866 et s'achève avec l'apparition de *Calendau*; la seconde qui se termine en 1876 sur un magnifique point d'orgue, la publication du beau recueil lyrique de Mistral : *lis Isclo d'or* (7).

Si l'on jugeait l'évolution félibréenne uniquement par l'énumération des œuvres que nous venons de citer, on pourrait à bon droit la considérer simple-

(1) *Li Bourgadieiro*. Nimes, Clavel, 1863. — Nimes Clavel, 1870. — Nimes, Chautard, 1881. — 12e édition, Nimes, Catelan, 1891. — *Li flou d'armas* Nimes Chautard. 1885.

(2) Né en 1830, mort en 1875. — *Prouvença*. Montpellier, 1871. — *Un michant rêve*. Montpellier, 1871. — *Lou Roumieu*. Montpellier, 1873. — *A Perpaus de Petraca*. Montpellier, 1874. — *Etude sur la limite géographique de la langue d'oc et de la langue d'oil*. Paris, Imprimerie Nationale, 1876. — Roque-Ferrier. *Notice sur Octavien Bringuier*. Paris, 1876. (Extr. *Revue des langues romanes*).

(3) Né à Crest, mort en 1888. — *Mas Flours d'ivèr*, Crest, Brochier, 1887. — *La Carcavelado*. — *Poésies. théâtre. mélanges*. Valence. Teyssier, 1878. — J. Saint-Rémy, *Les poètes patois du Dauphiné*. Valence, Chenevier, 1873.

(4) De la Drôme, mort en 1877. — V. Lacroix : *Notice sur la vie et les œuvres de B. Chalvet*, daus *Bulletin de la Soc. archéol. et statist. de la Drôme*, T. XII.

(5) De Die, mort en 1867. *Lou Siège de Saliens*, publié par J. St Rémy, Montpellier, Impr. Centrale 1878. — V. J. St Rémy : *Les poètes patois du Dauphiné*.

(6) Voyez aussi les substantielles notices de l'*Armana Prouvençau*.

(7) Avignon, 1876, in-8 — Edition définitive. Paris, Lemerre, 1889.

ment comme une période d'exubérance littéraire. Cette abondance d'œuvres nouvelles n'est cependant qu'un des aspects du mouvement. Expliquons-nous.

Les sociétés, comme les peuples, passent par une série d'évolutions logiques, inévitables. Du moment qu'une langue était remise en honneur, et, avec elle, les traditions, les vieilles coutumes qui forment le côté caractéristique d'un pays, il était évident qu'avec cet idiome et ces usages devait ressusciter l'idée de la race qu'ils représentaient. Du moment que *Mireille* était née, elle devait vivre dans le cadre qui lui était naturel. En groupant autour d'elle les tableaux qui environnaient le mas des *Falabrègues*, en faisant bercer ses amours au chant des magnanarelles, en l'envoyant conter ses peines aux Saintes-Maries-de-la-Mer, en lui faisant surtout parler la vieille langue de ses pères, le poète (si grande est la puissance du *Verbe*) se transformait en évocateur. L'horizon devait donc s'élargir peu à peu devant les disciples de Fontségugne, et les chansons rieuses des gais Félibres de la première heure devaient, par la conséquence nécessaire des choses, prendre peu à peu l'allure d'hymnes patriotiques.

Il faut rendre cette justice à Mistral que c'est lui qui le premier a pressenti le développement futur de l'idée félibréenne. Il a fourni le mot *félibre*, destiné à rallier sur un terrain absolument nouveau toutes les bonnes volontés méridionales ; c'est lui qui, pour donner un programme à la nouvelle renaissance, fit signer par les sept compagnons de Fontségugne le *Chant des félibres* dont nous avons déjà parlé et qui est tout entier de sa composition.

Quand on examine son œuvre littéraire on fait aussi d'autres constatations.

La 20° strophe du Chant IX de *Mireille* est ainsi conçue ;

> *Acô semblavo, pèr li terro,*
> *Li pavaioun d'un camp de guerro :*
> *Coume aquéu de Bèu-Caire, autre tèms, quand Simoun,*
> *E la Crousado franchimando,*
> *E lou legat que li coumando*
> Venguèron, zôu ! à toute bando,
> *Sagata la Prouvènço et lou Comte Ramoun*

> Cela ressemblait, par les champs,
> Aux pavillons d'un camp de guerre :
> Comme celui de Beaucaire, autrefois, quand Simon,
> Et la croisade d'Outre-Loire
> Et le légat qui les commande,
> Vinrent, impétueux, à toute horde,
> Egorger la Provence et le Comte Raymond.

Ce salut, non dépourvu d'amertume, à la vieille nationalité méridionale est une date dans les revendications félibréennes, car nul encore parmi les félibres, et nul parmi les poètes qui chantaient dans le Midi depuis quatre cents ans — pas même Jasmin — n'avait émis une allusion dans cet ordre d'idées. Cela sauta si vivement aux yeux de l'imprimeur (du reste absolument clérical) que la forme première de la susdite strophe dut être atténuée sous menace de refus d'impression, car le sixième vers était primitivement celui-ci :

> *Venguèron,* traite, *à toute bando...*

Mistral dut enlever le mot *traite* (traitres) pour ne pas retarder l'apparition du poème.

Voici un autre fait assez curieux. Lorsque Charpentier devint l'éditeur de *Mireille* en 1860, il exigea, de son côté, la suppression d'une note où l'auteur réclamait le nom de *langue* pour l'idiome du Midi qu'on n'appelait alors que *patois* et dans laquelle il le trouvait un peu trop agressif vis-à-vis du français (1).

Enfin il n'est pas inutile de faire remarquer que dans une note du poème de *Calendau* apparaît, dès 1867, la pensée fédéraliste tant de fois revendiquée depuis dans les programmes félibréens (2).

(1) V. Chant VI, première édition de *Mireille*.

(2) *Calendau*, chant 1er, p. 486 de l'édition Lemerre. Cette note est trop caractéristique pour que nous ne la reproduisions pas : « Bien que la Croisade commandée par Simon de Montfort ne fut dirigée ostensiblement que contre les hérétiques du Midi et plus tard contre le Comte de Toulouse, les villes libres de Provence comprirent admirablement, que sous le prétexte religieux se cachait un antagonisme de race, et quoique très catholiques, elles prirent hardiment parti contre les Croisés.

« Il faut dire, du reste, que cette intelligence de la nationalité se manifesta spontanément dans tous les pays de langue d'oc, c'est-à-dire depuis les Alpes jusqu'au golfe de Gascogne, et de la Loire jusqu'à l'Ebre. Ces populations, de tout temps sympathiques entre elles par une similitude de climat, d'instincts, de mœurs, de croyances, de législation et de langue, se trouvaient à cette, époque, prêtes à former un Etat des Provinces-Unies. Leur nationalité, révélée et propagée par les chants des Troubadours, avait mûri rapidement au soleil des libertés locales. Pour que cette force éparse prit vigoureusement conscience d'elle même, il ne fallait plus qu'une occasion : une guerre d'intérêt commun. Cette guerre s'offrit, mais dans de malheureuses conditions.

« Le Nord, armé par l'Eglise, soutenu par cette influence énorme qui avait, dans les Croisades, précipité l'Europe sur l'Asie, avait à son service les masses innombrables de la Chrétienté et à son aide l'exaltation du fanatisme.

« Le Midi, taxé d'hérésie, malgré qu'il en eût, travaillé par les prédicants, suspect à ses alliés et défenseurs naturels (entre autres le Comte de Provence), faute d'un chef habile et énergique, apporta dans la lutte plus d'héroïsme que d'ensemble, et succomba.

« Il fallait, paraît-il, que cela fût pour que la vieille Gaule devint la France moderne. Seulement les Méridionaux eussent préféré que cela se fit plus cordialement, et désiré que la fusion n'allât pas au delà de l'état fédératif. C'est toujours un grand malheur quand, par surprise, la civilisation doit céder le pas à la

ANSELME MATHIEU

(D'après un croquis du Viro-Soulèu de mars 1895)

Que dire enfin de ces *Sirventes* que Mistral a gravés sur le bronze ? Si plus tard le génie méridional arrive à se ressaisir entièrement et à redevenir ce qu'il était autrefois, c'est-à-dire sain et vigoureux parce qu'il dédaignera les imitations étrangères et ne prendra ses inspirations qu'en lui-même, on sera stupéfait de relire ces strophes superbes d'envolée, de patriotisme, et dont seuls de rares initiés ont compris le sens profond, la splendide beauté.

De tout cela résulte très manifestement que c'est Mistral, et Mistral seul qui a fondé le Félibrige Il lui a donné son nom, il lui a révélé sa voie, il a agrandi successivement les bornes de son horizon. Et certes ce n'est point diminuer les six compagnons de Font-

barbarie, et le triomphe des *Franchimands* retarda de deux siècles la marche du progrès. Car ce qui fut soumis, qu'on le remarque bien, ce fut moins le midi, matériellement parlant, que l'esprit du Midi. Raimond VII, le dernier Comte de Toulouse, reconquit ses Etats et ne s'en dessaisit qu'en 1229, de gré à gré en faveur de Louis IX. Le royaume et comté de Provence subsista longtemps encore, et ce ne fut qu'en 1486 que notre patrie s'annexa librement à la France, *non comme un accessoire à un principal, mais comme un principal à un autre principal*. Mais la sève autochtone qui s'était épanouie en une poésie neuve, élégante, chevaleresque, la hardiesse méridionale qui émancipait déjà la pensée et la science, l'élan municipal qui avait fait de nos cités autant de ré-publiques, la vie publique enfin circulant à grands flots dans toute la nation, toutes ces sources de politesse, d'indépendance et de virilité, étaient taries, hélas ! pour bien des siècles. Aussi, que voulez-vous ? bien que les historiens français condamnent généralement notre Cause, quand nous lisons dans les chroniques provençales le récit douloureux de cette guerre inique, nos contrées dévastées, nos villes saccagées, le peuple massacré dans les églises, la brillante noblesse du pays, l'excellent Comte de Toulouse dépouillés, humiliés, et, d'autre part, la valeureuse résistance de nos pères aux cris enthousiastes de : *Tolosa ! Marselha ! Avinhon ! Provensa !* il nous est impossible de ne pas être ému dans notre sang, et de ne pas redire avec Lucain : *Victrix causa Diis placuit, sed victa Catoni*.

ségugne d'affirmer hautement qu'ils n'ont été que des soldats, des instruments entre les mains d'un homme de cette valeur poétique et intellectuelle.

Nous n'en exceptons aucun, pas même Roumanille, car si nous voulons bien admettre la légende d'après laquelle le *bon Rouma*, comme on l'appelait, aurait été le Jean-Baptiste précurseur du Messie poétique de la renaissance félibréenne, il est incontestable qu'il eut le sort commun de tous les précurseurs lesquels ne se doutent aucunement des conséquences de leurs actions. Il serait difficile de trouver dans toute l'œuvre de Roumanille un mot contemporain des événements que nous racontons, montrant qu'il avait conscience de la haute mission réservée au félibrige par l'évocateur inspiré de la *Comtesse*. (1).

Quant à Aubanel qui, plus lettré, put deviner Mistral, il le montra d'ailleurs en diverses occasions(2), il se contenta, ce qui suffirait à la gloire de plus d'un, d'adorer Zani et de chanter la Vénus d'Arles. De même, il suffit à Alphonse Tavan d'inscrire son nom parmi les meilleurs poètes de la pléiade. Anselme Mathieu eut parfois de naïves visions de poète enfantin, mais c'étaient des rêves sans portée. Nous ne parlons que pour mémoire de Paul Giéra, l'amphytrion de Fontségugne et de Jean Brunet.

Avant de continuer, il n'est pas inutile de dire quelques mots sur le rôle de Roumanille, car, en vérité, ce ne serait pas lui rendre assez bonne justice que de le considérer comme un maître d'école uni-

(1) M. Paul Mariéton a publié dans la Revue Félibréenne (1894-1895) des lettres à lui adressées par Roumanille. Mais ces lettres ont été écrites bien après les événements qui nous occupent.

(2) Voir ses discours d'Avignon (1874) et de Forcalquier (1875).

quement préoccupé de questions d'orthographe. Sans
doute il fut quelque peu surpris, disons le mot, épou-
vanté, de voir, vers la fin de sa vie, se produire dans
le Félibrige des manifestations tout à fait étrangères
aux habitudes rieuses et insouciantes des premiers
jours (1). C'est ce qui a fait que parfois la jeune génération a parlé de *Rouma* comme d'un ancêtre qui
avait fini par ne plus être de son temps.

Hâtons-nous de dire que personne n'a entendu
contester sa valeur littéraire. L'opinion est unanime
pour reconnaître en plusieurs de ses livres des chefs-
d'œuvre qui préserveront longtemps son nom de l'ou-
bli. Nous avons dit plus haut que sa gaîté était familiale et saine ; c'est une note sur laquelle il faut
insister, car il n'a pas été seulement l'épurateur de
l'orthographe, il fut aussi, ce qui n'est pas un mince
honneur, le moralisateur de la gaîté provençale. Il
avait raison d'écrire à son ami Duret : « *Les Margarideto* sont bien différentes des sales banalités que
trop de poètes provençaux ont ramassées dans je ne
sais quelles ornières et quels bas fonds. La muse
provençale, pareille à une femme saoule, a trop longtemps amusé les badauds comme les pierrots de la
foire. J'avais à cœur de montrer qu'elle n'était pas ce
qu'un vain peuple pense ; franchement les amis de

(1) « Des jeunes sont venus qui déjà grisonnent ; de plus jeunes
viennent qui pourront démolir la maison que nous avons bâtie
avec tant d'amour, de sollicitude et de peine. Les tendances de
notre jeunesse félibréenne m'inquiètent et Paris déteint trop sur
elle. » (Lettre à Victor Duret, 1885, dans Ritter : *Le Centenaire
de Dies, suivi de lettres de Roumanille à Duret*, Genève, Georg.
1894. — N'est-il pas étrange de voir Roumanille prendre pour
des tendances parisiennes, celles des jeunes félibres vers les idées
fédéralistes ? Mais ses impressions étaient celles de la plupart des
félibres de sa génération.

toute saine littérature furent heureux d'entendre si douces et plaisantes chansons, *si honnêtes surtout...* et la voie fut ouverte (1). »

C'était exact. Si souvent, en effet, avant lui, les conteurs d'oc s'étaient laissé entraîner à des facéties choquantes qu'il avait fallu détourner pour eux un adage indulgent et dire que *le patois dans ses mots bravait l'honnêteté.* Pour accomplir cette partie de sa tâche l'auteur des *Margarideto* avait un instrument puissant, *l'Armana Prouvençau,* et il s'en servit si bien que si l'on y rencontre parfois d'étourdissantes histoires on n'y trouve jamais rien qui puisse blesser la bienséance. S'il est vrai que les grands rieurs doivent être mis au nombre des bienfaiteurs de l'humanité, avoir amusé tant de générations et assaini une littérature méritait bien un hommage public ; aussi une statue, produit d'une souscription populaire, lui a-t-elle été élevée *en* Avignon, à l'endroit où se trouvaient jadis les jardins de la Reine Jeanne.

Ce n'est pas tout. Le libraire Roumanille était le plus entreprenant, le plus actif de la trinité félibréenne. Obligé de gagner son pain de tous les jours, il ne pouvait avoir comme Mistral et Aubanel, riches tous deux, ce superbe dédain des choses de la vie matérielle, si cher à ceux auxquels d'heureuses circonstances permettent de s'occuper uniquement de travaux d'ordre intellectuel. Or, à notre époque d'intense publicité, à tout il faut un *lanceur ;* on nous pardonnera cet affreux barbarisme qui a, au moins, le mérite de faire comprendre notre pensée. Ce n'était pas tout de créer un mouvement littéraire, il fallait le faire

(1) Lettre à Duret, juin 1857.

connaître, le propager en Provence et au dehors. Roumanille se chargea de ce rôle. Il faut lire sa correspondance avec Duret pour voir avec quel zèle il s'en occupe, comment il gourmande une *Revue* pour le retard apporté à un article promis, comment il en provoque d'autres. Et ce qui prouve bien la noblesse de ses sentiments c'est que s'il parle de lui quand il ne peut faire autrement, il parle surtout de ses compagnons, même d'Aubanel, d'avec qui il était alors séparé par une brouille heureusement passagère.

Ce qui achève d'environner sa mémoire d'une touchante auréole c'est le sentiment qui se fait jour dans les lignes suivantes adressées à son ami Duret en 1859 : « C'est moi, moi seul, qui ai découvert l'étoile Mistral, en 1845, dans le pensionnat Dupuy, rue de l'Hôpital, à Avignon, sous le clocher des Augustins, où, pour mes péchés j'étais professeur, où pour mon bonheur j'avais pour élève le jeune Frédéric Mistral, de Maillane. Oui c'est moi qui devinai dans cet enfant, un enfant sublime, et qui, depuis lors, ne l'ai pas perdu de vue un instant, moi qui l'ai associé à mes travaux, qui l'ai poussé.... Vous savez le reste. Voyez si je n'ai pas traité notre grand poète comme un père traite son enfant, si je n'ai pas enlevé sur son chemin toute pierre sur laquelle eût pu se heurter son pied. *Ne forte offendas ad lapidem pedem tuum.* » (1)

Effectivement, quand l'élève fut devenu le maître que l'on sait, l'attitude de Roumanille fut toujours celle d'un père qui s'enorgueillit du succès de son fils, et, le reconnaissant comme supérieur à lui-même, prend volontiers ses conseils au lieu de lui en donner. C'est ainsi que dans l'organisation rudimentaire du

(1) Lettres de Roumanille, *loc. cit.*

4

Félibrige, qui fut tentée en 1862 et que nous exposerons en son temps, Roumanille s'effaça devant son jeune compagnon qui, d'une commune voix fut acclamé comme le chef-directeur, comme le *Capoulié* de l'œuvre.

Quelle est donc cette race (car le *Verbe* représente toujours une race), que Mistral veut relever par la renaissance de son idiome d'abord, par l'affirmation de son passé historique ensuite ?

La *race latine* incontestablement, si l'on ne donne à cette expression que la signification qu'elle comporte. En réalité, comme l'a fort bien démontré M. Gaston Paris (1), il n'y a pas plus de races romanes que de races latines. La langue et la civilisation de Rome ont été adoptées plus ou moins volontairement par les races les plus diverses : Ligures, Ibères, Celtes, Illyriens, etc. C'est donc sur le sacrifice de leur nationalité originelle que reposait l'unité des peuples romains. Cette unité avait pour base un principe tout différent de celui qui constitue l'unité germanique ou slave, lequel s'appuie sur l'idée physiologique des liens du sang. La conception de l'unité des races latines est donc un produit historique, un produit de tradition ; mais cette tradition est des plus rationnelles, car, héritières directes de Rome, les nations latines ont pour mission de conserver de l'esprit romain ce qui est le plus utile à l'humanité, c'est-à-dire la tendance vers une civilisation commune, équitable et éclairée.

Voilà ce qui plus tard permettra au Félibrige de trouver tant de sympathies en Catalogne, en Italie. Mais pour nous en tenir à la seule France, on doit re-

(1) Gaston Paris *(Romania, 1)*.

connaître que si la France d'oc se rapproche plus de la
tradition latine que la France d'oil, cette dernière, ne
fût-ce que par sa langue, est incontestablement latine. Quelle est donc la raison d'être du Félibrige, et
qu'y a-t-il au fond de ces aspirations vers une meilleure répartition des éléments provinciaux qu'expri-
meront plus tard, avec tant d'énergie, les *nouvelles
couches* du Félibrige ? Il y a cette idée qu'un Provençal ne ressemble pas plus à un Breton qu'un Gascon à
un Picard, et que, Provençaux, Gascons, Bretons et
Picards peuvent, dans la grande nation dont la formation a fait de tous des frères, aimer leur terre natale,
et parler l'idiome de leur berceau sans commettre le
crime de lèse-patrie.

Mais, encore un coup, quelle est la collectivité que
peuvent représenter les Français d'oc ? Celle qui peut
se réclamer de lointaines traditions historiques, en
d'autres termes la *race méridionale*. Cette race méridionale, que le D' Noulet a si bien nommée dans un
éclair de perspicacité supérieure, on la trouve en formation au lendemain de la chute de l'Empire romain,
et on peut en suivre les manifestations à travers les
soubresauts historiques qui ont abouti à l'Unité française (1).

Ce qui importait en ce moment, c'était d'expliquer
le rôle du Félibrige en cet épanouissement qui lui fait
franchir les Pyrénées d'un côté, les Alpes de l'autre,
et qui, en son domaine propre, d'Avignon à Bordeaux,
lui permet d'avoir l'ambition de grouper en d'identiques revendications une population de quinze millions
d'âmes.

(1) Noulet, *las Joyas del Gay-Saber*, préface. Toulouse, 1849.
— Tamizey de Larroque, *Mémoire sur le Sac de Béziers*. Paris,
Durand, 1862.

Pénétré de cette idée du relèvement de sa race, Mistral devait suivre avec attention toutes les manifestations qui se produiraient non seulement dans le midi de la France, mais aussi dans tous les pays ayant des affinités communes à celles de sa patrie. A ce point de vue, il avait parfaitement raison de considérer comme tels l'Espagne et l'Italie, car toutes deux ont manifestement avec la France le caractère commun du *génie latin*. Or, en 1859, les Catalans rétablirent leurs antiques Jeux Floraux. Le poète Damaso Calvet, leur premier lauréat, vint en Provence apporter l'heureuse nouvelle. Aussitôt un courant de sympathie se produisit et le chroniqueur de *l'Armana prouvençau* de 1862 envoya ses meilleurs souhaits à ses frères en poésie (1).

Mais déjà Mistral leur avait adressé son ode magistrale : *I Troubaire Catalan*, où l'on trouve ces vers caractéristiques :

> *La Republico d'Arle, au founs de si palun*
> *Arresounavo l'Emperaire...*
> *Aro nous agroumoulissèn*
> *Davans la caro d'un gendarmo (2) !*

(1) Il peut paraître étrange que cette chronique, signée Jean Brunet, soit de lui. En réalité, elle est de Mistral lui-même. Du reste, ce seul passage l'indiquerait bien : « Beau provençal,, que veut donc de toi la Providence pour t'inspirer ainsi ? Serais-tu destiné, lien tout prêt, trait d'union naturel, à relier en faisceau les trois gerbes de la race latine : France, Italie, Espagne ? L'avenir le dira. » Seul de tous ses compagnons, Mistral pouvait, avec son regard pénétrant, prévoir les événements et annoncer en quelque sorte d'une façon prophétique le rapprochement qui devait s'opérer, sept ans plus tard, entre Provençaux et Catalans, et, quatorze ans plus tard, entre Provençaux, Catalans et Italiens ; toutes choses que ce brave Brunet était certainement incapable de voir d'aussi loin. — De même la plupart des chroniques signées *Mathieu* doivent être attribuées à Mistral.

(2) La République d'Arles au fond de ses marais — Parlait en face à l'Empereur... — Maintenant nous tremblons devant la figure d'un gendarme,

C'est de la même inspiration que procède le sirvente de *la Comtesse* (1866), si connu que souvent, dans leurs réunions, les jeunes Félibres fédéralistes résument tout leur programme par ces seuls mots : « Vive la Comtesse ! » De même les autres sirventes : *En l'ounour de Jaussemin* (1870) ; *A la raço latino* (1878) ; *A Na Clemènço Isauro* (1879) ; *Espouscado* (1888).

Qu'on les lise ces chefs-d'œuvre ; on verra que le fédéralisme des jeunes Félibres actuels y est proclamé plus hardiment qu'aucun d'eux ne saura jamais le faire.

Naturellement, les tendances que manifestait le poète furent l'objet de commentaires passionnés. Certains écrivains, et non des moindres, il faut le reconnaitre, osèrent l'accuser, surtout, à l'occasion de *la Comtesse*, de pousser au séparatisme ; mais il dédaigna de répondre. Il le fit pourtant plus tard, comme doit le faire un poète de son vol, en consacrant en 1870 à la France envahie : *lou Saume de la Penitènci*, et en 1871 à la France troublée : *lou Roucas de Sisife*, deux sirventes où se révèle, dans une poignante émotion, le désespoir d'un cœur vraiment français. Et nous ne parlons pas de sa belle poésie sur *le Tambour d'Arcole* qui date de 1868, ni de son beau vers, si net et si bien frappé, dans l'*Ode aux Catalans* :

Sian de la grando Franço, e ni court ni coustié (1) !

(1) Nous sommes de la grande France, franchement et loyalement. — Toutes ces poésies sont dans *lis Isclo d'or*, édit. Lemerre. — Voir aussi dans ce sens les discours qu'il a prononcés comme *Capoulié*. On les trouve dans *l'Armana prouvençau* et dans *le Cartabèu de Santo-Estello*, publié par Lieutaud (1877-82).

Le poème de *Calendau* procède du même ordre
d'idées. Calendal et la Princesse des Baux n'ont aucune ressemblance avec Vincent et Mireille. La fille
de maître Ramon et son amoureux sont des créatu-
res humaines qui souffrent et qui tressaillent uniquement parce qu'elles s'aiment et qu'elles sont malheureuses ; la cause de leur douleur est si profondément
humaine et vraie qu'il suffit d'avoir un cœur pour comprendre l'une et pour partager l'autre. Aussi tout le
monde, ignorant ou lettré, a connu et compris *Mireille*.
Au contraire, on ne sent rien d'humain dans Calendal
et la princesse des Baux ; l'amour qui les unit, on le
saisit vite, n'est qu'une nécessité de la fiction ; ils ne
sont point des personnages, ils sont des *entités* ; leur
dialogue est semblable à ceux du Dante et de Béatrix ; derrière leurs gestes, un peu vagues, on sent le
véritable but du poète, qui a été de chanter un hymne
au passé, à la gloire, à l'âme de son pays. D'ailleurs
la différence du début des deux poèmes est saisissante :

> Cante uno chato de Prouvènço
> Dins lis amour de sa jouvènço,
> A travès de la Crau, vers la mar, dins li bla ,
> Umble escoulan dou grand Ouméro
> Iéu la vole segui..., (1)

dit le début de *Mireille*. D'autre part, voici le début
de *Calendau* :

(1) Je chante une jeune fille de Provence ; — Dans les amours
de sa jeunesse — A travers la Crau, vers la mer, dans les blés
— Humble écolier du grand Homère — Je veux la suivre...,

Don Victor BALAGUER

(D'après un cliché de El Regionalismo)

...Amo de moun païs,
Tu que dardaies, manifèsto,
E dins sa lengo è dins sa gèsto...
De la patrio amo piouso,
T'appelle ! encarno-te dins mi vers prouvençau ! (1)

La différence devait être la même dans le sort des deux poèmes auprès du public. A la foule des cœurs aimants et simples répondait la passion de Mireille ; aux patriotes, aux esprits élevés (élite restreinte, en vérité) répondait l'hymne fière de Calendal.

Avant d'aller plus loin, il faut remonter un peu en arrière pour assister aux premiers pas du Félibrige hors d'Avignon.

Sa première *sortie officielle* eut lieu à Nîmes le 12 mars 1859. Le vénérable Reboul, aux applaudissements d'une population qui n'épargna point les manifestations sympathiques, donna l'accolade à Mistral, à Roumanille et à Aubanel.

Mais la solennité où fut véritablement consacrée l'autorité poétique du nouveau groupe fut celle d'Apt en 1862. Cette année-là, la ville d'Apt organisa de grandes fêtes dont la principale *attraction* fut un concours littéraire exclusivement consacré à la langue d'oc. Les *Sèt Jouvènt* de Fontségugne furent choisis pour être les arbitres du concours, mission, est-il besoin de le dire, qu'ils acceptèrent avec empressement. Le succès de ces Jeux Floraux, les premiers en date auxquels les Félibres aient officiellement présidé, fut tel que, dès le lendemain, à Apt même, ils résolurent

---

(1) Ame de mon pays, — Toi qui rayonnes, manifeste, — Dans sa langue et dans son histoire, — De la patrie âme pieuse, — Je l'appelle !... incarne-toi dans mes vers provençaux !

de s'affirmer, et rédigèrent des statuts pour faire connaître les motifs de leur groupement.

Nous avons dit plus haut que, jusqu'en 1876, le Félibrige n'eut rien qui s'approchât d'un statut, rien qui marquât une association. C'est la vérité. Les statuts actuels du Félibrige ne datent que de 1876; c'est seulement·alors qu'on songea à établir une véritable *Constitution*, à délimiter les régions que l'idée félibréenne reconnaissait pour son domaine, et à solliciter des pouvoir publics l'autorisation nécessaire pour la reconnaissance légale de la Société. Les *Statuts* de 1862 (il faut bien pourtant les appeler ainsi puisque c'est le nom que leur donne l'*Armana Prouvençau* de 1863) n'ont d'autre portée que de régler la composition du jury dans les futurs concours littéraires ; c'est le but de l'article 6. le seul que nous ayons à retenir : « Les Jeux Floraux, toujours dirigés par un consistoire de sept félibres *cabiscols* (1) donnent des prix et des mentions d'honneur à ceux qui ont le mieux traité les sujets félibréens. » On le voit, il y a loin de là à la savante organisation qui fut créée plus tard et qui,si, par un événement imprévu, le système fédéraliste venait à être appliqué en France, pourrait, avec de minimes changements, être déclarée *Constitution provinciale.*

Quoi qu'il en soit, il résulte de l'ensemble de ces circonstances que, dès 1862, l'autorité du Consistoire félibréen en matière littéraire — et orthographique,

---

(1) C'est le premier germe de l'idée des futurs *félibres majoraux.* Au reste, les statuts de 1862 n'ont pas été souvent appliqués ; ils furent débordés, si nous pouvons nous exprimer ainsi, par la rapide extension des manifestations félibréennes. — (V. aux annexes le texte complet).

ne l'oublions pas — était reconnue presque partout en Provence. La bataille est gagnée, dut se dire Roumanille. Sans doute que, dans la pensée de Mistral, elle était à peine commencée. Et ceci nous ramène aux manifestations d'un autre genre, dont nous avons vu les premiers symptômes, au réveil de l'*idee latine*.

Nous savons qu'au lendemain du rétablissement des Jeux Floraux de Catalogne, Félibres et Catalans avaient fraternisé. La première impulsion de sympathie qui les avait jetés dans les bras les uns des autres devait se transformer en une amitié durable et profonde comme celle qui, par-dessus des préjugés mesquins, peut réunir des esprits élevés dans les régions sereines de la pensée.

En 1867, Victor Balaguer, une des plus brillantes intelligences de la Catalogne contemporaine, forcé de quitter son pays à la suite d'une révolution politique lançait de Narbonne une proclamation poétique où il faisait appel aux sympathies des Provençaux pour la jeune Catalogne. Il fut reçu comme un frère par les Félibres. William Bonaparte-Wyse organisa en son honneur une félibrée qui dura trois jours à Fontségugne, à la Fontaine de Vaucluse, à Avignon ; tous se disputèrent l'hospitalité du proscrit.

Quelques mois plus tard, rentré en Espagne, Balaguer, avec le produit d'une souscription recueillie dans son pays, envoyait aux Félibres une superbe coupe en argent sur laquelle étaient gravés ces mots : *Record ofert per patricis catalans als felibres provenzals Mistral, Roumanille, Aubanel, W. Bonaparte-Wyse y als demès germans Mathieu, Crousillat,*

*Roumieux, Brunet, Gaut. etc., per la hospitalitat
donada al poeta Victor Balaguer,* 1867 (1).

Disons quelques mots de cette coupe, elle en vaut
la peine. Dès l'avoir reçue Mistral lui consacra un
hymne aujourd'hui célèbre sous le nom de *Chanson de
la Coupe* et dont l'air n'est autre que celui d'un vieux
noël provençal de Saboly (2). La Chanson de la Coupe a sept couplets, nombre éminemment félibréen,
comme on sait, et elle est devenue le chant symbolique de l'association. C'est le Capoulié qui a la garde
de la Coupe ; il ne la sort qu'une fois par an, au banquet de la *Santo-Estello.* A la fin du repas il y Boit,
l'élève et chante la chanson dont l'assistance reprend
en chœur le refrain. Puis la coupe passe de l'un à
l'autre et chacun de ceux qui ont ou quelques paroles
à prononcer, ou une chanson à dire, commencent par
y tremper leurs lèvres. C'est ainsi qu'on a pu dire que
cette Coupe était devenue pour les Félibres leur *pal-*

---

(1) Œuvre du sculpteur Avignonnais Fulconis (1818-1873), la
coupe félibréenne est d'un aspect très artistique et très gracieux.
L'intérieur en est doré, l'extérieur d'argent bruni. La vasque, de
forme antique, est supportée par un palmier contre lequel sont
dressées deux figurines droites représentant la Catalogne et la
Provence. La Provence entoure de son bras droit le col de son
amie, pour lui marquer sa sympathie ; la Catalogne met la main
sur son cœur et semble remercier. Les deux figurines portent le
costume latin et ont le sein nu. Au pied de chacune est un blason
qui les fait reconnaître. L'inscription, que nous avons indiquée plus
haut, entoure la vasque sur une banderolle autour de laquelle
s'enroule une couronne de laurier. A côté des blasons, et alternant
avec eux, sont deux petits cartouches où sont gravées les deux
inscriptions suivantes :

Morta la diuhen qu'es,	*Ah ! se me entendre !*
Mes jo la crech viva.	*Ah ! se me voulien segui !*
(V. Balaguer.)	(F. Mistral.)

Les vers de Mistral sont tirés de son sirvente de *la Comtesse.*

(2) (V. aux annexes les paroles et la musique).

ladium sacré et qu'elle leur représente l'idée de la *fédération latine*, puisqu'elle leur vient d'un pays latin.

L'envoi de la Coupe Félibréenne fait par les Catalans aux Félibres Provençaux eut une épilogue que nous devons signaler en passant Dix ans plus tard, aux fêtes latines de Montpellier, en 1878, lorsqu'en vertu de sa nouvelle Constitution votée en 1876, le Félibrige célébra ses premiers *Grands Jeux Floraux* (1), le chancelier, au nom de l'Association, remit solennellement aux délégués catalans une autre coupe en mémoire de celle dont nous venons de raconter l'histoire (2).

Mais il est temps de revenir à Balaguer. Quelques mois après sa rentrée en Espagne, au mois de novembre 1867, l'ancien proscrit appela dans sa patrie les représentants du Félibrige. Mistral, Roumieux, Bonaparte-Wyse et Paul Meyer répondirent à l'invitation, et le 28 avril 1868 partirent pour Barcelone. Ils furent reçus avec une pompe digne d'ambassadeurs d'une grande puissance (3). Au mois de septembre de la même année, Balaguer, non plus exilé mais triomphateur, et entourée d'une élite choisie dans son pays, venait rendre aux Provençaux leur visite à Nîmes, à Beaucaire, à Avignon, à Maillane, enfin à Saint-Rémy (4).

La fête de Saint-Remy marque une étape nouvelle.

(1) Ces Jeux Floraux ont lieu tous les sept ans. (Art. 46 des statuts de 1876.)

(2) La coupe offerte par les Provençaux aux Catalans porte le nom des sept provinces de langue d'oc, avec cette inscription : *Li Felibre de Franço i Felibre d'Espagno.*

(3) V. *Armana Prouvençau*, 1869.

(4) *Ibid.*

Pour la première fois les lettrés parisiens et la presse de la capitale venaient en nombre au pays des Félibres. On y voyait Saint-René Taillandier, Monselet, Pierre Zaccone, Francisque Sarcey, Paul Arène, Albert Millaud, Alexandre Ducros, Emile Blavet, le baron Brisse, Marius Roux, Cochinat, Bouvier.....

Désormais, et bien qu'arrêté un instant par les préoccupations de l'*Année terrible*, le Félibrige, à ce point de vue, fit chaque jour de nouvelles conquêtes. Les philologues les plus autorisés comme les littérateurs les plus en vue, se rendaient de plus en plus nombreux à ces réunions. Il y avait beau temps déjà que Paul Meyer et Gaston Paris, les deux maîtres incontestés des études romanes en France, avaient témoigné de leur sympathie en faveur du mouvement. Des Universités étrangères, où, par une singulière ironie des choses, on prit longtemps plus d'intérêt qu'en France même à ces manifestations, étaient depuis plusieurs années parvenus aux Félibres les encouragements les plus flatteurs.(1) Tout naturellement le domaine s'agrandit, et à côté des poètes et des littérateurs, la phalange des chercheurs, des érudits, des savants s'augmenta. Avec l'appui du baron Charles de Tourtoulon (2), historien de Jacme le Conquérant, les philologues Cambouliu (1820-1869), Boucherie (1831-1883), Montel, Paul Glaize, fondèrent à

(1) V. aux notes et documents : *La Littérature Félibréenne à l'étranger.*

(2) *Jacme le Conquérant*. Montpellier, Gras, 1863-67. — *Une session des Etats de Languedoc 1761.* Montpellier, Boehm, 1872. — *Classification des dialectes*, réponse à M. G. Paris, in *Revue des langues romanes*, 1890, I, 130. — En 1875 chargé, avec O. Bringuier (V. ce nom plus haut) d'une mission par le ministère de l'Instruction publique, il en a consigné les résultats dans : *Etude sur la limite géographique de la langue d'oc et de la langue d'oïl.* Paris, 1876.

Louis ROUMIEUX

(D'après le cliché des Couquiho d'un Roumièu*)*

Montpellier la *Société pour l'étude des langues roma·
nes* qui, par la *Revue* de ce nom, se fit bientôt une large place (1870). A cette *Revue* vint bientôt collabo-
rer Camille Chabaneau, le rival de P. Meyer et de G.
Paris (1). Au nombre des autres collaborateurs (2)
mentionnons, parmi ceux qui eurent des affinités particulières avec le Félibrige, A. Roque-Ferrier, critique et philologue (3) ; d'autre part Léopold Constans,

(1) *Grammaire limousine* ((1876). — *Histoire et théorie de la
conjugaison française* ; Nouv. édit. 1878. — *Poésies inédites de
troubadours du Périgord* (1885). — *Notes sur quelques manuscrits
provençaux perdus ou égarés* (1886). — *Sur la langue romane du
midi de la France ; Biographies des Troubadours ; Origine de
l'Académie des Jeux Floraux*. Toulouse, Privat, 1885. (Extr. de
la nouvelle édition de *l'Histoire de Languedoc*) ; *Sainte Marie-
Madeleine dans la littérature provençale* (1887) ; *le Parnasse
provençal du P. Bougerel* (1888) ; *le Roman de Saint-Fanuel* (1889);
le Roman d'Arles (1889) ; *Varia provincialia* (1889) ; *Deux manuscrits provençaux du seizième siècle* (en collaboration avec Noulet).
Paris, 1888.
(2) La philologie et l'étude de la littérature romane ont pris un
immense essor en ces trente dernières années. Simple chroniqueur
du Félibrige, il nous suffira de citer les noms et d'énumérer briè-
vement les œuvres des érudits qui ont accepté le titre de *félibre*.
(3) *Enigmes populaires en langue d'oc. — L'r des infinitifs en langue d'oc. — Quatre contes languedociens recueillis à Gignac. —
Vestiges d'un article archaïque roman. — La Roumanie dans la
littérature du Midi de la France.* (Tous ces articles ont été tirés
à part de la *Revue des langues romanes*, de même que ceux qui ont
été réunis sous le titre : *Mélanges de critique littéraire et de philologie*. Montpellier, 1874 90. 1892.) — *Le Félibrige latin*, revue
littéraire et philologique fondée en 1890, continuation de l'*Occitania*
qui datait de 1887. — D'aucuns appellent Roque-Ferrier : le *schis-
matique*. En effet il a quitté le Félibrige à la suite d'incidents qui
n'ont point à être racontés ici. et a essayé de dresser autel contre
autel en créant le *Félibrige latin*. Sans prendre partie dans le
débat nous devons constater que cette tentative n'a guère réussi
jusqu'à présent. Le seul résultat bien constaté c'est l'antipathie
prononcée que manifeste M. R.-Ferrier contre ses anciens compagnons, sentiment qui l'amène le plus souvent à se laisser égarer
dans ses appréciations critiques ou littéraires ; chose regrettable,

le sympathique professeur à la Faculté d'Aix, encore jeune alors, mais qui ne devait pas tarder à se faire une place parmi les romanistes les plus autorisés (1).

Sont aussi félibres majoraux : MM. Tamizey de Larroque, l'historien infatigable de Peiresc (2) ; J.-F. Bladé qui, non content d'être le folk-loriste le plus distingué de la Gascogne, se consacre à la géographie antique du sud-ouest de la Gaule (3). Léonce Couture, le savant directeur de la *Revue de Gascogne* ; Victor Lieutaud, ancien bibliothécaire de la ville de Marseille (4) ; Frédéric Donnadieu, qui a élevé un monument à la mémoire des Précurseurs des Félibres (5) ; Antonin Glaize, professeur à la Faculté de

en somme, pour tous, car on ne saurait méconnaître en M. R.-Ferrier d'appréciables qualités d'érudition et de pénétration philologique.

(1) *Essai sur l'histoire du sous-dialecte du Rouergue*. Paris. 1881. — *Chrestomathie de l'ancien français*. Paris. 1890. — *Le Roman de Thèbes*. Paris. Didot, 1890 2 vol. — *Le Livre de l'Epervier*. Paris, 1882. — *La légende d'Œdipe*. Paris, 1881. — *Les manuscrits provençaux de Cheltenham*, Paris, 1882.

(2) *Les Correspondants de Peiresc*.

(3) *Contes populaires recueillis en Agenais*. Paris. 1874. — *Contes populaires recueillis en Armagnac*. Paris, 1867. — *Poésies populaires françaises de l'Armagnac et Agenais*, 1879 — *Contes populaires de la Gascogne*. Paris, Maisonneuve, 1886. 3 vol. — Sur la géographie antique : *Annales du Midi* (1893-94) ; *Revue des Pyrénées* (1893). — *Géographie Juive, Albigeoise et Calviniste*. Bordeaux, 1877.

(4) *Notes pour servir à l'histoire de Provence*. Marseille, Boy, 1873-187... — *Lou Rouman d'Arles*, Marseille, :873. — *La Court d'amour*. Marseille, Pépin, 1881. — *Marius* pouèmo assounant, 1882. — Dans *Lou Libre de la Crou de Prouvènço*, Avignon, Roumanille, 1874, dont il a fait la préface, il a recueilli toutes les inscriptions adressées au Comité de l'érection de la Croix de Provence.

(5) *Les Précurseurs des Félibres* (1800-1855), illustré par Paul Maurou. Paris. Quantin, 1888. — *Le Breviàri d'amor*, fragments traduits en français. Béziers, Sapte, 1891. — *Au quartier latin*. Paris, Jouaust, 1875.

droit de Montpellier, critique délicat et fin poète (6).

Grâce à M. de Berluc-Pérussis, d'Aix, un lettré de premier ordre et un des esprits les plus lumineux du Félibrige (7), secondé par ses deux amis H^{te} Guillibert (8) et J.-B. Gaut, ainsi que par M. Doncieux, préfet de Vaucluse, après l'Espagne, ce fut le tour de l'Italie à s'affilier à l'idée latine ressuscitée sur les bords du Rhône. Les délégués de l'Italie n'étaient pas des moindres ; c'était d'abord l'ambassadeur Nigra, puis M. Conti, président de l'Académie *della Crusca*, et le député-professeur Minich, envoyé par l'Université de Padoue. Pour la première fois, l'Institut de France se faisait représenter à une fête félibréenne : MM. Mézières, de l'Académie française, et Wallon, membre de l'Institut, avaient accepté cette mission, outre qu'ils étaient aussi délégués par le Ministère de l'Instruction publique. Les Catalans étaient représentés par M. Albert de Quintana, président des Jeux Floraux de Barcelone.

Le but de la fête provoquée par M. de Berluc-Pérussis était la célébration du cinquième centenaire de la mort de Pétrarque. Elle eut lieu à Avignon et à la Fontaine de Vaucluse du 18 au 20 juillet 1874. On peut bien dire qu'à ce moment la fédération latine

---

(6) Articles de critique dans *la Revue des langues romanes*, — poésies dans *l'Armana Prouvençau*, 1877, 1887, 1890, etc.

(7) Promoteur de « l'Académie des sonnettistes », c'est sous son inspiration qu'a été publié *l'Almanach du Sonnet*, Aix, 1874-75-76-77. — Il a fait paraître : *Moun Oustalet*. Montpellier, 1888. — *Cant di Fourcauquieren*. Aix, Remondet, 1876. — *Les Chansons du Carrateyron*. Marseille, Roy, 1855. — *Un document inédit sur Laure de Sade*, Aix, Illy, 1876. — M. de Berluc s'est souvent servi du pseudonyme *A. de Gagnaud*.

(8) *Ubaldino-Perruzi, souvenirs du Centenaire de Pétrarque* Avignon, Roumanille, 1891.

(idéale malheureusement) fut scellée sur le terrain de la littérature et de la poésie (1).

Enfin, en 1875, à Montpellier, au concours ouvert par la *Société des langues romanes*, d'importantes innovations étaient mises en pratique. Pour la première fois, des récompenses étaient accordées aux travaux philologiques concurremment avec celles attribuées aux œuvres poétiques ou littéraires. Pour la première fois aussi on appelait dans la lice non seulement le dialecte provençal qui, jusqu'alors, s'était vu réserver les faveurs du *Consistoire félibréen*, mais tous les grands dialectes du midi de la France : le languedocien, le gascon, le dauphinois, le limousin et le Béarnais. Bien plus, on admettait même le catalan de l'ancien comté de Barcelone et les idiomes qui se rattachent directement à lui dans la province de Valence et les îles Baléares.

Le concours fut remarquable tant par la qualité des œuvres envoyées que par la notoriété des membres du jury. En effet, on y voyait Egger, Gaston Paris, Michel Bréal, Mila y Fontanals, Revillout, Boucherie, siéger à côté de Mistral, Gabriel Azaïs, Roque-Ferrier, Lieutaud. Quant aux lauréats, ce furent, pour la poésie : Félix Gras, avec son poème : *Li Carbounié* ; Alphonse Tavan, avec son recueil : *Amour et Plour* ; Mir, avec sa *Cansou de la Lauseto* ; Langlade, avec son poème : *l'Estanc de l'Ort*. Les lauréats de la prose furent : Alphonse Michel, pour la première partie de son *Histoire de la ville d'Eyguières*, écrite en provençal ; Mir, pour sa fameuse *Messo de La-*

(1) V. *Armana Prouvençau*, 1875. — *Fêtes littéraires et internationales ; Cinquième centenaire de la mort de Pétrarque.* Avignon, Gros, 1874.

dern. On vit même paraître un excellent travail, très technique et très exact, écrit en prose provençale, par M. Blanchin, sur les *Charbonnages des Bouches-du-Rhône*. Parmi les travaux philologiques on distingua celui d'un des savants les plus autorisés de l'Italie, M. Ascoli : *l'A latin dans le territoire franco-proven-çal* ; la publication définitive de la *Vida de Sant-Ho-norat*, par Léandre Sardou ; une étude du pasteur Fesquet sur le *Sous-Dialecte languedocien du canton de la Salle-Saint-Pierre, dans le Gard* (1)

Ces citations suffisent. Ce qui n'est pas moins suggestif, ce sont les discours prononcés par Egger, Mila y Fontanals et Michel Bréal, dont Gaston Paris donnait le résumé dans ses impressions racontées, quelques jours après, au *Journal des Débats* : « Des politiques à courte vue peuvent seuls négliger de pareils symptômes ; il y a dans l'histoire bien des événements considérables qui ont eu une origine analogue.»

(1) *Le concours philologique et littéraire de l'année* 1875. Montpellier, 1875.

Période d'affirmation

ACHILLE MIR

(D'après son portrait par Narcisse Salières)

III

Période d'affirmation (1876-1892)

XAMINONS, puisque c'est le moment au point de vue chronologique, les *Statuts félibréens*. C'est par leur proclamation que s'ouvre cette troisième période qui est celle où le Félibrige, ayant étendu son action aux quatre coins de la terre d'oc, affirme ses progrès en organisant sa conquête (1).

Les Statuts du Félibrige furent votés le 21 mai 1876 à Avignon dans la *Salle des Templiers* (2).

L'article premier indique le but de l'association : « Le Félibrige est établi pour grouper et encourager tous ceux qui, par leurs œuvres, conservent la langue du pays d'oc, ainsi que les savants et les artistes qui étudient et travaillent dans l'intérêt de ce pays.

Art. 2. — « Sont interdites dans les réunions féli-bréennes les discussions politiques ou religieuses.

---

(1) Ces statuts ont été élaborés et rédigés par MM. Mistral, le baron Charles de Tourtoulon et le marquis de Villeneuve-Esclapon.

(2) C'est une salle de l'*Hôtel du Louvre*, appelée aussi salle des *Chevaliers de Rhodes*.

Art. 4. — « Les félibres se divisent en *félibres majoraux* et *félibres mainteneurs* ; ils se relient par les groupements des *Maintenances* qui correspondent chacune à un grand dialecte d'oc. Les Maintenances se divisent en *Écoles*.

Art. 5. — « Les félibres majoraux sont choisis parmi ceux qui ont le plus contribué à la renaissance du *Gai-Savoir*. Ils sont au nombre de cinquante, et leur réunion porte le nom de *Consistoire félibréen*.

Art. 6 et 7. — « Les majoraux sont nommés par le Consistoire. Les nouveaux élus sont reçus à la fête de Sainte-Estelle. Un membre du Consistoire souhaite la bienvenue au récipiendaire qui prononce l'éloge de son prédécesseur.

Art. 8. — « Le bureau du Consistoire est ainsi composé : 1° un *Capoulié*, président et administrateur ; 2° des *Assesseurs*, un par Maintenance, remplaçant le Capoulié empêché ; 3° des *Syndics*, un par Maintenance. Chaque syndic a l'administration de sa Maintenance (1) ; 4° Un *Chancelier*, secrétaire et trésorier, remplacé au besoin par un *Vice-Chancelier*.

Art. 15. — « Le Bureau est élu pour trois ans.

Art. 16. — « Dans les félibrées le Capoulié porte une étoile d'or à sept rayons et les majoraux une cigale d'or.

(1) L'administration de la Maintenance est complétée par des *Vice-Syndics* et un *Trésorier-Secrétaire*. Tous les ans, pour la Sainte-Estelle, le syndic doit faire au Consistoire un rapport sur les travaux de sa Maintenance ainsi que sur ceux des écoles qui en dépendent. A leur tour, les *Cabiscols* (présidents) des Écoles, doivent faire à l'assemblée générale de la Maintenance un rapport sur les travaux de leur groupe.

Art. 17. — « Les félibres mainteneurs sont en nombre illimité.

Art. 20. — « Ils portent dans les félibrées une pervenche d'argent (1).

Art. 28. — « Une *École* est la réunion des félibres d'une même région. Elle a pour objet l'émulation, l'enseignement des uns aux autres et la collaboration à des travaux communs. C'est la Maintenance qui crée les Écoles sur la demande de sept félibres habitant le même centre.

Art. 29 et 30. — « Les règlements des Écoles sont faits par elles-mêmes, pourvu qu'ils soient conformes à l'esprit félibréen. Les Écoles s'administrent elles-mêmes.

Art. 32. — « Tous les sept ans le Félibrige tient une assemblée plénière où sont distribuées les récompenses des grands Jeux Floraux.

Art. 33. — « Chaque année, pour le 21 mai, jour de Sainte-Estelle, le Félibrige se réunit en assemblée générale dans une ville désignée par le bureau du Consistoire.

Art. 34. — « En outre, le Consistoire tient une séance particulière la veille du jour de Sainte-Estelle.

Art. 35. — « Chaque Maintenance doit se réunir une fois par an dans une ville de son ressort.

Art. 46. — « Aux grands Jeux Floraux septennaires, le lauréat choisit lui-même la Reine et celle-ci lui pose sur la tête la couronne d'olivier en argent, emblème de la maîtrise en gai-savoir.

---

(1) Les listes officielles portent environ 3,000 mainteneurs inscrits. — « La fleur de pervenche, bleue comme le ciel, est le symbole de l'éternité, de la foi dans l'avenir, de la constance dans l'amour. » *Armana Prouvençau*, 1875, p. 62.

Art. 48. — « Le titre de Maître en gai-savoir est donné au lauréat des grands Jeux Floraux ou à ceux qui ont obtenu trois premiers prix à des Jeux Floraux de Maintenance.

Art. 49. — « Le Consistoire peut accorder le titre d'associé *(soci)* aux personnes qui, étrangères au pays d'oc, ont bien mérité du Félibrige, soit par leurs écrits, soit par leurs œuvres (1). »

Résumons en quelques mots l'esprit de cette organisation. En dehors des questions d'administration courante, le rôle du Capoulié est essentiellement décoratif ; nous dirions presque qu'il règne et ne gouverne pas ; de même pour les assesseurs qui le remplacent dans la présidence des fêtes ou des réunions. Tous les pouvoirs sont, en réalité, concentrés dans le Consistoire, dans l'assemblée souveraine des félibres majoraux, dont le Capoulié exécute les décisions.

Les Maintenances correspondent, on l'a vu, à un grand dialecte. Il y a actuellement trois Maintenances : Provence, Languedoc, Aquitaine (2).

Chaque Maintenance est indépendante dans son administration ; elle doit cependant se conformer à l'esprit général des statuts félibréens.

De même, et sous les mêmes réserves, les groupe-

(1) Ces Statuts ont été approuvés par le Ministre de l'Intérieur le 14 avril 1877 et par le Préfet des Bouches-du-Rhône le 4 mai 1877. Le siège légal de la Société est à Maillane. — V. aux annexes le texte complet.

(2) Au lendemain de 1876 on créa une Maintenance catalane dont le siège était à Barcelone. Nous aurons à en reparler. Quant à la Maintenance d'Aquitaine, assez vaguement délimitée à l heure actuelle, on étudie une nouvelle répartition. — Il y aurait lieu aussi de créer une Maintenance *Limousine*, étant données les nombreuses écoles qui se sont organisées en cette région.

ments locaux qui portent le nom d'*École* sont autono-
mes quant à leur action particulière.

Il est facile de voir que ces Statuts diffèrent de
ceux des académies provinciales en général. Et
d'abord, par le recrutement des membres du Consistoire.

Ceux-ci, en effet, en nombre relativement restreint,
sont choisis dans un périmètre de plus de trente-trois
départements ; ce qui fait qu'on en trouve rarement
plusieurs pris dans la même ville ; par là sont écartées
les petites rivalités et les petites coteries inhérentes
à l'esprit de clocher.

D'autre part, le recrutement des majoraux se faisant dans toute l'étendue de la terre d'oc, permet de
grouper sans distinction de parti ni de croyance,
comme sans distinction d'aptitude spéciale, tous ceux
qui, par un caractère quelconque, ont marqué, au point
de vue méridional, dans les lettres, les sciences ou les
arts et qui (voilà leur caractère commun) se sont mon-
trés partisans du réveil de la vie intellectuelle en province.

Il n'est pas jusqu'à leur emblème, la *Cigale d'or*,
qui ne soit des mieux choisis, car il rappelle de lointains souvenirs. Sans remonter jusqu'aux Athéniens,
qui, pour se distinguer des étrangers, mettaient des
cigales d'or dans leurs cheveux, on sait que les Troubadours aimaient à porter une cigale au chapeau.

En outre, l'idée qui domine les Statuts félibréens
et consiste à célébrer chaque année la Sainte-Estelle
dans une ville différente, rappelle la coutume ancienne
des États provinciaux se tenant successivement dans
les diverses cités de leur ressort. Elle permet aux
adhérents de l'idée félibréenne (qui autrement n'au-

raient que de rares occasions de se rencontrer), de se connaître et de s'apprécier. Et c'est bien exprimer une vérité banale que de dire qu'il n'est rien de tel pour assurer la communauté des vues et des aspirations (1).

Une dernière remarque. Lorsque le premier Consistoire fut organisé, en 1876, en certaines régions où on fut obligé de prendre des éléments puisqu'il fallait faire du corps des majoraux la représentation de tout le pays d'oc, le Félibrige était encore incomplètement connu ; de telle sorte que certaines personnalités hésitèrent à accepter le titre qu'on leur offrait et on dut combler les vides tant bien que mal. Mais à mesure que l'idée félibréenne est mieux comprise et mieux connue les éléments de choix se présentent plus nombreux. Aussi on peut dire que le niveau intellectuel du Consistoire ne cesse de s'élever, et qu'on peut entrevoir le moment où il pourra réaliser son ambition, hardie peut-être, excusable et noble en tout cas, celle de devenir, sans contestation possible, l'incarnation de l'âme et de l'esprit de la France méridionale.

Chaque majoral est titulaire d'une cigale et chacune, en conformité des statuts, a reçu un nom particulier qu'elle doit garder toujours. Il n'est pas inutile de faire remarquer qu'en les baptisant on leur a donné

(1) La Sainte-Estelle a été célébrée : Avignon (1877) ; Montpellier (1878) ; Avignon (1879) ; Pont-de-Roquefavour (1880) ; Marseille (1881) ; Albi (1882) ; Saint-Raphaël (1883) ; Paris (1884) ; Hyères (1885) ; Gap (1886) ; Cannes (1887) ; Avignon (1888) ; Montmajour (1889) ; Montpellier (1890) ; Les Martigues (1891) ; Les Baux (1892) ; Carcassonne (1893) ; Avignon (1894) ; Brive et Aurillac (1895) ; les Saintes-Maries-de-la-Mer (1896).

des noms qui puissent rappeler par quelque côté le souvenir de leur premier titulaire.

Voici donc les majoraux qui furent nommés en 1876, ainsi que les noms de leurs cigales (1).

PROVENCE

1. Théodore Aubanel (2). — *Cigalo de Zani.*
(2). L'abbé Aubert. » *d'Arle* (3).
2. De Berluc-Pérussis. » *de Pourchiero*
3. W. Bonaparte Wyse (4) » *d'Irlando.*
4. Marius Bourrelly. » *de Mount-Ventùri* (5).
5. Jean Brunet. (6) » *de l'Arc-de-sedo.*
6. A.-B. Crousillat » *de Seloun.*
7. Jean Gaidan (7). » *de la Tourre-Magno.*

(1) D'après *l'Aioli* du 17 mai 1895. Puisque *l'Aioli* est le journal officiel du félibrige il doit avoir indiqué les vrais noms. Cependant certains majoraux donnent parfois à leur cigale des désignations différentes. Ce sont celles qui se trouvent mentionnées, les secondes, entre parenthèses.

(2) Mort. Remplacé par Louis Astruc en 1887.

(3) Cette cigale ne compte pas ; elle fut attribuée, après la mort du titulaire, aux Catalans, par décision consistoriale du 23 mai 1880.

(4) Mort. Remplacé par Alexis Mouzin en 1893.

(5) Mort. Remplacé par Pierre Bertas en 1896.

(6) Mort. Remplacé par Jules Cassini en 1895, lequel est mort en 1896.

(7) Mort. Remplacé par le Frère Savinien en 1886.

8. Jean-Baptiste Gaut (1). — *Cigalo de l'Oulivié.*
9. Félix Gras.   »   *dou Ventour.*
10. Victor Lieutaud.   »   *dou   Trelus.*
(*de St-maime*).
11. Anselme Mathieu (2).   »   *di   Poutoun*
(*di Castèu*).
12. Alphonse Michel (3).   »   *dou Var.*
13. Frédéric Mistral.   »   *de Maiano.*
14. Roumanille (4).   »   *di Jardin.*
15. Alphonse Tavan.   »   *de Camp-Ca-*
béu.
16. François Vidal.   »   *de Lar.*

LANGUEDOC

17. Albert Arnavielle (5). — *Cigalo de l'Aubo (de*
la Tabo).
18. Gabriel Azaïs (6).   »   *de Cleira (de*
Beziès, de l'Orb).
19. Chabaneau.   »   *de Nountroun*
20. Alexandre Langlade.   »   *de l'Ort (de*
Lansargue).
21. Achille Mir.   »   *de Carcassou-*
no (de l'Amourié).

(1) Mort. Remplacé par Sextius Michel en 1891.
(2) Mort. Remplacé par le baron Hte Guillibert en 1895.
(3) Mort. Remplacé par par Valère Bernard en 1893.
(4) Mort. Remplacé par Paul Mariéton en 1891.
(5) Pour celle-ci c'est M. Arnavielle qui nous a dit que son vrai nom est celui de *la Tabo* « caractérisant tout à fait, dit-il, mon rôle combatif. » *Tabo !* sorte de cri de guerre, usité dans le pays d'Alais, chez les écoliers qui se battent à coup de pierres. On prétend qu'il faut y voir un souvenir des anciennes guerres de religion dans les Cévennes.
(6) Mort. Remplacé par Louis-Xavier de Ricard en 1888.

William BONAPARTE-WYSE

22. Louis Roumieux (1). » *de Nimes.*

23. C. de Tourtoulon (2). » *Roumano (de Valergo).*

AQUITAINE

24. Paul Barbe (3). — *Cigalo de Buzet (de l'Agout)*

25. J.-F. Bladé. » *de Gers (de Gascougno).*

26. Chastanet. » *de la Jano (de Mussidan).*

27. Léonce Couture. » *de la Douzo.*

28. L'abbé Roux. » *Limousino* (4).

Mais cette répartition ne tarda pas à être modifiée. Au Consistoire de Marseille, tenu le 22 mai 1881, le

---

(1) Mort. Remplacé par Paul Chassary en 1895.

(2) Démissionnaire. Remplacé par Jean-Laurès en 1892.

(3) Démissionnaire. Remplacé par Carles de Carbonnières en 1884.

(4) Les vingt et un autres sièges furent donnés aux Catalans. Terminons avec la Maintenance catalane. Elle continua d'exister, étroitement unie avec la Société félibréenne, jusqu'en ces dernières années. En 1893, le capoulié Félix Gras profita de son voyage à Barcelone, où il allait assister au centenaire des Jeux Floraux, pour modifier cet état de choses qui pouvait prêter à équivoque, étant données les déclarations fédéralistes qui éclataient de jour en jour plus nombreuses dans les réunions félibréennes. Il fut décidé « que les majoraux catalans se démettaient de leur titre et gardaient à l'avenir celui de *soci* du Félibrige. » V. *Armana Prouvençau*, 1894, p. 11. Donc, la Maintenance félibréenne de Catalogne n'existe plus et les majoraux catalans ne font plus, à proprement parler, partie du félibrige, puisque leur titre de *soci*, d'auxiliaires, n'appartient qu'aux personnes sympathiques à l'Association sans être comprises dans ses cadres. Les préjugés existant, à l'heure actuelle, au sujet des associations internationales rendent suspectes toute agglomération de ce genre. C'est ce qu'a compris Félix Gras, et il faut le féliciter de l'habileté avec laquelle il a conduit sans bruit cette campagne diplomatique.

Capoulié fit remarquer que l'assemblée des majoraux se réunissant chaque année dans une ville différente, le nombre des votants n'était pas toujours assez élevé pour que les délibérations eussent une autorité morale suffisante. Aussi décida-t-on de porter à cinquante le nombre des majoraux français (1). En vertu de quoi furent créées les cigales suivantes :

PROVENCE

29. Alfred Chaïlan. — *Cigalo de la Mar.*
30. François Delille (2). » *dis Isclo.*
31. Maurice Faure. » *de Gardoun.*
32. Malachie Frizet. » *dou Leberoun.*
33. Marius Girard. » *dis Aupiho.*
34. Joseph Huot. » *de Marsiho.*
35. Jean Monné. » *de Roussihoun.*
36. L'abbé Pascal. » *de Doufinat.*
37. Léandre Sardou (3). » *de Niço.*
38. Ernest Roussel (4). » *de Camargo.*
39. Charles Poncy (5). » *di Mauro.*
40. Auguste Verdot (6). » *de Durènço.*

LANGUEDOC

41. Melchior Barthés (7).— *Cigalo de la Mountagno Negro.*

---

(1) Et à cinquante aussi le nombre des majoraux catalans.
(2). Mort. Remplacé par Don Xavier de Fourvières en 1889.
(3) Mort. Remplacé par Maurice Raimbault en 1895.
(4) Mort. Remplacé par Roch-Grivel en 1884, lequel, mort aussi, a été remplacé par Eugène Plauchud en 1889.
(5) Mort. Remplacé par Rémy Marcelin en 1891.
(6) Mort. Remplacé par Paul Arène en 1884.
(7) Mort. Remplacé par Frédéric Donnadieu en 1886.

42. Auguste Fourès (1). — *Cigalo de la Liberta.*
43. Paul Gaussen (2)　　　»　*de la Patrio.*
44. Antonin Glaize.　　　»　*de Sustancioun.*
45. Camille Laforgue.　　»　*de la Narbouneso*
46. A. Roque-Ferrier (3).　»　*Latino.*
47. Junior Sans.　　　　　»　*de Beziès.*
48. Comte de Toulouse - Lautrec *(4).* — *Cigalo d'Aquitàni.*

AQUITAINE

49. Jean Castela. — *Cigalo de Tarn.*
50. Tamizey de Larroque (5). — *Cigalo de Garouno.*

Du moment que les Félibres revendiquaient la qualité de successeurs des Troubadours, ils devaient naturellement mettre au premier rang des coutumes qu'ils voulaient ressusciter le culte chevaleresque que leurs ancêtres avaient voué aux femmes. De là l'institution de cette royauté poétique exercée par une femme et consacrée non point par le chef de l'association, mais par le *poète-lauréat*, par celui auquel est décer-

(1) Mort. Remplacé par Antonin Perbosc en 1892.
(2) Mort. Remplacé par Gaston Jourdanne en 1894.
(3) Démissionnaire. Remplacé par le peintre Marsal en 1892.
(4) Mort. Remplacé par Léopold Constans en 1889. On pourra trouver étrange que la *Cigale d'Aquitaine* du comte de Toulouse, soit placée en Languedoc. Mais il faut se rappeler que l'appellation des cigales avait surtout pour but de fixer le souvenir de leur premier titulaire. Ce n'est que plus tard que fut établie leur répartition entre les maintenances (25 pour la Provence, 15 pour le Languedoc, 7 pour l'Aquitaine et 3 pour Paris, de telle sorte qu'un majoral d'une maintenance ne peut être remplacé que par un mainteneur de même origine), et l'exactitude géographique n'étant pour rien dans la désignation des cigales on n'y attacha point d'importance : c'est ainsi que la cigale d'Arles fut attribuée aux Catalans, la cigale de Roussillon aux Provençaux, la cigale d'Aquitaine aux Languedociens. Il serait bon cependant que le Consistoire remaniât un peu cette répartition.
(5) Remarquer enfin que le Consistoire se compose de 7 fois 7 cigales = 49, plus le Capoulié, ce qui fait 50.

née la plus haute récompense que le Félibrige puisse donner, la couronne d'olivier en argent.

Jusqu'à présent, le Félibrige a eu trois reines : Mme Mistral, proclamée aux fêtes latines de Montpellier, en 1878, par M. Albert de Quintana, représentant le poète Marty y Folguera, de Reus, qui avait obtenu le prix du sujet imposé : *Jaume lou Counquistaire* ; Mlle Thérèse Roumanille (1), proclamée aux Jeux Floraux de la ville d'Hyères, en 1885, par la Félibresse Brémonde, de Tarascon (2), qui avait obtenu le grand prix de poésie ; enfin, la reine actuelle, Mlle Marie Girard (3), proclamée aux Jeux Floraux du château des Baux, en 1892, par le poète-lauréat Marius André.

Nous en aurons terminé avec cette question des Statuts quand nous aurons dit que le Félibrige a eu trois *Capouliés* : Mistral (1876-1888), Roumanille (1888-1891) et Félix Gras depuis 1891.

En 1878 eurent lieu à Montpellier, sous le patronage du Félibrige et de la Société des Langues romanes, ce que l'on a appelé les *Fêtes latines*. Les Catalans, comme toujours, y figurèrent, soit parmi les membres du jury, soit parmi les lauréats. A ce moment un nouvel élément linguistique entra en scène, *le Rou-*

---

(1) Fille du fondateur du Félibrige, actuellement Mme Jules Boissière.

(2) Actuellement Mme Joseph Gautier. Mme J. Gautier est l'auteur de plusieurs recueils de poésies provençales : *Li Blavet de Mount-Majour*. Montpellier, Impr. Centrale, 1883. — *Velo Blanco*. Marseille, Trabuc, 1887. — *Brut de candu*. Marseille, 1891. — Son mari, directeur du journal franco-provençal *la Cornemuse*, (1891-1894) de Marseille, a signé, lui aussi, de jolies choses, notamment deux recueils de poésie française : *Bribes poétiques* et *Au bord du nid*.

(3) Aujourd'hui Mme Joachim Gasquet.

main, en la parsonne de M. Vasile Alecsandri, qui
avait mérité le prix offert par M. de Quintana, en
1875, pour la *Chanson du Latin* (1).

On voit la progression ; ce n'étaient plus seulement
de simples dialectes qui se manifestaient dans les solennités félibréennes, c'était l'ensemble de toutes
les langues romanes. M. de Tourtoulon soulignait
cette situation en créant, en 1883, la *Revue du Monde
latin* (2).

Nous passerons rapidement sur la série des fêtes
félibréennes ultérieures ; désormais elles ne sont que
la répétition de celles que nous avons déjà signalées.
Il en fut ainsi du voyage des félibres languedociens,
en 1887, aux Jeux Floraux de Barcelone et de leur visite
aux Iles Baléares ; de même pour la présence des
délégués du Félibrige aux Fêtes Florentines du centenaire de Béatrix, provoquées par M. de Gubernatis
(1890) et, la même année, les fêtes célébrées à Montpellier à l'occasion du sixième Centenaire de l'Université de cette ville (3).

A leur tour, les méridionaux en résidence à Paris
cherchèrent à se grouper : d'où la société de la *Cigale* fondée en 1875 par Maurice Faure, Baudouin et

(1) *Le Chant du Latin* a été traduit du roumain en provençal
par Mistral, et en languedocien par Langlade, musique de Mar-
chetti, Montpellier, Grollier et Boehm, 1884. — Vasile Alecsandri
né en 1821, mort en 1890. — *Les Franco-Roumaines*, poésies,
traduites par J. Capéran, Paris, 1893. — V. *Revue Félibréenne*
1890.

(2) Empêché, depuis quelques années, de s'occuper de la direction effective, M. de Tourtoulon a pris comme directeur-adjoint :
M. L. de Sarran d'Allard.

(3) Parmi les notabilités qui assistèrent au banquet de la Sainte-Estelle on remarque Michel Bréal de l'Institut de France, le
professeur Van Hamel, représentant la Hollande, et Pierantoni,
délégué de l'Université de Rome.

6

Xavier de Ricard (1) ; puis, plus tard, sous l'inspiration de Maurice Faure (1879), la *Société des Félibres de Paris* (2), qui chaque année célèbre à Sceaux les fêtes de Florian (3), où ont lieu des Jeux Floraux très suivis.

A côté du buste de Florian les Félibres parisiens ont élevé celui d'Aubanel. Au mois de mai un pèlerinage poétique, commencé dans le jardin du Luxembourg à Paris au pied de la statue de Clémence Isaure, se termine sous les ombrages de Sceaux. Les artistes des premières scènes parisiennes y interprètent les œuvres des grands félibres. Jeux Floraux, cours d'amour et farandoles sont relevés par la présence d'illustrations originaires du pays d'oc, et aussi par d'autres qu'amène une sympathique curiosité (4). Ces fêtes ont une allure spéciale et caractéristique, car l'*estrambord* méridional s'y recouvre de la teinte raffinée qu'ont les milieux littéraires de la capitale.

(1) Voir la liste des premiers membres dans l'Almanach de *la Lauseto*, 1877, p. 189. Cette société a publié plusieurs recueils, notamment : *La Cigalo*. Paris, Fischbacher, 1880. — Depuis 1887 elle a pour organe *Le mois Cigalier*.

(2) Elle eut tout d'abord pour organe : *La Farandole*, et, depuis 1889, le *Viro-Soulèu*. — De concert avec *la Cigale*, elle a organisé des excursions dans le Midi : *Fêtes dauphinoises et vauclusiennes* (1888) ; *Fêtes gasconnes et franco espagnoles* (1890) ; *Fêtes rhodaniennes et méditerranéennes* (1891) ; *Fêtes rhodaniennes ou d'Orange* (1894). — V. Sextius Michel. *La petite patrie*.

(3) On s'est demandé avec raison quel titre pouvait bien avoir Florian pour être ainsi fêté par les félibres. On n'a guère pu lui en trouver d'autre que d'être né sur les bords du Gardon et d'avoir fait chanter à Estelle la romance :

Ai ! s'avès dins voste vilage
Un jouine e tèndre pastourèl !...

(4) Voici les noms de quelques-uns des présidents de ces fêtes. 1895 : Claretie ; 1894 : Anatole France ; 1893 : Fr. Coppée ; 1892 : Emile Zola ; 1890 : Michel Bréal ; 1889 : Jules Simon ; 1888 : Ruiz Zorilla ; 1886 : V. Balaguer ; 1885 : Vasile Alecsandri ; 1883 : Jasmin fils.

En somme, la cause de la Renaissance méridionale n'a qu'à gagner à des manifestations de ce genre. Il serait puéril, (et Mistral lui-même l'a reconnu) de nier qu'en l'état actuel de notre organisation sociale Paris a, dans toutes les branches de l'intelligence humaine, une puissance de consécration sans seconde. C'est pourquoi dans l'exposé des progrès de l'idée félibréenne il serait injuste de méconnaître l'action produite par cette société et par sa sœur la *Cigale*.

Mais revenons à des manifestations d'un ordre plus local. Nous avons constaté que le Félibrige avait vu venir à lui, de tous les pays de langue romane, l'élite des lettrés. En Provence, son pays d'origine, il avait trouvé quelque écho dans les masses populaires. Mais en Languedoc et en Aquitaine il était resté complètement inconnu, et sauf quelques rares poètes ou lettrés dont nous avons cité les noms, sauf quelques autres que nous allons voir apparaître, personne ne savait, en 1876, qu'il existât quelque part une association appelée le *Félibrige*. Le terrain était donc complètement vierge.

D'après ce que nous a conté Xavier de Ricard, c'est dans la fameuse assemblée d'Avignon, où furent votés les Statuts félibréens, qu'il fit connaissance avec Auguste Fourès (1). Républicains tous deux et

(1) Né à Castelnaudary en 1848, mort en 1891. — En dehors de ses œuvres françaises et de ses petites poésies languedociennes dont on trouvera la liste dressée par nous dans la *Revue Méridionale* (1891) nous citerons ses deux principaux recueils : *Les Grilhs*. Paris, Maisonneuve, 1888, et les *Cants del Soulelh*. Paris, Savine, 1891. — *L'Escolo Audenco* va publier ses deux autres recueils posthumes : *La Muso Silvestro* et *La Sègo*. — Sur Fourès : L.-X. de Ricard : *Un Troubadour national*. Paris, Savine, 1888 (Extr. *Revue moderne*). — P. Mariéton *(Le félibre A. Fourès)*. Lyon, Pitrat, 1883 (Extr. *Revue lyonnaise*). — P. Mariéton : *Le dernier*

libres-penseurs, le milieu dans lequel ils se trouvè-
rent les étonna profondément. En effet, jusqu'alors le
Félibrige était resté, au point de vue des croyances
religieuses et des opinions politiques, ce qu'il devait
être étant donnés les hommes qu'il avait à sa tête.
Nous laissons de côté Mistral, qui, s'il est catholique,
a toujours plané trop haut pour que les questions politiques aient pour lui la moindre importance. Mais
Aubanel avait, en vertu des anciens droits du Saint-
Siège sur Avignon, le titre d'*Imprimeur de Sa Sain-
teté*, ce qui, évidemment, nous indique la tendance
de ses opinions. Mais Roumanille était catholique et
royaliste ; de ces catholiques, il est vrai, et de ces
royalistes comme la race en fut spéciale à la Provence, qui ne craignaient point de parler net à leur
roi quand quelque chose leur passait par la tête, et
qui même auraient osé dire son fait à Dieu le père ;
tout de même royalistes militants et catholiques convaincus. Du reste, si M. le comte de Pontmartin,
dont les opinions et les croyances ne sont un mystère
pour personne, fut, dès le début, sympathique au Félibrige et resta jusqu'à la fin de sa vie l'ami personnel
de Roumanille, d'Aubanel, de Mistral et de quelques
autres, c'est qu'il retrouvait en eux des idées qui
étaient siennes. Ses chroniques littéraires, d'ailleurs,
sont trop souvent le reflet de ses opinions politiques
pour qu'on en puisse douter.

Le point de vue de Fourès et de Xavier de Ricard
fut tout différent : « Nous avions voulu, d'un seul
coup, dit ce dernier, par la publication de la *Lauseto*,

Albigeois (*Revue bleue*, 10 avril 1887). — A Perbosc : *Auguste
Fourès* (*Revue félibréenne*, 1891). — G. Jourdanne : *Le poète Auguste Fourès* (*Revue des Pyrénées*, 1892).

affirmer trois choses : notre adhésion à la Renaissance méridionale, représentée par le Félibrige, les droits du dialecte languedocien à être traité d'égal par le provençal, la tradition libertaire et républicaine du Midi, sa vraie tradition nationale selon nous, contre l'embauchage du Félibrige par les partis clérico-monarchiques, qui, au contraire, furent pour le Languedoc dans le passé et ont encore failli être dans le présent, des fauteurs et des artisans de ruines, de servitudes et de misères (1). »

Cette évocation du passé du Languedoc, inspirée en partie, sans nul doute, par les récents travaux de Napoléon Peyrat, pour lequel les deux amis avaient un véritable culte (2), devait les amener à maudire la terrible croisade du treizième siècle. C'est ainsi que les premiers accents de la Renaissance félibréenne en Languedoc furent tout différents de ce qu'ils avaient été en Provence. Tandis qu'à Avignon les félibres avaient débuté par des chansons, par le renouvellement de vieilles traditions de galanterie, ici ce sont des sirventes enflammés qui résonnent, dignes de Guilhem Figueira ou de Peire Cardinal. Et l'on songe, en constatant cette différence, aux belles pages où Michelet a si magistralement défini le caractère respectif des races provinciales de France : « Le fort et dur génie du Languedoc n'a pas été assez distingué de la pétulance emportée de la Provence. La conviction est forte, intolérante en Languedoc, souvent atroce, l'incrédulité aussi. Le génie de la Provence est violent, bruyant, barbare, mais non sans grâce. Ce n'est

(1) *Un poète national*, Auguste Fourès, p. 12.
(2) Voir les divers Almanachs de la *Lauseto*.

pas sans raison que la littérature du Midi au douzième et au treizième siècles s'appelle la littérature provençale. On vit alors tout ce qu'il y a de subtil et de gracieux dans le génie de cette contrée (1). »

Ainsi, haine à Montfort, anathème aux envahisseurs qui le suivirent, libre-pensée et fédéralisme tel fut le programme que développa la petite phalange dans les quatre almanachs qu'elle publia (2).

Mais, même en Provence, tous les félibres n'étaient pas des *blancs*, si nous pouvons nous exprimer ainsi ; il y avait aussi des *rouges*, qui ceux-là n'hésitèrent pas à suivre le guidon de la *Lauseto*. Dans le nombre fut un petit groupe socialiste de Marseille, où l'on distinguait Jean Lombard (3), le député Antide Boyer, Pierre Bertas, Auguste Marin. Une importante adhésion vint aussi d'Avignon en la personne de Félix Gras.

Nous devons noter ici deux physionomies qui, si elles sont très différentes, au point de vue purement politique, de celles qui viennent de passer devant notre objectif, méritent cependant d'être considérées un instant.

Nous avons déjà entrevu celle de M. de Berluc-Perussis, le lettré d'Aix. Pour se convaincre qu'il est bien, comme nous l'avons dit, un des plus pénétrants esprits du Félibrige, on n'a qu'à parcourir les articles

(1) Michelet, *Histoire de France*, livre III.
(2) Il a paru les années 1877, 1878, 1879, 1885.
(3) De Marseille, mort en 1891. Nous n'avons pas à nous occuper de son œuvre française. Nous constaterons seulement dans les deux *Revues* qu'il tenta de faire paraître et ne durèrent pas longtemps : *Le Midi Libre* (1883) et la *Revue provinciale* (1884) le même personnel de rédacteurs que celui des almanachs de la *Lauseto*.

Le Comte Raymond DE TOULOUSE-LAUTREC

de littérature et d'histoire, trop rares malheureusement, qu'il a semés un peu partout. La doctrine du fédéralisme, si hardiment proclamée en Languedoc par Fourès et ses amis, n'était pas nouvelle pour lui qui l'avait toujours défendue. Longtemps après que la *Lauseto* languedocienne eut cessé son chant belliqueux, il prit l'occasion de manifester une fois de plus sa doctrine dans une lettre adressée à Félix Gras quand ce dernier fut élu Capoulié (1).

A l'autre extrémité de la terre d'oc, dans la Cité Mondine, M. le comte Raimond de Toulouse-Lautrec exprimait, lui aussi, son antipathie pour Simon de Montfort (2). Littérateur distingué, il avait accepté le titre de majoral du Félibrige et le porta aussi noblement qu'il porta le nom des anciens seigneurs de Toulouse, ses ancêtres. Apôtre convaincu de l'idée félibréenne, c'est grâce à lui que Mistral fut reçu *Maître ès Jeux Floraux* à l'Académie de Clémence Isaure en 1879. C'est aussi sur son initiative que la Sainte-Estelle fut célébrée à Albi en 1882 (3).

(1) Publiée par *l'Aiòli*, 7 septembre 1891. Sous une forme d'une concision lapidaire elle exprime admirablement la phase nouvelle de l'évolution félibréenne qu'indique l'avènement de Félix Gras au capouliérat. Nous aurons l'occasion d'en reparler.

(2) Une anecdote dont nous garantissons l'authenticité absolue, puisqu'elle nous a été contée par M. J. de Malafosse: M. de Toulouse Lautrec se trouvait un jour dans un cercle littéraire où il s'exprimait en termes assez violents sur Montfort et la Croisade albigeoise, sans oublier, quoiqu'il fut catholique pratiquant, les procédés odieux du légat du pape. Un ecclésiastique, fort charmant homme du reste, l'interrompit en souriant : « Mais on dirait, M. le comte, que Montfort est resté votre ennemi personnel ! — Parfaitement, reprit-il sans hésiter. » Et il entama, non sans éloquence, une série de considérations sur la Croisade albigeoise et ses désastreuses conséquences.

(3) M. le comte de Toulouse-Lautrec, né en 1819, est mort à son château de Saint-Sauveur, près Lavaur, en 1888. Sous son

En disant plus haut que le Languedoc était, jusqu'en 1876, resté complètement en dehors de l'action félibréenne, nous n'avons entendu parler que du
Languedoc *occidental*. En effet, la région langudo-
cienne voisine du Rhône avait vu se renouveler les
manifestations des disciples de la Sainte-Estelle.
Sans parler des fêtes de Montpellier en 1875 et 1878,
Roumieux, Arnavielle, Langlade, Paul Gaussen *évan-
gélisaient* la région du Lez au Rhône et y suscitaient
des vocations. On voit à Nîmes, sous l'inspiration de
Jean Gaïdan, de Roumieux, d'Ernest Roussel, s'épanouir l'*Escolo de la Mtougrano*; à Alès, l'*Escolo Raiolo*
naît sous l'inspiration d'Arnavielle, de Gratien Charvet,
de Paul Gaussen. Mais ceux-là suivent les premières
traditions félibréennes ; ils chantent des chansons
joyeuses. Sans doute ils sont patriotes, mais leur patriotisme sait faire place aux idées rieuses et galan-
tes ; ils ne songent point, comme leurs frères de la
Lauscto, dont ils sont du reste séparés par un abîme
au point de vue des croyances et des opinions, à *porter
le deuil de Muret*..

Voilà donc la situation du Félibrige telle qu'elle

inspiration ont été publiés les deux volumes du *Ramelet*, organe de
la Maintenance d'Aquitaine. Lavaur, Vidal, 1882-83. Il présida une
félibrée à Muret (1884), où il fit très nettement l'éloge du roi Pierre d'Aragon, venu pour se faire tuer sous les murs de cette ville
en défendant la cause de la nationalité méridionale. C'est aussi
grâce à M. de Toulouse que fut créée, en 1879, à Toulouse, l'*Escolo de Goudouli*, indiquée par le *Cartabéu* de 1877-82, comme ayant
à sa tête MM. Gustave d'Hugues et de Combettes de la Bour-
relie (V. *Ramelet*, 1882), mais qui ne vécut pas longtemps. M.
de Rességuier, collègue de M. de Toulouse à l'Académie des
Jeux Floraux, a prononcé son éloge *(Recueil de l'Académie*, 1890).
M. de Toulouse a une notice dans la collection *Les Félibres*. Gap,
Richaud, 1882.

nous apparaît vers 1885. Tandis qu'en Provence et
dans le Languedoc limitrophe les félibres continuent
les évocations du passé en ce qu'elles ont de gracieux
et de galant archaïsme (1), tandis qu'ils demeurent
fidèles aux couleurs politiques des amis de Fontségugne, il se forme, en pays toulousain, ce que nous
pourrions appeler *l'extrême-gauche* du Félibrige, formation à laquelle, sans le vouloir, sans s'en douter
certainement (2), M. le comte de Toulouse-Lautrec,
représentant la plus haute aristocratie de sa province,
apporte son concours.

(1) Ce sont les félibres de Montpellier qui ont restauré l'usage
ancien (?) des Cours d'amour, présidées par sept dames. La première eut lieu le 3 septembre 1879. Une des plus intéressantes fut
celle qui a été tenue au château d'Uzès, le 29 août 1892, sous la
présidence de Mlle de Crussol d'Uzès, aujourd'hui duchesse de
Brissac.
Aux grands Jeux Floraux septennaires de la ville des Baux, la
même année, eut lieu une petite cérémonie très caractéristique et
très gracieuse ; nous ne pouvons résister au plaisir d'en rappeler
le souvenir : « Lorsque le poète lauréat eut choisi la Reine, Paul
Arène se leva et fit connaître que le Consistoire tenait à remercier
les belles dames et demoiselles qui avaient formé la Cour d'amour
des Jeux Floraux de Carpentras tenus au mois de septembre 1891.
C'est pourquoi il avait décidé que Mlle de Baroncelli, qui les
avait si agréablement présidés, recevrait du Félibrige le titre poétique de *Princesse des Baux*, que Mesdemoiselles Marthe et
Eugénie Huot ainsi que la *très haute félibresse* Elisabeth Péricaud,
en récompense de l'éclat qu'elles avaient jeté sur les dits Jeux
Floraux, recevraient les titres, célèbres dans l'histoire provençale,
de *Seigneuresses de Signe*, de *Romanin* et de *Peyrefeu*. En vertu
de quoi le Capoulié remit à Madame Mistral, ancienne Reine du
Félibrige, un diadème orné de sept étoiles symboliques, avec trois
colliers ornés chacun de trois étoiles, le tout aux couleurs de la
Reine Jeanne ; puis il déclara que le Consistoire donnait à Madame
Mistral le titre de *Reine Jeanne*. Alors Madame Mistral se leva,
posa le diadème sur le front de la comtesse de Baroncelli et
remit les colliers aux trois autres dames. (V. Le *Félibrige* de Jean
Monné, 1892, p. 64).
(2) Cependant M. de Toulouse estimait beaucoup Fourès. « A

Malheureusement pour le *félibrige rouge*, ses deux meneurs furent obligés de s'interrompre. Xavier de Ricard, inconsolable d'ailleurs de la perte d'une compagne chérie que sa mort prématurée et son gracieux talent poétique ont environnée d'une mélancolique auréole (1), s'expatria au Paraguay où il resta plusieurs années, tandis que Fourès, devenu rédacteur en chef du *Petit Toulousain*, où il n'avait pas, au point de vue félibréen, ses coudées aussi franches que précédemment, était déjà guetté par la terrible maladie qui devait l'emporter dans la force de son âge.

Il faut en convenir ; de la disparition de la phalange de la *Lauseto* en 1885 jusqu'en 1890 à peu près, la propagande félibréenne subit un temps d'arrêt dans le Languedoc, sauf toujours dans la région de Montpellier et d'Alès, où le *Dominique* de Roumieux, avant de disparaître devant la *Cigalo d'or* (2) faisait

l'Académie des Jeux Floraux, écrivait M Firmin Boissin, j'appelais le comte de Toulouse, *le dernier ennemi de Montfort*. Et il me répondait : Nous sommes deux, Fourès et moi ; sur ce terrain, moi catholique et royaliste, je donne la main à ce vaillant républicain. » Lettre citée par J.-F. Court dans ses *Troubadours et Félibres*.

(1) Mme de Ricard, née Lydie Wilson, morte à 30 ans en 1880. Elle a signé plusieurs pièces dans la *Lauseto*, sous les pseudonymes : *Na. Dulciorella* et *Lidia Colonia*. — *Au bord du Lez*, recueil posthume. Paris, Lemerre, 1891.

(2) Le *Dominique*, journal satirique en langue d'oc, parut à Nîmes en septembre 1876. Ayant eu des démêlés avec la censure, Roumieux, son fondateur, en suspendit la publication, puis la reprit en avril en donnant à son nouvel organe le nom de *La Cigalo d'or*. Pour raisons financières la *Cigalo d'or* elle-même s'arrêta le 16 septembre 1877 après avoir vécu cinquante-deux numéros. — Depuis, sous l'inspiration d'Alcide Blavet et d'Arnavielle qui trouvaient significatif ce nom de *Cigalo d'or*, et aussi avec le concours de Roumieux qui donna quelques chroniques, la feuille a reparu (1er avril 1889) pour devenir l'organe officiel des Maintenances de Languedoc et d'Aquitaine.

entendre sa note joyeuse, où la *Revue des langues romanes* accordait une large place aux meilleures productions félibréennes.

Enfin, en 1891, après la mort de Roumanille, on vit arriver à la tête du Félibrige l'homme qui pouvait grouper sur son nom les deux éléments que nous avons vu se manifester, assez républicain pour satisfaire les plus ardents d'extrême gauche, assez pondéré pour ne pas effrayer les royalistes, assez grand poète pour mériter sans contestation la première place dans une assemblée de poètes. Nous avons nommé Félix Gras.

L'auteur des *Carbounié*, en effet, peut être considéré comme l'incarnation de la seconde génération félibréenne. Né en 1844, il avait à peine dix ans lorsque se produisit le grand événement de Fontségugne. A mesure que sa jeunesse s'éleva, il put, par des exemples pris dans sa propre famille, être mieux à même qu'un autre de juger ce qu'il y avait de réconfortant et digne d'enthousiasme dans ce mouvement qui eut la Provence pour premier théâtre. S'il ne partagea point toutes les croyances de Roumanille, auquel l'attachaient cependant les liens les plus étroits, il lui prit son ardent amour pour la langue de la petite patrie, son infatigable dévouement à la cause de la Renaissance méridionale.

Au frontispice de son œuvre littéraire, Félix Gras a gravé sur le marbre ces trois vers devenus légendaires :

> Ame moun vilage mai que toun vilage ;
> Ame ma Prouvènço mai que ta prouvinço :
> Ame la Franço mai que tout (1).

(1) J'aime mon village plus que ton village ; — j'aime ma Provence plus que ta province : — j'aime la France plus que tout.

S'il suffit d'un vers pour immortaliser un poète, cette strophe suffirait à elle seule pour transmettre à la postérité le nom de l'auteur des *Carbounié*. Mais les *Carbounié* eux-mêmes, qu'il a si bien chantés, se chargeront de ce soin auprès de tous ceux qui ont assez de vigueur dans l'esprit pour admirer ce qui est beau, même quand il s'agit d'une beauté sombre comme l'est celle des amours et des mœurs des rudes charbonniers du Mont-Ventoux. Et d'ailleurs tout n'est pas si sombre dans ce vigoureux tableau, car à travers les rochers et les clairières où s'agitent et se combattent Réginel et ses amis, Oursan et ses bandits, on entend gazouiller des hirondelles au-dessus des sources argentées, et, sur la lisière de l'obscure forêt, le poète a soin de marquer, au milieu d'une verte prairie, les couleurs de la marguerite et de l'asphodèle (1).

D'ailleurs, Félix Gras se plaît surtout aux sujets d'allure mâle et sévère. On peut le constater dans ce poème de *Toloza* qu'il a fièrement qualifié : *Geste Provençale*. Et vraiment, pour oser relever ce mot emprunté aux conteurs épiques du moyen âge, il fallait avoir conscience de la valeur de son œuvre. Notez que l'auteur avait à craindre en évoquant les sanglantes mêlées où furent aux prises Simon de Montfort, les comtes de Toulouse et les vicomtes de Carcassonne, un dangereux point de comparaison. Tout le monde connaît, en effet, cette *Chanson de la Croisade des Albigeois*, composée au treizième siècle, qui, si elle ne peut être mise en comparaison avec ces beaux poèmes dont la *Chanson de Roland* est le type,

---

(1) *Li Carbounié*, Epoupèio en XII cants, Avignon, Roumanille, 1876.

FÉLIX GRAS

(D'après le cliché des Reds of the Midi)

n'en est pas moins saisissante par la sauvage grandeur des événements qu'elle raconte si exactement. Ce n'est donc pas un mince éloge de pouvoir dire du poème de *Toloza* qu'il fait fort bonne figure auprès de sa redoutable devancière (1).

Quant aux récits chantés que Félix Gras a réunis sous le titre évocateur de *Romancero Provençal*, ils sont tout bonnement admirables et certains ont acquis une légitime popularité. On y voit passer les souvenirs des premiers temps du christianisme, gracieux comme des fictions de mythologie, tels qu'ils sont demeurés dans les mémoires populaires de Provence. Puis les personnages de l'époque féodale et de la période papale alternent avec ceux de l'époque albigeoise. Parmi les poétiques récits de cette dernière période, la romance de *Dame Guiraude* et celle du *Roi don Pierre* ont une ampleur qui en fait de véritables poèmes épiques (2).

Ici nous rencontrons une objection. Fidèle à notre principe de les regarder toutes en face nous n'hésitons pas à serrer de près celle-ci. On a dénié aux poètes comme Fourès, comme Félix Gras le droit d'invoquer la mémoire de ceux qu'ils appellent les *martyrs du treizième siècle*. Dédaigneusement on les a appelés des *pinceurs de guitare albigeoise*. Donc c'est fini à l'heure actuelle ; du moment qu'un ordre d'idées nouveau a pris la place de l'ancien, du moment que la centralisation règne en souveraine dans ces pays où fleurissait la gracieuse et chevaleresque société d'avant Montfort, du moment que la langue française

(1) *Toloza*, geste provençale. Paris, Fischbacher, 1882.
(2) *Romancero Provençal*. Paris, Savine, 1887.

a vaincu sa sœur jumelle la langue d'oc, on doit parler uniquement français et oublier ceux qui furent les derniers représentants de la nationalité méridionale. C'est en cela que d'aucuns font consister le véritable patriotisme.

A cette objection on peut faire deux réponses : la première au point de vue littéraire, la seconde au point de vue social.

Au point de vue littéraire, nous n'avons qu'à répéter ce que nous disions ailleurs : « Voyez Wagner, qui, pour thème de ses chefs-d'œuvre, va prendre les aventures des plus fabuleux héros de la *Germania* parce que c'est là seulement que ce *Germain*, qui avait l'intuition profonde du génie de sa race, en retrouve l'irradiante expression. Or nos poètes d'oc ont sur le génial visionnaire des *Niebelungen* cette supériorité que leurs héros sont de chair et d'os ; que comme nous ils ont aimé et haï ; qu'ils ont arrosé de leur sang rouge la terre où ceux qui peuvent se croire leurs fils vivent aujourd'hui (1). »

Au point de vue social, il nous semble qu'il ne faut point confondre patriotisme et chauvinisme. Pourquoi serait-il défendu aux Provençaux de se souvenir que, lorsqu'en 1486 leur province s'annexa à la France, elle le fit librement, *non comme un accessoire à un principal, mais comme un principal à un autre principal ?* Pourquoi serait-il défendu aux Languedociens de se

(1) *Revue Félibréenne*, 1893, p. 345. « La Légende à quelque époque, à quelque nation qu'elle appartienne, dit Richard Wagner en sa *Lettre-Préface sur la musique,* a l'avantage de comprendre exclusivement ce que cette nation, cette époque ont de purement humain, et de le présenter sous une forme originale, très saillante, dès lors intelligible au premier coup d'œil. Une ballade, un refrain populaire suffisent pour vous donner ce caractère en un instant. »

souvenir de cette belle époque où le Midi, indépen-
dant et libre, bénéficia d'une incomparable période
de splendeurs? Regrets superflus, dira-t-on, c'est possible ; mais de ce qu'un père n'oublie point que son fils
a été tué à l'ennemi, osera-t-on l'accuser de manquer
de patriotisme ?

Cet ordre d'idées nous le reprendrons plus loin,
lorsque nous aurons à émettre une conclusion sur les
faits que nous exposons. Et il nous est, en attendant,
bien permis de penser que les chansons de Félix
Gras, comme celles des autres félibres, sont au moins
aussi intéressantes à écouter que les platitudes qui
font le tour de la province après avoir fait les délices
des cafés-concerts de Paris.

Comme on le voit, le bagage littéraire de Félix
Gras est assez important pour mériter qu'on s'y arrête ; nous sommes loin cependant de l'avoir épuisé, car
il nous reste à parler de l'œuvre en prose qu'il a si
bien inaugurée par les *Papalino* (1) et qu'il a conti-
nué par *Li Rouge dóu Miejour*.(2) Mais laissons la parole à M. de Berluc-Pérussis : « En quittant dans vos
Papalino la rime pour la prose, vous obéissez, selon
moi, à la logique inexorable des choses. Que cela vous
plaise ou non, vous êtes destiné. mon bel ami, à tenir
dans l'évolution félibréenne le drapeau des nouveaux
et des jeunes. En vous s'incarnera le second cycle de
notre renaissance, et ce cycle ne peut être que celui

(1) *Li Papalino*, nouvelles provençales. Avignon, Roumanille,
1891.

(2) *Li Rouge dou Miejour* ont paru d'abord en Amérique : *The
Reds of the Midi*, translated by Catherine Janvier. New-York,
Appleton, 1896. — Le *Temps*, de Paris en a donné (juillet 1896)
la traduction française). — Le texte provençal avec traduction
française a paru à Avignon, Roumanille, 1896.

de la prose. C'est la loi de toute langue, de toute littérature. Quel que soit votre génie poétique et si
grands qu'aient été comme prosateurs M stral et Roumanille, ils restent en tête de la période inaugurale,
celle de la rime. Et vous serez, vous malgré la splendeur de votre *Romancero*, de *Toloza* et des *Carbounié*,
l'aurore des jours qui se lèvent, des jours définitifs de
la belle prose flamboyante de Provence. (1) »

A côté de Félix Gras on peut placer son ami Auguste Fourès. Si celui-ci ne vint qu'un peu tard au
Félibrige, on peut dire qu'il y vint par conviction
raisonnée. Tout d'abord il s'essaya, fort gentiment du
reste, à rimer en français. En français aussi, mais en
prose, sont ses portraits : *Coureurs de grands chemins
et batteurs de pavés* (2), saisissants comme des eaux-
fortes. De tout temps il avait été curieux de ce qui
concernait l'histoire de son petit pays et avait aimé
d'en noter les moindres coutumes, les usages, les
chansons populaires. Peu à peu il se passionna pour
la langue de ces campagnes qu'il se plaisait tant
à parcourir, et comme il ne savait rien faire à
demi, il la compara, si abaissée, si méprisée, à ce
qu'elle était au temps des Troubadours, fière, étince-
lante et charmeuse. Alors il se prit à détester ceux
qu'il accusait de son abaissement et se prit à vivre en
quelque sorte dans les temps passés. Quand il parlait
des chevaliers *faidits* qui avaient lutté contre Montfort, il s'animait comme s'ils les avait connus. Les

(1) Lettre déjà citée. Traduit de l'*Aiòli*, 7 septembre 1891.
(2) Narbonne, Caillard, 1889.

deux Raimond de Toulouse, les Trencavel, les comtes
de Foix, l'évêque Foulques, Montfort, Figueiras,
Cardinal n'étaient point pour lui des ancêtres, c'é-
taient des hommes qu'il avait vus, qu'il avait entendus ;
leurs passions, leurs colères, leurs ambitions, leurs
douleurs étaient siennes ; il détestait les uns, il admi-
rait, il aimait les autres. Et ses impressions se tradui-
saient en des strophes d'une vigueur absolument tyr-
téenne qui feront vivre longtemps ses deux beaux
recueils : *Les Grilhs* et *Les Cants del Soulelh.*

Le chanoine Roux, de Tulle, est non seulement un
profond penseur mais aussi un lyrique de premier
ordre. Sa *Chansou lemouzina* a les proportions d'une
grandiose épopée (1).

Félix Gras, Auguste Fourès, l'abbé Roux, tels sont,
selon nous, les trois grands poètes de la seconde génération félibréenne. Certes, plusieurs de ceux que
nous allons rencontrer ne sont point sans mérite ;
mais, on le conçoit, tous sont trop près de nous pour
qne nous ayons la prétention de porter en ces matières un jugement définitif ; nous nous bornerons à un
classement sommaire que le temps plus tard infirmera
ou ratifiera. Ce que nous cherchons surtout, c'est à
rassembler des documents pour l'usage des historiens
futurs.

L'abbé Justin Bessou, auteur du recueil *Dal brès à
la toumbo* (2), a été, non sans raison, surnommé le

---

(1) Paris, Picard. 1889. — Auteur de : *Enigmes limousines.*
Montpellier, 1878. (Extr. *Revue des langues romanes.*) — *Cesaren.*
Tulle. Crauffon, 1879. — *Sant-Marsal à Tula.* Montpellier,
impr. Centrale 1880. — *Pensées.* Paris, Lemerre, 1885. — *Grammaire limousine*, en publication dans la Revue *Lemousi*, organe
de l'*Escolo limousino.*)
(2) Rodez, Carrère, 1892.

Brizeux du Rouergue. Eugène Plauchud, avec son recueil *Ou Cagnard,* et surtout son beau poème *Lou Diamant de Sant Maime*, mérite une mention spéciale (1). De même Isidore Salles avec ses *Debis gascouns* (2). Paul Gaussen, d'Alès, fait regretter qu'un peu plus d'éducation littéraire n'ait conduit et châtié l'exubérance de ses excellentes qualités naturelles (3). Charles Ratier nous présente de fort jolies choses écrites dans l'idiome d'Agen (4).

Dans le nombreux cortège qui passe à cette époque nous distinguons en Provence : Louis Astruc (5) et Joseph Huot (6) à Marseille ; Louis Funel, de Vence

(1) *Ou Cagnard*, Forcalquier, Bruneau, 1889. — *Lou Diamant de Sant-Maime*. Forcalquier, Crest, 1893. — *La Fado de l'Aven*. Digne, Chaspoul, 1892. — *La Danso des parfum*, Digne, Chaspoul, 1894.

(2) *Debis gascouns*. Paris, Hugonis, 1885. — *Biarnès e Gascoun, Henri IV et Bincens de Paule*. Lagny, Collin, 1892. — *Gascounhe*. Paris. Maisonneuve, :893.

(3) Né à Alès en 1845 mort en 1893. — *La Fièiro de Chambourigaud*. Alès. Brugueirolle, 1878. — *Rouland*, drame joué à Alès en 1879. — *La Camisardo*, drame. Aix. Impr. Prov. 1880 (Traduit par L. Desiremx. Alais Castagnier, 1888). — *Li Miràgi*. Alès, Brugueirolle, 1885. — *Li Pèiro bavardo*. Alès. Castagnier, 1890. — *La Fièiro de Sant-Bourtoumieu*. Alès. Castagnier, 1891. — *Camisos e Courdeliès*. Alès. Castagnier, 1892. — V. G. Jourdanne : *Eloge de P. Gaussen*. Avignon Roumanille 1895.

(4) *Revue du Sud-Ouest*), 12 numéros.—*'Las dos ensourcilhairos*. Agen, Guilhot, 1883. — *A propos de la langue d'oc*. Agen, Quilhot, 1884. — *Notice sur François de Cortête*. Agen Lamy, 1890. — *Lou Rigo-rago Agenès*. Agen, Ferran, 1894. — *Septen pér la Fai..ito*. Agen, Lamy, 1896.

(5) *Moun album*. Aix. Impr. Prouv. 1881 : 2ᵉ edit : Paris, Ghio, 1885. — *Li medaio·in*. Aix, Impr. Prouv. 188:. - *La Marsiheso*, drame. Nimes. Baldy, 1882. — *Li Cacio*. Paris, Ghio, 1884. — *Per un bais*. Florence, Bocca, 1891. — *La man Senèstro*. Avignon, Roumanille, 1895. — *Tan vai la jarro au pous*. Avignon, Roumanille, 1896.

(6) V. *Armana Prouvençau, La Calanco*, etc. C'est lui qui a dessiné le diplome félibréen.

(1); Bonnaud, d'Aix (2) ; Elzéar Jouveau, de Caumont en Vaucluse (3) ; Pierre Mazière (4) , Gabriel Perrier, d'Uzès (5) ; Jules Cassini, d'Avignon (6) ; Lucien Duc, de Valaurie (7) ; Henri Bouvet, d'Avignon (8) ; Charles Rieu, dit *Charloun*, du Paradou, le Pierre Dupont de la Provence (9) ; Malachie Frizet, ancien collaborateur du *Prouvençau* actuellement directeur du journal politique l'*Eclair*, de Montpellier (10).

En Languedoc nous trouvons : Paul Gourdou, d'Alzonne (11) ; Charles Gros (12) ; Louis Vergne (13) ; Clé-

(1) *Li Majasan*. Montpellier, 1884. — *Viouleto fèro*, Grasse, Roustan, 1893,

(2) *Belugueto*. Aix, Nicot, 1891.

(3) *La Mort dou pastre*. Aix. Impr. Prouv. 1880. — *Felip de Girard*. Avignon, 1882. — *Vint sounet prouvençau*. Aix. Impr. Prouv. 1882.

(4) *La grevo dei bedo*. Aix. Impr. Provençale, 1880. — *Lou Fuè de Dièu*. Marseille, 1892.

(5) V. *Armana Prouvençau, L'Aioli*.

(6) V. *Armana Prouvençau, L'Aioli* — *Li Varai de l'amour*, drame joué à Avignon en 1894. — *Le Comtat Venaissin*, poème. Paris, Duc, 1891.— Né à Morières d'Avignon en 1847, mort à Avignon en 1896.

(7) *Li Set rai de moun estello*. Paris, Duc, 1891. — *Marineto*, Paris, Duc, 1893.

(8) *Lou Femelan*. Avignon, Bernaud, 1891. — *Estello*. Avignon, Bernaud, 1892.

(9) V. *Armana Prouvençau*. Ses poésies éparses doivent paraître en recueil...

(10) Auteur du cantique connu : *Prouvençau e Catouli*.

(11) *L'Obro dal priu de Cèlo-Nobo*. Montpellier. Hamelin, 1886. — *Lou Viro-Soulelh*, Montpellier, Firmin, 1889.— *Las Segos dins le Mietjour*. Montpellier, Firmin, 1891. — *La Filho dal depourtat*. Montpellier. Firmin, 1894. — *La Lettro de Gustou*. Carcassonne, Gabelle, 1895. — *Ramoun le Grebisto*. Carcassonne. Gabelle, 1895. — *La Carcassouneso, cant patrial*, musique d'Escaffre.

(12) *L'Uniuun das poples latins*. Montpellier, Firmin, 1878. — *Misera*, Montpellier, Firmin, 1880. — *Narcissa*, Montpellier, 1884.

(13) *Pour Ischia*. Montpellier, Impr. Centrale, 1883. — *Un pessuc de rimas*. Montpellier, Impr. Centrale, 1883.

ment Auziére (1) ; Hippolyte Messine (2) ; Edouard
Marsal (3), de Montpellier ; Joseph Soulet, de Cette
(4) ; Bastide de Clauzel, de Cournonterral (5) ; J. L.
Alibert, de Roquecourbe (6) ; Louis Gleize, d'Alès
(7) ; A. Roux, de Lunel-Vieil (8) ; J. E. Castelnau,
de Cette (9) ; 'Antonin Maffre, de Béziers (10) ;
Léonce Destremx, de St Christol-du-Gard (11) ; Louis
Bard, de Nimes (12) ; Adam Peyrusse, d'Ornai-
sons (13) ; N'oublions pas l'excellent chansonnier
Eyssette, d'Arles (14) et le spirituel conteur Paul

(1) *Roso blanco*. Montpellier, 1889. — *Flòus de sablas*. Montpellier. Impr. Centrale, 1888.

(2) V. *Cigalo d'or*.

(3) *Las Erbetas*. Montpellier, Combes, 1887. — V. *Cigalo d'or*
et *Campana de Magalouna*. — Dessinateur plein de verve, il a
illustré plusieurs œuvres félibréennes, notamment celles de Roumieux.

(4) *Las Ajustas*, Cette, Cros, 1887. — *Souveni felibren*. Montpellier, Cabirou, 1889. — *Lou Pescadous lengodoucians*. Montpellier, Hamelin, 1893.

(5) *Tus*. Montpellier, 1890.

(6) *Mas Pouesios*. Castres, Abeilhou, 1882.

(7) Mort à Paris en 1886 — *La Cansou ai Cigaliè*, *La Canson
di Sartanié* ; vers dans l'*Armana Prouvençau*. — Sa chanson
Mireille et mes amours a fait le tour des cafés-concerts.

(8) *Lou Testamen d'un Sarra-piastras*. Montpellier, Impr.
Centrale, 1890. — *La respounsa de moun grand*. Montpellier,
Impr. Centrale, 1895.

(9) *Ma Dinieirola*. Montpellier, 1887. — *Lian de Pensadas*,
Alès, Martin, 1895.

(10) *Un founs perdut*. Béziers, Azaïs, 1882. — *Lou Cop de Capèl*.
Béziers, Vialette, 1888.

(11) *La Rambaiado*. Montpellier, Coulet, 1890. — *Fables pa-
toises*, Alès, 1887.

(12) *L'Estello di felibre*... *A Jean Reboul*.

(13) *Narcisso*, comedie, Montpellier, Firmin, 1883. — *La Cansou de la Sègo*. Montpellier, Hamelin, 1887.

(14) V. l'*Homme de Bronze*, d'Arles, et l'*Aioli*.

Chassary, de Montpellier (1). Donnons également
un souvenir à Louis Guiraldenc (2).

En Roussillon nous rencontrons Justin Pepratx (3)
et Pierre Talrich (4) ; ailleurs, Carles de Carbonnières à Lavaur (5) ; le comte de Cambolas à Toulouse (6) ; Charles Boy, en Forez (7) ; A. Quercy à
Montauban (8) ; Louis Alvernhe à Brouquier d'Avey-
ron (9) ; J. B. Rouquet à Cahors (10) ; Delbergé à
Villeneuve-sur-Lot (11) ; H. Lacombe (12) ; Arthur

(1) *Pecats Mignots.* Mende, Ignon, 1882. — *En vacanças.*
Montpellier, 1887. — *Lous Vis de l'Erau.* Montpellier, Firmin,
1893.— *Lou Vin dau Mistéri.* — *En terra Galesa*, Montpellier 1895.

(2) Né à Montpellier en 1840 mort en 1869 — *Poèsies languedociennes de L. D. Guiraldenc* publiées par Roque-Ferrier
Montpellier, Hamelin, 1888. (Extr. de *Maintenances de Languedoc, d'Aquitaine et de Provence*, octobre-novembre 1884)

(3) *Ramellet de proverbis, maximas, refrans y adagis catalans.*
Perpignan, 1880. — *Pa de casa.* Perpignan, Laborie, 1888. —
L'Atlandide de Verdaguer, traduite en vers français. Montpellier,
Impr. Centrale, 1890. — *Canigo* (poème de Verdaguer) étude
dans *Maintenance de Langueduc*, Montpellier, mai 1886.

(4) *Recorts del Rossel-o*, 1887. — Mort en 1888.

(5) V. *le Ramelet de la Mantenenço d'Aquitanio.* Lavaur,
Vidal, 1882-83.

(6) Né en 1831, mort en 1881 à St-Loup (Hte-Garonne). — *Lou
moubile de Gascougno.*

(7) *Lis ideio de Banastoun.* Boy, 1892. — *Cristou Coulomb*, St-
Estève-en-Forez, 1892. — *La Cigalo*, St-Estève, Boy, 1891.

(8) *A ma lengo mairalo.* Montauban, Forestié, 1888. — *La
Saumeto de Baraquet.* Montauban, Forestié, 1890. — *La Sourço
d'Ingres.* Montauban, Forestié, 1890. — *La Fièro de Julhet a
Mount-alba.* Montauban, Forestié, 1894.

(9) *Los Flous de la Mountagno.* Rodez, Broca, 1880.

(10) *A la Poulougno.* Cahors, Pignères, 1882 — *Uno ramadj de
sounets.* Cahors, Bergou, 1883. — *Flouretos mountagnolos.* Tulle,
Mazeirie, 1884. — *Un ramelet de campanetos*, Cahors, Laytou,
1887. — *Lou Calel*, Cahors, Laytou, 1893.

(11) *Mes baisers de vingt ans.* Rodez, Broca, 1880. — *Mas
Faribolos*, Arras, Théry, 1889.

(12) *Las lambruscos de la lengo d'Aquitanio.* Montauban, Vidal-
let, 1879. — *Lou maridage treboulat.* Cahors, Delpérier, 1886.

Poydenot, de St-Sever (1) ; Victor Cazes, de St-Gaudens (2).

Voici venir un groupe d'ecclésiastiques, dévots, eux aussi, à Ste-Estelle et rimeurs en langue d'oc : Dom Garnier, de l'ordre des bénédictins (3) ; l'abbé Malignon (4) ; l'abbé Imbert, curé de Valréas (5) ; l'abbé Bernard, supérieur du Petit Séminaire de Ste-Garde (6) ; l'abbé Bresson, curé de Lauris (7) ; l'abbé Aberlenc, d'Alès (8) ; le frère Théobald, des écoles chrétiennes (9).

Le cycle de la prose, annoncé plus haut par M. de Berluc-Perussis comme devant être la note caractéristique de la seconde génération félibréenne, s'accentue, en effet, vers cette époque. Ce serait une étude des plus curieuses que celle des journaux de langue d'oc, car c'est là surtout, dans ces productions

(1) *Gascouneries*, Bordeaux, Bellier, 1891. — *Sonnets gascons de Chalosse*, 1895.

(2) *Claouarisses*. St-Gaudens, 1859.

(3) Né au Luc en 1820, mort en 1891. — *Santo Escoulastico*. Avignon, Roumanille, 1873. — *Un brout de garranié*. Marseille, Chaufard, 1881. — *Cantico di Roumiéu Marsihès*. Marseille, 1888. — *Obro prouvençalo dou R. P. Garnier* reculido per A. Ripert. Marseille, 1892.

(4) *La Muso Felibrenco*. Montpellier, Impr. Centrale, 1892. — *Nosto-Dame de Lourdos*, Paris, Tolra, 1886. — *L'Ermito de Prouvènço*, Paris, Tolra, 1887. — *Nosto-Damo de Primo-Coumbo*. Paris, Tolra, 1888.

(5) *Uno garbeto de nouvé*. Aix, Impr. Prov. 1881. — *Lis Aliscamp*, Valrèas, 1891. — *Carpentras*. Carpentras, Seguin, 1895. — Il se sert parfois du pseudonyme Z. N. D. *(Zeno de Nosto-Damo)*.

(6) *Glaude*, pastorale. Avignon, 1890. — *Uno Messo de miejo-nue au casteu de Saumano*. Carpentras, Seguin, 1894.

(7) *Lou Ramelet de Sant-Genaire*. — *Lou Ramelet di pelerin Santen*. — *Lou Ramelet de la Sante-Baumo*. Avignon, Aubanel, 1873. — *Santo-Estello*, Aix, Nicot, 1894.

(8) *Las Cevenolos*. Alès, Martin, 1893.

(9) Né à Meynes (Gard) en 1822, mort en 1878. — Vers dans l'*Armana Prouvençau*.

rapides, imprégnées du sentiment dominant et de la fièvre du moment, que l'on peut saisir sur le vif les petites animosités d'école qui ont marqué les avant-débuts du mouvement félibréen. C'est ainsi qu'on doit à la rivalité de Pierre Bellot et de Désanat la création, vers 1840, de deux des plus anciennes feuilles provençales du dix-neuvième siècle : *Lou Boui-Abaïsso*, de Désanat et *Lou Tambourinaire*, de Bellot. (1)

Pendant ses premières années l'*Armana prouvençau* lui-même soutint des polémiques orthographiques comme un simple journal. Mais la presse félibréenne proprement dite ne commença qu'après 1871. Nous avons déjà cité le *Dominique*, de Roumieux, qui naquit à Nîmes en 1876. L'année suivante, à Marseille, Pierre Mazière et Antide Boyer fondèrent le *Tron de l'èr* (1877-1882).

Peu à peu, avec l'expansion des idées félibréennes, s'organisa ce que nous pourrions appeler la presse *officielle* et documentaire, à côté de ces organes pleins de verve et d'esprit, mais n'ayant d'autre guide que la fantaisie personnelle de leurs rédacteurs. En 1885, M. Paul Mariéton fondait la *Revue félibréenne*, publication franco-provençale, destinée à *archiver* et à apprécier les diverses manifestations de la renaissance méridionale. Pour remplacer le *Cartabèu* de la Maintenance de Provence (2), Jean Monné, en 1887, fonda

(1) Voyez aux Notes et Documents : *Note sur les Troubaires*. — En outre de certaines questions personnelles, la rivalité venait de ce que Désanat voulait un journal uniquement provençal tandis que Bellot le voulait franco-provençal. V. de Berluc-Perussis : *Eugène Seymard*.

(2) L'article 40 des Statuts de 1876 veut que chaque année il soit publié un *Cartabèu*, recueils des actes officiels du Consistoire, des Maintenances, des Ecoles. Il en a paru quelques-uns : *Car-*

sa revue mensuelle *Lou Felibrige*, qui, peu à peu, a
agrandi son champ d'action et donne les nouvelles
félibréennes de toute la terre d'oc. De même la *Cigalo
d'or* de Montpellier, abandonnant les traditions un
peu trop folâtres du *Dominique* dont elle est sortie,
est devenue l'organe officiel des Maintenances de
Languedoc et d'Aquitaine. Enfin, depuis 1891, sous
l'inspiration directe de Mistral lui-même, paraît
l'*Aioli*, qui est un des mieux rédigés et des plus com-
plets de la presse félibréenne.

Nous ne pouvons, on le conçoit, citer que les journaux qui existent encore. Il serait trop long de rechercher les disparus (3). Cependant nous pouvons citer
Le Zou, qui de 1886 à 1888, à Marseille, se fit remarquer par son ironie acerbe et mordante sous la direction de Louis Astruc ; l'*Occitania* (4), journal plus
plus grave, dirigé à Montpellier par M. Roque-
Ferrier ; la *Revisto Gascouno*, de Tarbes (1888-90).

De nombreux prosateurs se sont fait connaître dans
les almanachs de langue d'oc, car à l'époque où nous
sommes, l'*Armana Prouvençau* n'était plus seul ; il
avait vu naître successivement une série d'imita-
teurs (1).

tabèu *de Santo-Estello per* 1876. Nimes, Baldy, 1876. — *Cartabèu
de Santo-Estello per lis annado* 1877-78. Montpellier, imp. Centrale, 1878. — *Cartabèu de Santo-Estello*, 1877-82, publié par V.
Lieutaud. Marseille, 1882.

(3) *L'Armana Prouvençau* de 1877 signale comme paraissant à
Nice : *Lou Paioun, Lou Campanié, Lou Nouvelisto, La Bugadiero*.
— Celui de 1878, à Aix, *Lou Prouvençau*, dirigé par le marquis
de Villeneuve Esclapon. — Celui de 1880 : *Lou Brusc*, fondé à
Aix par Guitton-Talamel. — Celui de 1891 : à Nice : *Lou Coucha-
Carema, Lou Fica-Nas*.

(4) *L'Occitania* a commencé à paraître en janvier 1887 ; elle a
eu pour suite le *Félibrige Latin* depuis janvier 1890.

(1) Voir aux Notes et Documents : *Bibliographie des Almanachs*.

Parmi les prosateurs d'oc une place spéciale doit être réservée à Baptiste Bonnet, de Bellegarde. Venu tard à la littérature provençale, en ce sens qu'il commença d'écrire seulement vers l'âge de quarante ans, il a raconté dans les *Memori d'un gnarro* (mémoires d'un valet de ferme) les menus incidents de la vie champêtre (1). Mais cette description porte avec elle un tel cachet de vérité, la forme littéraire en est si attrayante en sa simplicité naïve qu'elle fait de l'œuvre du paysan de Bellegarde un des livres les plus curieux de la littérature contemporaine (2).

Le développement logique de la littérature félibréenne devait la conduire de la poésie à la prose écrite, si nous pouvons nous exprimer ainsi, et de cette dernière à la prose parlée, c'est-à-dire l'éloquence. Ici encore nous retrouvons Mistral, que ses discours de Capoulié peuvent placer au rang des meilleurs orateurs contemporains. Sans aucune prétention, mais d'une bonhomie charmante relevée par une foi d'apôtre, Roumanille fut aussi des plus intéressants à écouter chaque fois qu'en qualité de chef du félibrige il prononça le discours d'usage au banquet annuel de Sainte-Estelle. Félix Gras, le capoulié actuel, y apporte périodiquement le reflet de sa nature mâle et généreuse, de son ardent amour pour la petite patrie (3).

(1) *Li Memori d'un gnarro* ont paru dans l'*Aioli* (janvier 1892 à janvier 1894). Ils forment la seconde partie d'une trilogie champêtre dont la premiere : *Vie d'enfant*, traduite par MM. Alphonse Daudet et Henri Ner a paru en 1894 à Paris, chez Dentu.

(2) Sur Charles Senès dit *la Sinso*, Jacques Mabilly, Modeste Touar, Louis Foucard. G. Visner, etc... Voir aux Notes et Documents : *Les Patoisants actuels.*

(3) Voir pour ces discours de Mistral, Roumanille, Gras, l'*Armana Prouvençau*, depuis 1877.

Il est bien entendu qu'il ne s'agit ici que de discours prononcés en pure langue d'oc. A ce point de
vue, Clovis Hugues, qui ne se contente pas d'être un
merveilleux poéte provençal (2), est vraiment étour-
dissant lorsqu'il se livre à son inspiration pleine de
verve imagée et d'effets inattendus. Maurice Faure,
félibre majoral et député de la Drôme, soulève d'una-
nimes applaudissements chaque fois qu'il prend la
parole dans une réunion félibréenne. A la fois raffiné
comme un rhéteur de l'époque romaine et ardent
comme un tribun populaire de nos jours, il évoque
devant le peuple provençal le souvenir de son antique
gloire, la beauté de ses femmes, la splendeur de son
ciel (3). Très curieux est aussi Albert Arnavielle, un
simple enfant du peuple, demeuré peuple lui-même
comme il s'en vante. Dans sa conviction sans bornes,
dans son ardeur de prosélytisme, avec son éloquence
primesautière, avec son dédain des banalités conve-
nues, il sait dire toujours le mot propre des situations.
Et il eut une trouvaille vraiment typique lorsqu'à la
Sainte-Estelle d'Avignon, en 1894, devant ces *beaux
messieurs de Paris* (l'expression fut dite alors et nous
aurions garde de la déflorer), on vit se lever ce fils du
terroir méridional, bronzé comme un arabe, qui trouva
moyen de leur dire leur fait à tous, académiciens et

(2) Voir *Armana Prouvençau.* Il est aussi un très vibrant poète
francais. Voyez ses *Soirs de batailles.* Paris, Lemerre, 1882. —
Chez Charpentier: *Les Evocations.* — *Mme Phaéton.* — *M. le gendarme.*
(3) Maurice Faure est également un très fin poète provençal.
(Voir *Armana Prouvençau*). Toujours prêt à payer de sa personne
quand il s'agit de défendre ou d'honorer son cher Midi, il a fondé
la *Cigale* et la Société des Félibres de Paris. A la Chambre, il a
pris la parole pour demander la restauration du théâtre d'Orange,
la fondation du prix d'Arles, etc.

ministres, sans aucune acrimonie d'ailleurs, et devant ce public un peu blasé, but fièrement au *Félibrige intégral*. Le mot est resté.

Quelques ecclésiastiques, de leur côté, se sont mis à prêcher en langue d'oc. Nous pouvons mentionner à cet égard l'abbé Paul Terris neveu de l'évêque de Fréjus, Ferdinand de Terris (1824-1885) qui lui-même prêchait souvent en provençal ; l'abbé Grimaud, curé de Sorgues (1) ; l'abbé Bonnel ; l'abbé Spariat, curé de Rouvière (2) ; l'abbé Ardisson, curé de Magnagosc ; l'abbé Payan, curé de Flassans ; l'abbé Mille ; Mais le plus connu de tous est un moine de l'abbaye de Saint-Michel de Frigolet, le Père Xavier de Fourvières (3) ; sa notoriété est très grande dans toute la région du Rhône ; elle est méritée car il a parfois des mouvements oratoires de la plus haute envolée. (4)

La première génération félibréenne a eu ses *féli-*

(1) L'abbé Grimaud est l'auteur de : *Li Quaranto dos mounjo d'Aurenjo*. Avignon. Aubanel, 1886. — *Panegiri de J. B. de la Salle*. Alès, Martin, 1895.

(2) *Un Cantico prouvençau en ounour dou sant noum de Jesus.* Avignon, Seguin, 1887.

(3) De son vrai nom Rodolphe Rieux, il a pris celui qu'il porte par reconnaissance envers Notre-Dame-de-Fourvières, de Lyon, qui, dit-il, lui a révélé sa vocation. Voici ses principales œuvres : *Lou flang Nourbertin*. Aix, Makaire, 1880. — *Li Pastrihouno de Betelen*, pastorale, Aix, Guittou, 1882. — *Ma garbeto di nouvè*. Carpentras, Tourette, 1883. — *Santo Radegoundo e li vue beatitudo*. Avignon, Aubanel, 1887. — *Clairac e si vesprado*, 1883, — *Li Cantico prouvençau*. Avignon, Aubanel, 1887. — *Espigueto evangelico*. Avignon, Aubanel, 1889. — *Ouresoun funèbro de Roumanilho*. Avignon, Seguin, 1891. — *Li Counferenço Sant-Janenco*. Avignon, Aubanel, 1891, 5 vol. — *Lou brès de l'enfant Jesus*. Marseille. 1894.

(4) Certains pasteurs protestants se servent aussi de la langue d'oc pour enseigner leur doctrine, par exemple, le pasteur Laujerand, à Mazamet.

bresses ; la seconde a aussi les siennes (1). Nous avons eu déjà l'occasion de mentionner feue Mme Lydie de Ricard. Signalons ici : *la felibresso d'Areno*, Mme Léontine Mathieu-Goirand, (2) — *la felibresso de la Dindouleto*, Mme la baronne de Pages, (3) — *Lazarino la Cravenco* (félibresse de la Crau), Mme Daniel. (4) — *la felibresso de la Travesso*, religieuse de la Visitation (5) et Mme Delphine Roumieux, (6) femme du félibre Louis Roumieux (7).

La servante Geneviève, autrement dit Mlle Reine Garde, à laquelle Lamartine a dédié une de ses œuvres (8) a quelque peu rimé en provençal (9).

La gracieuse reine Elisabeth de Roumanie, connue dans le monde lettré sous le pseudonyme de Carmen Sylva a droit, elle aussi, à une mention pour la sym-

(1) En 1895 la Société des Félibres de Paris a mis au concours une *Etude sur les Félibresses*. M. Henri Bigot a obtenu le prix ; son travail, qu'on dit très complet, serait d'un grand intérêt s'il était publié.

(2) *Li risènt de l'Alsoun*. Avignon, Aubanel, 1882. — *Armana Prouvençau* 1877-78-79. — A l'occasion de son mariage Roumieux fit paraître : *Lou Capelet nouviau de la felibresso d'Areno*. Montpellier, Hamelin, 1882.

(3) *Armana Prouvençau*, 1879.

(4) V. le journal : l'*Homme de Bronse* d'Arles. — Lazarine Daniel, née Russi, originaire de Forcalquier par sa famille est morte à Marseille le 5 Décembre 1895 à l'âge de 54 ans.

(5) *Cacho-fio*, 1881.

(6) *Armana Prouvençau*. — *Lou Prouvençau*.

(7) Sur *la félibresse Clémence* qui n'a jamais existé, v. *la Cornemuse*, n° 80.

(8) *Geneviève, histoire d'une servante*. Paris, M. Lévy.

(9) Dans ses *Nouvelles poésies*. Paris, Giraud, 1861 (notice de Ch. Nisard) se trouvent quatre poésies provençales. Reine Garde a aussi publié : *Essais poétiques*, Aix, 1847, - 2ᵉ édit. Paris, Garnier, 1851. — *Marie-Rose*, roman. Paris, Garnier, 1858. — *Hélène*, roman. Paris, Ruffet, 1869. — V. Delille. *Chants des Félibres*, p. 124.

L. DE BERLUC-PERUSSIS

pathie qu'elle a manifesté aux félibres dont elle a traduit certaines œuvres (1).

Dans un autre ordre d'idées nous ne devons pas
oublier de citer deux déclamateurs absolument hors
ligne : J. B. Martin de Nîmes (1820-1890), incomparable quand il disait les fables de son compatriote
Bigot, et Pierre Prax, de Peyriac-Minervois, qu'on
appelle volontiers le *jouglar* d'Achille Mir. *La Messo
de Ladern* dite par lui est unique en son genre.

Un dernier groupe se présente à nous pour achever
de caractériser cette époque. En examinant ailleurs
la renaissance félibréenne nous nous exprimions ainsi :
« Non loin des Félibres se servant de l'idiome méridional doivent être placés les écrivains qui, quoique
s'exprimant en français, rappellent invinciblement
par leurs origines, par le choix de leurs sujets, par la
tournure de leur esprit leur naissance méridionale.
Qui oserait contester qu'Alphonse Daudet et Léon
Cladel, pour ne citer que ceux-là, sont d'un tempérament essentiellement méridional ? La rénovation
littéraire que nous venons d'examiner n'a pas produit
que des œuvres écrites dans un idiome provincial ;
elle a créé, dans l'ensemble de la littérature française,
un courant d'assez saisissante portée pour qu'on lui
ait donné un nom spécial : *le méridionalisme* (2). »

Nombreux sont les écrivains qui de ce chef auraient
des droits à être énumérés ici. Mais nous cantonnant
dans le cadre étroit que nous nous sommes tracé, et
qui a surtout pour objet de renfermer la physionomie

(1) Sur les relations de la littérature félibréenne avec celle de
Roumanie, v. Roque Ferrier, *Mélanges de critique littéraire et de
philologie*, p. p. 179. et 474.

(2) *Eloge de Goudelin*, p. 67.

du mouvement félibréen, nous nous bornerons à indiquer, selon la définition dont nous nous sommes déjà servi, ceux qui ont eu des affinités spéciales avec le Félibrige.

Paul Arène, le conteur exquis, est de ceux-là. Notons, du reste qu'il manie la rime provençale de façon charmante (1).

De même Sextius Michel qui pour être le doyen des maires de Paris, ne se résigne pas à oublier la petite patrie où il a vu le jour (2).

Plus jeunes sont Paul Mariéton et Albert Tournier. Le premier, auteur du livre presque classique *la Terre Provençale,* est l'infatigable chancelier du Félibrige (3). Le second est déjà avantageusement connu par des études littéraires et d'alertes chroniques (4).

Tandis que ceux-là sont attachés au rivage de Paris d'autres sont demeurés en province. Louis-Xavier de Ricard, l'ancien compagnon d'armes d'Au-

(1) *Jean des Figues.* Paris, Lemerre 1884. — *Contes de Paris et de Provence.* Paris, Lemerre, 1888. — *Vingt jours en Tunisie.* Paris, Lemerre. — *Le Midi bouge.* Paris, Flammarion. — *La Chèvre d'or.* Paris, Lemerre, 1893. — *Des Alpes aux Pyrénées, étapes félibréennes* (avec A. Tournier) Paris, Flammarion, 1891. — *Domnine,* Paris, Flammarion, 1894. — Voir aussi de jolis vers et des chansons en provençal dans l'*Aiòli* et l'*Armana Prouvençau.*

(2) *Long dou Rose e de la mar.* Paris, Flammarion, 1892. — *Aurores et couchants.* Paris, Flammarion, 1893. — *La Petite patrie.* Avignon, Roumanille, 1894.

(3) La *Terre Provençale,* journal de route, Paris, Lemerre, 3ᵉ édit., 1894. — La *Viole d'Amour.* Paris, Lemerre, 1886. — *Hellas,* Paris, Lemerre, 1889. — *Joséphin Soulary et la pléiade lyonnaise.* Paris, Marpon, 1884. — *Le Livre de Mélancolie.* Paris, Lemerre, 1896. *La Genèse du Félibrige,* histoire d'une Renaissance.

(4) *Le Chansonnier provençal.* Paris, Lemerre, 1887. — *Des Alpes aux Pyrénées.* (Voir plus haut, P. Arène.) — *Gambetta.* Paris, Flammarion, 1893.

guste Fourès, apôtre ardent du fédéralisme, en défend la doctrine dans ses écrits et a tenté un essai de décentralisation littéraire, en faisant représenter en province son drame la *Catalane* (1). Alexis Mouzin, d'Avignon, a fait jouer en 1886, au théâtre d'Orange, sa belle œuvre : *L'Empereur d'Arles* (2).

Sernin Santy a étudié la légende et les poésies de la comtesse de Die (3). Jules Troubat, le dernier secrétaire de Sainte-Beuve, après avoir écrit la vie du célèbre critique est devenu le chroniqueur attitré du *Viro-Soulèu* (4).

Firmin Boissin, que sa mort imprévue a empêché de prendre place parmi les majoraux du Félibrige fut avec M. de Toulouse-Lautrec, son ami, un des plus ardents à réveiller l'idée méridionale dans la ville de

(1) *Ciel, rues et foyers*, poésies. Paris, Lemerre. — *Conversion d'une bourgeoise*. — *Thélaire Pradon*. Paris, Fischbacher, 1879. *L'alliance Latine*, 1878. — *Le Fédéralisme*. Paris, Fischbacher, 1877. — *Les Nationalités*, traduit de Pi y Margall. Paris, Germer-Baillière. — *L'Esprit politique de la Réforme*. Paris, Fischbacher, 1893. — *La Catalane*. Paris, Grasilier, 1894.

(2) *L'Empereur d'Arles*. Avignon, Roumanille, 1889. — *Hyménée*. Paris, Lemerre, 1878.

(3) *La comtesse de Die*. Paris, Picard, 1893. — *Rhône et Provence*, compte rendu des fêtes felibréennes et cigalières de 1894. Paris, Picard, 1894.

(4) *Tableau de la poésie française au seizième siècle*, par Sainte-Beuve, édition définitive précédée de la vie de Sainte-Beuve, par J. Troubat. Paris, Lemerre. — *Le blason de la Révolution*. Paris, Lemerre, 1883. — *Petits étés de la cinquantaine*. Paris, Lemerre. — *Plume et pinceau*. Liseux, 1878. — *Histoire de Jean l'ont-pris*, texte, traduction et notice biogr. Liseux, 1877. — M. Fernand Troubat, son frère, a écrit les paroles des *Cantaires dau Clapas*, que Paladilhe a mis en musique. Paris, Schmid, 1893.

Goudelin (1). Le poète Aquitain Elie Fourès a signé de forts jolis vers provençaux (2).

D'autres travaux. d'ordre didactique, sollicitent notre attention. C'est d'abord la *Grammaire provençale* du frère Savinien (3), d'Arles. qui joint l'exemple au précepte au moment où, s'appuyant sur l'autorité de Michel Bréal et de plusieurs autres maîtres en philologie, les félibres et leurs partisans font ressortir l'utilité de l'idiome natal dans l'enseignement du français. (4)

Ce sont ensuite les *Lectures ou versions provençales et françaises* pour l'enseignement du français en France, par René Montaut. C'est la *Grammaire historique de la langue des Félibres* (5) de l'allemand Eduard Koschwitz. C'est aussi le *Dictionnaire français-occitanien* de Piat (6), complément utile du *Trésor du Félibrige*, de Mistral.

(1) *Jean de la Lune*, roman cévenol. Paris, Savine, 1887. — *Lou Reveilhet de Jan de la Luno*, aubade en patois rayol, musique de F. Maihol. Toulouse, Martin, 1887. — *Le Midi Littéraire contemporain*, discours de réception à l'Académie des Jeux Floraux. Toulouse, Douladoure 1887. — Boissin est né à Vernon (Ardèche) ; il est mort en 1893.

(2) *Au Pays des félibres*. Paris, Savine, 1887. — *Histoire de la langue d'oc.*

(3) *Grammaire provençale*, sous-dialecte Rhodanien. Avignon. Aubanel, 1882. — *Recueils de versions provençales*. Avignon. Aubanel. — V. de Berluc-Perussis : *Frère Savinien et ses précurseurs*, dans la *Cornemuse*, nº 31.

(4) Conférence de Michel Bréal faite à la Sorbonne, lors de l'exposition universelle de 1878, aux instituteurs de France. publiée par la *Revue Politique et Littéraire*. Paris, 5 octobre 1878 — Du même : *Quelques mots sur l'instruction publique en France*. Paris, Hachette, 1872.

(5) Greifswald, Abel, 1894.

(6) Montpellier, Hamelin, 1893-94. 2 vol.—A publié aussi : *Istori causido dou Gulistan de Sadi*, Montpellier, Hamelin, 1888.

Et puisque le nom du maître revient ici, constatons que son génie est resté fécond et puissant. Si *Nerto* (1) et la *Reino Jano* (2) qu'il a donnés dans cette période ne sont que des aspects particuliers de l'histoire de Provence et n'ont point, par conséquent, l'ampleur de *Mireille* et de *Calendal*, types créés de toutes pièces pour être l'incarnation d'une race, ils n'en donnent pas moins l'impression d'œuvres d'une incomparable facture littéraire.

Mais l'œuvre maîtresse de Mistral pour cette époque est son grandiose *Dictionnaire provençal-français*, qu'avec raison il a appelé le *Trésor du Félibrige* (3). Huit heures par jour, pendant vingt ans, il a travaillé à cette œuvre colossale. Aussi les maîtres les plus autorisés ont pu dire avec juste raison : « Mistral a définitivement fixé la langue provençale, et si jamais elle vient à disparaître on la retrouvera là, tout entière, couchée comme une gracieuse morte dans un cercueil embaumé. »

(1) Paris, Hachette, 1884.
(2) Paris, Lemerre, 1890.
(3) Aix-Remondet, (1878-86), 2 forts vol. in-4°.

Période Actuelle

IV

Période actuelle (1892-1896)

AVEC cette quatriéme et dernière partie de l'évolution félibréenne nous entrons sur un terrain absolument nouveau, car cette période ne ressemble à aucune de celles qui l'ont précédée. Les chansons joyeuses du début, sans être absolument délaissées, ne sont plus considérées comme l'*ultima ratio* du Félibrige. Quant aux nuances politiques qui ont eu leur répercussion dans les évènements de la troisième époque, elles ne passionnent que médiocrement.

Ce n'est point que parmi les jeunes recrues félibréennes les opinions, à cet égard, ne soient appréciables. On y distingue très bien les monarchistes et les républicains, les libres-penseurs et les catholiques. Mais ces tempéraments, essentiellement divers, font un ménage très uni.

Il faut dire qu'en thèse générale très peu considèrent la littérature comme un moyen d'existence. Presque tous, fixés en leur pays natal, ont un *métier* ou
une situation personnelle qui leur permet de ne voir
qu'un agréable passe-temps dans le culte des lettres
d'oc. Aussi ne se livrent-ils point entre eux ces âpres
combats, inévitables dans l'existence parisienne.
Aussi, malgré toute l'admiration qu'ils éprouvent
pour ceux des forts parmi les forts qui parviennent à
attirer l'attention de Paris et de la France, aiment-ils
mieux se retrouver en leurs familiales félibrées qu'en
ces fêtes tumultueuses où les Cigaliers et les Félibres
parisiens apportent des programmes surchargés, fidèle
image de la vie fiévreuse de la capitale. Aussi peu-
vent-ils se rendre réciproquement justice, sans craindre que leur amicale approbation ne se transforme en
réclame pour un confrère jalousé.

Mais chacun gardant son tempérament et ses opinions personnelles, il est certain que des goûts littéraires semblables pas plus que d'identiques admirations
ne peuvent être un lien suffisant pour produire la solidarité intime qui les unit et dont on pourrait citer
des traits fort touchants. Où se trouve donc ce lien
commun ?

C'est dans leur conception nouvelle de l'amour de
la petite patrie. Tous, à ce point de vue, parmi leurs
prédécesseurs, étaient patriotes, et c'est chez les plus
grands qu'on constate les plus sublimes expressions
de ce patriotisme. Mais à cette ardente jeunesse
l'amour platonique ne suffit plus. Elle trouve que ce
n'est point assez de chanter magnifiquement la terre
natale ; elle pense que la foi qui n'agit point n'est pas
une foi sincère.

Notez que cette jeunesse est conséquente avec elle-même et qu'on ne saurait lui faire reproche d'être la *résultante* de ce qui s'est passé avant son avènement.

La langue méridionale, après un sommeil de cinq siècles, s'est réveillée tout à coup et, depuis soixante et dix ans (1), a accumulé des chefs-d'œuvre dont certains peuvent être mis au niveau des plus belles œuvres françaises. Partout, dans les plus petits villages méridionaux comme dans Paris, la langue d'oc est acclamée ainsi qu'une belle morte ressuscitée. Le théâtre, la musique, instruments de diffusion par excellence, s'emparent de *Mireille*, font chanter les Arlésiennes, farandoler les *tambourinaires*. Puis les Parisiens en viennent à découvrir, à reconnaître l'existence de pays plus lointains pour eux que l'Amérique, c'est-à-dire Avignon, Arles, le théâtre d'Orange, la Cité de Carcassonne...

Tandis que ce mouvement se produit, voici qu'en terre méridionale, autour d'un petit groupe qui a illustré la moderne langue d'oc, viennent se réunir tous ceux qui avec leur idiome natal, désormais réhabilité, aiment les légendes, les traditions, les coutumes de leur pays. Le courant est si fort qu'il fait sentir son influence dans l'ensemble de la littérature et de l'art français. En même temps, l'histoire provinciale et l'histoire communale, étudiées dans leurs véritables origines, déroulent des tableaux d'une saisissante originalité et parfois d'une attachante grandeur. Alors qu'il était convenu, autrefois, qu'on ne pouvait *travailler* qu'à Paris, des hommes éminents acceptent de faire leur carrière dans les Facultés provinciales,

(1) C'est-à-dire depuis Jasmin.

préludant ainsi, mieux qu'en de stériles discussions parlementaires, à la reconstitution future des Universités régionales.

Dès lors, et par la suite logique des choses, les jeunes félibres se posent cette question que de grands penseurs s'étaient posée avant eux : « Pourquoi la province qui produit, qui crée, qui fournit à la capitale le meilleur de sa force, n'a-t-elle point son existence reconnue par les lois alors que cette existence est, depuis si longtemps, prouvée par les faits ? » Et avec la belle ardeur de leur âge ils se disent qu'il faut changer tout cela, qu'il faut redresser les ressorts sociaux faussés par une compression excessive. De là ces revendications encore un peu confuses, que les uns appellent *décentralisation*, les autres *régionalisme* ou *fédéralisme*, et ne sont, au fond, qu'une protestation contre une organisation qui appauvrit la province sans profit pour Paris. De là cette proclamation que quelques jeunes félibres parisiens, interprètes du sentiment de la grande majorité de leur génération, ont lancée le 22 février 1892, lors de la première visite que leur fit Félix Gras, récemment nommé *Capoulié :*

« Voilà longtemps, Monsieur le Capoulié et Messieurs les Félibres, que les jeunes gens mûrissent les idées que vous avez semées, et voilà longtemps aussi qu'ils souhaitent impatiemment de les réaliser...

« Nous avons tous entendu votre appel, et maintenant nous allons dire, *non pas comme autrefois devant des auditoires de frères et des assemblées de lettrés, mais dans les assemblées politiques et devant le peuple du Midi et du Nord*, les réformes que nous voulons. Nous en avons assez de nous taire sur nos intentions fédéralistes quand les centralisateurs parisiens en profitent pour nous jeter leur méchante accusation de séparatisme. Enfantillage et ignorance ! Nous levons les épaules et nous passons.

« Nous sommes antonomistes ; nous réclamons la liberté de nos communes ; nous sommes fédéralistes. et si quelque part, dans la France du Nord, un peuple veut marcher avec nous, nous lui tendrons la main. Un groupe de patriotes bretons vient de demander pour son illustre province le rétablissement des anciens Etats. Nous sommes avec ces Bretons. Oui, nous voulons une assemblée souveraine à Bordeaux, à Toulouse, à Montpellier ; nous en voulons une à Marseille ou à Aix, et ces assemblées régiront nos tribunaux. nos écoles, nos universités, nos travaux publics. Si l'on objecte qu'un peuple ne revient jamais sur la voie qu'il a parcourue, nous répondrons que c'est le cas ; nous ne travaillons pas pour copier les institutions d'autrefois, mais pour les compléter et les perfectionner (1).... »

Ainsi donc ce n'est plus assez d'émettre des vœux dans les réunions félibréennes. Les anciens *cantaire dou pais* doivent se transformer en croisés, et par la parole, par la plume, prêcher partout, même dans les mêlées politiques, le triomphe de la *Cause*. On le voit, c'est la tendance vers une révolution politique et sociale, proclamée comme devant suivre la rénovation littéraire dont nous avons étudié les phases successives

L'appel des jeunes félibres parisiens fut suivi,

(1) Le document a paru *in extenso* dans *l'Aioli* du 7 mars 1892 sous la signature de Frédéric Amouretti, Charles Maurras et Auguste Marin.

comme il fallait s'y attendre, de rumeurs significati-
ves, les unes favorables, les autres hostiles.

La situation des chefs du Félibrige ne laissait pas
que d'être délicate. D'un côté, les fédéralistes (ou régionalistes, le nom importe peu, nous le répétons)
étaient en assez grand nombre au sein du Consistoire,
et parmi ceux-là il nous suffira de citer Mistral, Félix
Gras, L. de Berluc-Pérussis, L.-X. de Ricard, Arnavielle, auxquels il était difficile de combattre des
idées qu'eux-mêmes avaient toujours hautement pro-
fessées. D'autre part, les timides, c'est-à-dire ceux
qui en étaient restés aux anciennes traditions et ne
voyaient dans les réunions félibréennes que l'occasion
d'échanger de gais propos, pouvaient se formaliser de
l'ingérence d'une question étrangère au but essentiellement littéraire de la Société. Cette situation ris-
quait d'amener des dissensions intestines.

L'allocution prononcée par Marius André aux Jeux
Floraux septennaires de 1892, allocution dans laquelle
le jeune lauréat déclarait se rallier entièrement à la
proclamation ci-dessus mentionnée, fournit au Consistoire l'occasion de s'expliquer par une note insérée
dans *l'Aïoli* du 7 juin 1892 :

« On nous a dit que quelques personnes s'étaient
formalisées, au point de vue félibréen, des visées politiques du discours de Marius André, et qu'elles y
auraient vu une violation des statuts. Mais il est bon
de remarquer que l'orateur, qui ne s'est, du reste,
exprimé qu'au nom d'un groupe particulier, a parlé
dans une séance félibréenne publique, où, selon
l'usage, félibres ou non félibres peuvent, sous leur
entière responsabilité, émettre toutes les opinions qui
leur conviennent. L'Association ne peut aucunement

être engagée en ces circonstances, et elle entend
rester, comme elle l'a toujours fait, en dehors de tout
débat politique ou religieux. »

Cette attitude de neutralité (bienveillante sans
doute, mais enfin de neutralité) était évidemment le
parti le plus sage. Excommunier les jeunes félibres
fédéralistes, le Consistoire ne le pouvait sans déclarer
en quelque sorte que l'évolution félibréenne était terminée ; or, ces anathèmes ne portent généralement
pas bonheur aux gouvernements qui les prononcent,
car au-dessus de toutes les lois il y a les faits, au-
dessus de toutes les barrières il y a la force d'expansion qui entraîne les hommes et les choses. D'un
autre côté, faire sienne officiellement la doctrine fédéraliste, c'était, à l'heure actuelle où la question n'est
pas suffisamment mûre, lancer l'Association en une
voie pleine de périls.

C'est sur la constatation de ces faits que nous ter-
minerons cette étude. Mais avant d'en déduire la
conclusion définitive, nous devons énumérer les noms
et les œuvres de ceux que nous avons appelés les félibres de la troisième génération :

Marius André, d'Avignon ; Valère Bernard, de
Marseille, et le Lauragais Prosper Estieu marchent
en tête de la phalange poétique. Marius André, que
son premier recueil *Plou e Souleio* avait signalé comme
une des jeunes espérances du Félibrige, s'est placé
au rang des maîtres par son beau poème : *La Glori
d'Esclarmoundo* (1). Valère Bernard, dans *Li Balado
d'Aram*, *Li Cadarau*, *Li Pauriho* a montré une

---

(1) *Plou e Souleio*. Avignon, Roumanille, 1890. — *La Glori
d'Esclarmoundo*. Avignon, 1894.

puissante inspiration, servie par de superbes facultés poétiques (1). Prosper Estieu, avec les sonnets de son *Terradou*, d'une forme impeccable, d'une envolée toujours égale a fait dire à Mistral : « Ce livre est le Cantique de nos Cantiques ». (2)

C'est dans l'amour, chose naturelle chez de jeunes poètes, que la plupart prennent leurs inspirations. C'est ainsi que le Marseillais Pierre Bertas (de son vrai nom Fernand Antoine) chante li *Sèt Saume d'amour* (3), tandis que Folco de Baroncelli en égrène le rosaire (4). A l'alésien Alcide Blavet qui cueille une couronne de fleurs printanières (5), répond d'Agen André Sourreil qui chante ses heures d'amour (6). A côté d'eux mentionnons Paul Roman, d'Aix, en qui se fondent de grands espoirs (7). Henri Giraud, de Cannes (8), Paul Constant, de Cassanel (9) ; Jules Boissière, de Clermont l'Hérault (10); le Carcassonnais

(1) *Li Balado d'Aram.* Paris, Richard, 1883. — *Li Cadarau.* Montpellier. Imp. Centr. 1884 — *Li Pauriho*, publiés dans le *Bavard*, de Marseille. — *Bagatouni*. Marseille, Aubertin, 1894.

(2) *Lou Terradou.* Carcassonne, *Bibliothèque de la Revue méridionale*, 1895. — *Lou Lengodoucian*. (V. G. Jourdanne. *Bibliographie Languedocienne* de l'Aude).

(3) Marseille, Trabuc, 1887. — *Pierrot badaio*, comédie. Marseille, Marpon, 1893. — *La naciounalita prouvençale e lou Felibruji*. Marseille, Ruat, 1892.

(4) *Lou Rousàri d'amour*, in *Renue Félibréenne*, 1889. — *Babali*. Avignon, Roumanille 1890. — Directeur de *l'Aioli*.

(5) *Labro e Roso.* Alès, Castagnier, 1888. — V. *Cigalo d'or* et *Cascavel*.

(6) *Ouros d'amour.* Agen. Ferran, 1893.

(7) V. *Aioli, Armana Marsihés*.

(8) *Pessu de vers.* Cannes, Robaudy, 1892. — *Lou Moulin de la Lubiano*. Avignon, Roumanille, 1895.

(9) *Lous Jalouns.* Villeneuve-sur-Lot, 1894.

(10) A commencé par des poésies françaises : *Devant l'énigme*, Paris, Lemerre, 1883. — *Provensa*, Paris, Lemerre, 1887. — De-

Alphonse Artozoul (1) ; le Lauragais Pascal Delga qui promet une ample moisson de violettes de son pays (2) ; le Bigourdan Michel Camélat qui nous a déjà fait entendre de fort agréables variations sur sa flute champêtre (3) ; l'abbé François Courchinoux qui, sous les dehors du plus séduisant des abbés de cour, cache l'ame ardente d'un Arverne de la vieille roche (4) ; Paul Froment, un simple valet de ferme de l'Agenais, qui vient de se révéler (5).

De tout jeunes gens, Joseph de Valette, de Lédenon ; Joseph d'Arbaud, fils de la *felibresso dou Cauloun* ; Joseph Loubet. de Montpellier, s'essayent en des poésies parfois très attrayantes.

Cette jeune pléiade a eu son Gilbert en la personne de Félix Lescure, mort à la fleur de son âge (6).

Elle est accompagnée par de charmantes félibresses : Claude Duclos, l'énigmatique et rêveuse fée du Bigorre (7) ; la séduisante Elisabeth Péricaud, *la felibresso Babeloun*, qui prend pour devise : *Grifueio*

---

puis son mariage avec Mlle Thérèse Roumanille, il a donné des poésies provençales à la *Revue Félibréenne* et à *l'Armana Prouvençau.*

(1) *Uno Garbeto.* Uzès, Malige, 1895.

(2) Poésies dans la *Terro d'oc* (1895-96). — Articles sur la langue d'oc et le félibrige dans le *Lauraguais* et la *Terro d'oc.* — *Dous Troubaires,* dans *Revue meridionale* (1893). — *Mamoissos Lauraguésos,* en préparation.

(3) *Et piu-piu dera me laguta.* Tarbes, Lescamela, 1895. — *Le patois d'Arrens* dans le *Compte-rendu du Congrès International des catholiques.* Paris, Picard, 1891 — V. aux Notes et Documents : *Bibliographie des Almanachs.*

(4) *Li Pousco d'or.* Aurillac, Gentet, 1884.

(5) *A Trabès regos.* Villeneuve-d'Agen, 1895.

(6) Né à Gréasque, mort en 1894, âgé de 27 ans. — *Lou Carbounié cantavo.* Avignon, Roumanille, 1894.

(7) *Posos perdudos.* Les Lilas, 1802. — *Brumos d'autouno.* Avignon, Roumanille, 1893. — Aujourd'hui Mme Réquier.

poun quau noun estaco (1) ; la rieuse Marguerite Sol, qui n'est pas pour rien du pays d'Achille Mir (2). — Nous avons déjà cité la félibresse Brémonde qui mérita le grand prix de poésie aux Jeux Floraux septennaires de 1885.

La phalange des prosateurs compte, elle aussi, des talents variés et nombreux. Ici encore nous rencontrons Valère Bernard avec son récit poignant : *Bagatouni*. Maurice Raimbault avec *Agueto* (3) a droit d'être inscrit en très bon rang. A citer aussi Gustave Thérond, de Cette, un rieur de bon aloi qui n'a pas encore donné sa mesure (4) ; Ferdinand Chabrier qui agite allègrement les grelots du *Cascavel* (5) ; Jean Fournel le carillonneur de la *Campana de Magalouan* (6) ; les Toulousains Danton-Cazelles, alerte chroniqueur du *Gril ;* Baquié-Fonade, rédacteur de la *Terro d'Oc* (7) ; J. Félicien Court, l'ardent fédéralis-

(1) *Goudelivo,* nouvelle provençale. Paris, Lemerre, 1893.

(2) *Lou Curat de Minerbo.* Paris, Champion, 1892. — *La Bistando.* Narbonne, Caillard, 1891. — *Les Poissons, les Crustacés et les Mollusques de la Méditerranée.* Narbonne, Pons, 1893.

(3) *Agueto,* Cannes, Robaudy, 1893. — *Un ome qu'a de principè.* Marseille, Sardou. 1889 ; 2e édit., Cannes, Robaudy, 1892. — *Istori mai que vertadiero dou souto-prèfet de Capito.* Aubagne, Chabrier 1886. Cette dernière œuvre a été imitée en français par H. Bigot : *Le Sous-Prèfet de Capite.* Montpellier, Firmin, 1890. — *Li Darbouso,* poésies. Cannes, Robaudy, 1895.

(4) *Las Pêchas de Mauras,* in *Campana de Magalouna,* 1894.

(5) *Lou Cascavel,* que drindo un cop per mès, a paru à Alès de mars 1892 à mai 1895.

(6) *La Campana de Magalouna,* journal populaire des félibres de Montpellier parait depuis janvier 1892.

(7) *La Terro d'oc,* organe de l'*Escolo moundino* parait à Toulouse depuis janvier 1894.

te (1); les deux *Lerinencs* François Garbier (2) et Marius Bertrand (3).

Ceux-là se sont presqu'exclusivement adonnés à la prose de langue d'oc. En voici d'autres qui, tout en cultivant l'idiome natal, écrivent aussi en français : c'est d'abord le païen mystique, Charles Maurras (4) ; le compréhensif et profond Frédéric Amouretti (5) ; le critique pénétrant Henri Ner (6), l'ironique Auguste Marin (7). Tous quatre sont déjà classés parmi les plus brillants chroniqueurs parisiens. C'est ensuite Achille Maffre de Baugé, très subtil poète et régionaliste impénitent ; Pierre Dévoluy (8) et son ami Paul Redonnel (9). Puis Antonin Perbosc, un des jeunes majoraux du Félibrige, écrivain net et précis qui a dit son mot dans la discussion suscitée à

(1) *Les Troubadours de l'Escolo Toulouseno*. Toulouse, 1891. — *Troubadours et félibres, conférence*. Avignon, Roumanille, 1893.

(2) *Lou Maridagi i coumissari*. Cannes, Robaudy.

(3) *Per li cassaire*. Cannes, Robaudy

(4) *Les Trente Beautés des Martigues*, dans *Armana Prouvençau*, 1890. — *Le Chemin de Paradis*. Paris, Calmann-Lévy, 1894.

(5) Chroniques félibréennes. Poésies dans le *Viro-Soulèu*, le Réveil de la Provence, etc.

(6) *Ce qui meurt*. Paris, Fischbacher, 1893. — *Chants du Divorce*, Paris, Ollendorf, 1892. — *L'Humeur Inquiète*. Paris, Dentu, 1894. — Biographies félibréennes dans le *Dictionnaire Illustré des Contemporains*, d'Emile Saint-Lanne.

(7) *Chansons du Large*. Paris, Dalou, 1888. — *L'Etoile des Baux*. — Fondateur de l'*Armana Marsihès*.

(8) *Bois ton sang*. Paris, 1892. — Chroniques dans l'*Aioli, Chimère....*

(9) *Liminaires*, Bruxelles, Lacomblez, 1891. — *Les Chansons Eternelles*. Occitanie, 1894. — Fondateur de la revue : *Chimère*. Rédacteur en chef de la *France d'oc*. (Septembre 1894 — Mars 1895).

l'occasion de l'enseignement de la langue d'oc dans les écoles (1).

N'oublions pas Louis de Nussac qui a commencé une série d'intéressantes études sur son Limousin (2); le psychologue Froment de Beaurepaire (3), Xavier de Magallon qui met au service de la cause fédéraliste son éloquence entraînante (4); l'érudit Jules Ronjat (5), le charmant Jules Véran, le caustique Combalat-Roche, et bien d'autres que nous regrettons de ne pouvoir citer, mais qui montrent la vitalité, de plus en plus persistante, de l'idée félibréenne.

Aux journaux félibréens déjà énumérés nous devons joindre les suivants. D'abord ceux rédigés entièrement en langue d'oc : *Le Calel*, fondé en 1892 par Victor Delbergé à Villeneuve-sur-Lot ; *La Terro d'oc*, organe officiel de l'*Escolo Moundino* qui a succédé au *Lengodoucian* (6) à partir de janvier 1894 ; *La Cisampo*, fondée en 1894 et organe de l'*Escolo de de Lerin* ; *L'Ech-Luroun*, fondé à Cierp dans la Hte-

---

(1) Dans la *Tribune des Instituteurs*, octobre 1886 (F. Sarcey y a répondu dans la *République Française* du 29 novembre 1886.) — *Brinde al Carci e a sous felibres* Montauban, Forestié, 1890.

(2) *Jean Foucaud, poète limousin*. — Santo-Estello, Brive, Verlhac, 1890. — *Dires Limousins*, 1re série. — (V. aux notes et Documents : *Bibliographie des Almanachs*). — Se sert du pseudonyme : *Lemovix*. — *Petit manuel du bon félibre limousin*. Brive, Verlhac, 1895.

(3) *Pensées d'un Homme de Treize ans*. Paris, Lechevalier, 1894. — Biographies félibréennes dans le *Dictionnaire International des Hommes du Midi*.

(4) Voir *Revue Félibréenne*, *Armana Prouvençau*.

(5) Chroniques dans *l'Aioli*.

(6) Dirigé par L.-X. de Ricard et P. Estieu le *Lengodoucian*, organe des fédéralistes méridionaux, parut à Toulouse de septembre à novembre 1892.

Garonne par Ferdinand Artigue ; *Mount-Segur*, organe de l'école ariégeoise.

D'autres sont rédigés partie en français, partie en idiome d'oc. Dans le nombre nous reconnaissons : *La Revue Méridionale* (4), fondée en 1886 par Achille Rouquet (5), G. Jourdanne et Charles Cabrié, et devenue l'organe de l'*Escolo Audenco ; Lemouzi*, organe de la fédération des Ecoles Félibréennes du Limousin, fondé en 1893 ; *L'Homme de Bronze*, d'Arles, qui en est à sa dix-septième année.

La *Province*, revue dirigée par Lucien Duc (19e année, Paris) publie des biographies félibréennes et recherche les descriptions de coutumes locales. *Lo Cobreto*, organe de l'Ecole Auvergnate, a commencé en janvier 1895 de paraître à Aurillac.

Parmi les disparus donnons un souvenir au *Dimanche* de Louis Astruc (Marseille, avril 1892-mars 1894), à *Chimère* de Paul Redonnel, Dequillebecq et Pierre Devoluy (Montpellier 1891-1893), aux *Echos de Tamaris* de Paul Coffinières (La Seyne-sur-Mer, 1892-1894), à la *France d'Oc*, de Montpellier, organe des revendications régionalistes. (1894-1895).

Insistons-y, car il nous semble bien que c'est la note caractéristique de la jeune génération félibréenne. Tous ces tempéraments si divers, toutes ces aptitudes variées ont un point commun d'attraction, c'est le sentiment unanime qui les pousse à s'insurger contre ce qu'ils appellent le despotisme parisien. Et,

(4) D'abord *Revue de l'Aude ;* devenue *Revue Méridionale* à partir de 1889.

(5) M. Achille Rouquet est l'auteur de *l'Audenco*, chanson des félibres de l'Aude (v. *Revue Méridionale*, 1893). Auteur de divers recueils de poésies françaises, il a publié aussi une curieuse étude : *Les Chénier*, portraits inédits, Paris, 1891.

9

circonstance bizarre, inexplicable même au premier aspect, ce sont précisément les représentants à Paris de cette jeune phalange qui sont les plus ardents à réclamer en faveur des droits provinciaux, ce sont eux qui ont donné le signal de la levée des boucliers.

A l'heure actuelle, sans doute, nous n'irons pas jusqu'à dire que ces démonstrations qui font ressembler, comme nous l'avons remarqué au début, certaines réunions félibréennes à des assemblées de *députés constituants,* aient eu un écho bien sensible dans les couches profondes de la nation française. Evidemment, c'est surtout dans les milieux littéraires que s'agite cette grande question du remaniement de notre organisation administrative. Mais il est un fait indéniable, c'est que les précurseurs des grands changements politiques dans les temps modernes ont été les poètes, les penseurs, les philosophes. Il serait banal de redire que la Révolution de 1789 a été littéraire avant de devenir politique et sociale.

Or ces jeunes gens ont pour eux des forces redoutables : d'abord leur jeunesse qui leur permet d'attendre sans impatience la disparition des esprits timorés ; en outre, beaucoup d'entre eux sont destinés, par leur talent, à devenir les conducteurs de leur génération ; enfin, symptôme grave, ils ne sont point tous enfermés dans le même compartiment politique ; ils savent user les uns vis-à-vis des autres d'une tolérance, au point de vue des opinions, que les mœurs parlementaires des trente dernières années semblaient avoir proscrite, et qui leur permet de tendre uniformément vers leur idéal commun.

Qu'on les prenne tous les uns après les autres. A des exceptions si rares qu'on peut dire qu'elles ne

Le Baron CHARLES DE TOURTOULON

(D'après un clichè du Viro-Soulèu de janvier 1896)

font que confirmer la règle, chacun se considère un peu comme un apôtre (1) ou un soldat ; aucun ne se dissimule que le triomphe n'est pas près d'arriver ; mais cette constatation, loin de les décourager ne fait que leur inspirer une ardeur nouvelle. Nous avons prononcé le mot d'idéal, il faut le maintenir et dire hardiment : cette jeunesse a le sien. Le Félibrige n'aurait-il fait que cela (et on doit reconnaître qu'il y est pour quelque chose) ce serait déjà beaucoup d'avoir fourni une flamme nouvelle à cette génération qu'on accusait de se perdre en de nuageuses et desséchantes doctrines.

Ce n'est pas davantage à cette jeunesse que s'applique le reproche fait par François Coppée aux littérateurs d'une école nouvelle. Ce n'est pas elle qui se laisse emporter par les hallucinations du vent d'Est (2), comme si la sève française, tarie, avait besoin de se renouveler sur un sol étranger. Ici encore on est obligé de convenir que les doctrines félibréennes sont une école de bon sens et de patriotisme.

Il faut enfin ne pas perdre de vue que les aspirations des jeunes félibres ne leur sont point particulières. La jeunesse bretonne, elle aussi (pour ne citer que celle-là), commence à s'agiter, ce qui donne parfaitement raison à M. Ghisler qui, dans de très pénétrantes études parues dans la *Revue socialiste* (3) remarque que le mouvement félibréen est, en outre,

(1) Une très haute personnalité du Félibrige a même publié, sous une forme moitié badine, moitié sérieuse, *Lou Catechisme dou bon felibre*. Lyon 1893.

(2) Séance de réception de José-Maria de Hérédia à l'Académie Française (1895).

(3) Septembre 1893.

d'un incontestable mouvement de renaissance linguistique un curieux exemple de survivance ethnique.

Arrivé à ce point de notre récit nous devons constater que dans toute l'étendue de la terre d'oc le Félibrige a étendu son action. Sans doute cette action ne s'est pas fait sentir partout avec la même intensité, mais au moins, des Alpes à l'Océan, Ste-Estelle a des soldats résolus.

A la fin de la seconde période nous avions vu l'évangélisation de la Provence terminée et celle du Languedoc relativement avancée. Actuellement en cette dernière région il y a peu de centres à créer ; des Ecoles sont organisés à peu près partout ; il faut espérer qu'elles continueront à montrer du zèle et de l'activité.

Il faut aussi enregistrer un éclatant succès à Toulouse. L'Académie de Clémence Isaure a définitivement ouvert sa porte à la langue d'oc (1) ; chaque

(1) Bien que notre titre de Maître ès-Jeux Floraux puisse faire douter de notre impartialité nous n'hésitons pas, car nous avons toujours dédaigné déguiser notre pensée, à trouver exagérée l'opinion qui voudrait que l'académie toulousaine ait démérité pour avoir tardé à ouvrir ses concours de langue d'oc. C'est vrai que les sept poètes qui la fondèrent furent des poètes d'oc ; mais depuis eux il s'est passé beaucoup de choses, ne serait-ce que les défenses royales du XVIe siècle interdisant d'accepter autre chose que des œuvres françaises (v. notre *Eloge de Goudelin*). Nous admettons bien que l'académie de Béziers ait commencé un demi-siècle avant celle de Toulouse à reconnaître la langue d'oc ; mais elle était relativement voisine de la Provence où la langue se maintint de tout temps bien mieux qu'ailleurs. D'autre part, après avoir en 1808, honoré la mémoire de Goudelin, l'Académie Toulousaine ouvrit en 1853 ses portes à Jasmin, elle les ouvrit aussi en 1879 à Mistral. Enfin les académies (est-ce un tort, est-ce une raison) ne prétendent couronner les nouveautés que quand elles commencent d'être un peu consacrées. Et pour qui veut, de bonne foi, se rappeler ces vingt dernières années, c'était bien une nouveauté que d'introduire le languedocien à Toulouse dans un cercle de lettrés.

année elle distribue de très beaux prix, et alors qu'elle
n'en est qu'à son deuxième concours elle a déjà couronné trois œuvres tout à fait remarquables : *Vido
d'Enfant* de Baptiste Bonnet, *Lou Terradou* de
Prosper Estieu, et *Flour de Brousso* de Vermenouze,
qui sont, en somme, les trois meilleures de l'époque où
ont eu lieu ces concours. Par la nomination de nouveaux Maîtres ès-Jeux, élus au titre languedocien,
Dame Clémence a montré qu'elle ne voulait plus voir
qu'une amie en Ste-Estelle.

C'est surtout dans ces trois ou quatre dernières années que l'organisation félibréenne a pris corps à
l'ouest du Rhône. L'année 1892 a vu naître l'*Escolo
Audenco* à Carcassonne ; l'année 1893 l'*Escolo Moundino* à Toulouse et l'*Escola Limouzina* à Brive (1) ;
l'année 1894 l'*Escolo de Ceto* à Cette et l'*Escolo Auvergnato* à Aurillac ; l'année 1895 l'*Escolo Carsinolo* à
Montauban et celle de *Gaston Phébus* à Orthez : enfin
l'année 1896 l'*Escolo de Mount-Segur* à Foix (2).

Sainte-Estelle a vu aussi se former en pleine Capitale une société uniquement et nettement félibréenne,
c'est l'*Escolo Felibrenco de Paris* fondée en 1893 (3).
Les jeunes félibres qui la composent déploient dans
leurs revendications fédéralistes une intransigeance
absolue ; cette netteté d'attitude, cette fougue qui
concordent si bien avec l'ardeur de leur âge ont été

(1) Il y a d'autres écoles en Limousin. V. aux notes et documents : *Organisation administrative du Félibrige.* — Et aussi :
L. de Nussac : *Manuel du bon félibre limousin.*

(2) V. aux notes et documents : *Organisation administrative
du félibrige.*

(3) La *Société des Félibres de Paris*, dont nous avons parlé (p.
86) tout en s'inspirant de l'esprit félibréen, conserve son autonomie et son indépendance.

soulignées par le choix qu'ils ont fait de la Maintenance de Languedoc dans leur affiliation statutaire (1) et par la raison qu'ils ont donnée de ce choix : « Nous préférons celle-ci, ont-ils dit, parce que son nom conserve la syllabe historique qui prouve l'existence même du peuple d'oc. »

Maintenant que ces groupements sont organisés, il leur reste à s'occuper utilement ; le champ qui s'ouvre devant eux est immense ; il peut devenir glorieux.

(1) Aux termes de l'art. 28 des statuts toute Ecole félibréenne doit ressortir à une Maintenance.

PAUL ARÈNE

(D'après un cliché du Monde Illustré de janvier 1897)

Avenir du Félibrige

V

Avenir du Félibrige

NOUS l'avons déjà constaté. A remuer un idiome comme l'ont fait les disciples de Ste-Estelle, des aspirations nouvelles sont sorties qui devaient fatalement se faire jour. C'est ainsi que nous avons vu aux chansons joyeuses, presque folâtres des premières réunions de Fontségugne succéder les hymnes patriotiques, et aux gais Félibres se joindre des Tyrtées, puis des tribuns passionnés, provincialistes, régionalistes ou fédéralistes comme on voudra les appeler.

Il nous reste maintenant à examiner les manifestations félibréennes, non plus subjectivement mais eu égard aux milieux dans lesquels elles se produisent. Elles ont deux genres d'auditeurs, les parisiens et les provinciaux.

Toujours il a été de mode, en certaines régions, peu élevées au reste, de la Capitale, de se moquer de la province et de ses habitants. De temps à autre quand un journaliste de cinquième ordre est à court de *copie*, il broche un article sur le Félibrige. On voit d'ici le ton. C'est de l'ironie plus ou moins fine, agrémentée de pointes d'esprit (?) ayant traîné dans tous les bureaux de rédaction. Notez que, neuf fois sur dix, le journaliste en question ne connait pas le premier mot du sujet et qu'il serait facile de dresser en ce genre une collection d'articles dépassant en monumentale ignorance tout ce qu'on peut imaginer. (1)

Certains, au contraire, se font acerbes. Pour eux la littérature félibréenne n'existe pas. Les félibres sont des médiocres qui écrivent en *patois* parce qu'ils ne seraient pas capables d'écrire en français ; tout au plus si quelques-uns ont un demi-talent.... Il n'y a qu'à laisser dire. Puisque Homère a eu ses Zoïle, Mistral, Aubanel, Gras, Fourès peuvent bien avoir les leurs.

D'autres enfin s'élèvent jusqu'à la note patriotique. Où diable, le patriotisme va-t-il se nicher ? Nous l'avons déjà montré, le Félibrige est une magnifique école de patriotisme ; n'empêche que certains de ces *patriotes* parisiens arrivent, de ce chef, jusqu'au délire et en tout félibre voient un séparatiste ; même l'un

(1) Prenons au hasard : L'un d'eux se demande anxieusement si Mistral *a réellement vu Mireille*.— L'autre traduit *lis Isclo d'or*, qui sont les *Iles d'or* par les *Sabots d'or*, probablement parce qu'en certains pays méridionaux sabot se dit *esclop*.— Un troisième confondant le poème avec l'opéra de *Mireille*, avance gravement que la musique de Gounod n'est pas mal, mais que le *libretto de Mistral laisse à désirer*.—Cet autre qui appelle *Calendal* : CALOU-DAL, parle de la voix *éclatante* (?) de Mistral quand il chante la Chanson de la Coupe et ajoute : « que cette coupe lui vienne des Catalans ou d'autres peuples, *ce qu'il n'a peut-être pas vérifié très sûrement.* » Il y a de quoi se tordre quand on connaît l'origine de la Coupe. Et il s'agit de Mistral ! On pense ce que ce doit être quand il s'agit des autres ! C'est ainsi qu'on fait naître Marieton à Avignon, qu'on raconte que, dès ses plus jeunes ans, il a couru dans les rues de la ville papale et appris à lire dans *Mireille !*

d'eux, dont nous tairons le nom par respect pour lui-
même, a été jusqu'à proférer cette ânerie éperdue :
« Quiconque cherche la notoriété en dehors de Paris
et de la langue française, commet un crime de lèse-
patrie.» Comme disait Aubanel, ces accusations de
séparatisme feraient horreur si elles ne faisaient rire.

Heureusement (et il serait facile d'ajouter des
exemples à ceux déjà cités) après une assez longue
hésitation qui tenait aux méthodes d'enseignement (1)
et à la nouveauté du sujet, non seulement les philologues les plus autorisés, mais les journalistes les plus
éminents, les penseurs les plus profonds, en un mot
les maîtres de l'esprit français ont rendu justice aux
félibres et leur ont donné des encouragements non
équivoques. De telle sorte qu'à l'heure actuelle on
peut poser ce principe : Toutes les fois que paraît en
ce genre un article systématiquement dénigrant on
peut être assuré qu'il émane d'un ignorant, d'un en-
vieux ou d'un politicien intéressé.

Est-ce à dire qu'il faille admirer le Félibrige jusque
dans ses *verrues ?* Non certes. Comme toute chose
humaine il a ses défauts. Nous ne soutenons pas que
tout soit parfait dans la longue liste de productions
littéraires énumérées au cours de ces pages ; là, comme
ailleurs le temps fera sa besogne Mais nous affirmons
qu'il y a des chefs-d'œuvre et que la littérature pure-

(1) En 1868, rendant compte d'une thèse de M. Estlander :
Bidrag till den provençaliska litteraturens historia (Helsingfors)
M. Gaston Paris écrivait dans la *Revue Critique :* « Si on soute-
nait cette thèse dans une de nos Facultés des Lettres de province
combien d'examinateurs seraient en état de la juger ? » Cette situation a changé. Les facultés provinciales ont plus ou moins
leur chaire de littérature provençale ; mais combien ce fut dur
d'arracher cette concession !

ment méridionale tient en ce moment très honorablement sa place à côté de la littérature française. Nous
admettons fort bien que les manifestations de certains
disciples de Sainte-Estelle soit un peu trop exubé-
rantes et parfois pas assez réfléchies ; mais c'est le
génie de la race qui le veut, et si cette race est, à
certains jours, trop primesautière et impressionnable
elle a aussi d'incomparables qualités.

Les félibres admettent également, que dis-je, ils
demandent qu'on dispute contre eux avec passion les
graves et troublantes questions du régionalisme et du
fédéralisme, mais ce qu'ils repoussent du pied sans
même vouloir la discuter c'est l'accusation de séparatisme, ridicule et fausse.

Séparatistes inconscients, s'écrient alors les éner-
gumènes, qui, poussés à bout, ne veulent pas s'a-
vouer vaincus. En favorisant la renaissance d'une langue qui n'est pas la langue française, vous favorisez,
sans le vouloir peut-être, mais enfin vous secondez un
mouvement, qui, s'il acquiert une certaine force d'impulsion, risque de partager la France en deux !... Ah !
mais alors il faut aussi empêcher le Midi de produire
des vignes parce que le vin peut enivrer ou porter
préjudice à la bière. Comment, voilà six siècles qu'on
ne fait que cela, imposer la langue française comme
idiome officiel au détriment de l'autre, et ce qui n'a
pas réussi, en ce sens que l'autre n'est pas tout à fait
mort, vous voulez le tenter encore ! Vraiment ce serait le cas de répéter avec certains félibres : « Qu'on
nous ramène Simon de Montfort ! » Il faut en prendre
son parti. Le peuple méridional a sa langue dans le
sang, il ne la perdra qu'avec la vie. Quant aux conséquences de cette renaissance, personne ne peut la pré-

DOM XAVIER DE FOURVIÈRES

voir, pas plus les félibres que leurs antagonistes.
Peut-être sera-t-elle tout bonnement la dernière expression d'un mouvement littéraire attardé. Si, au
contraire, elle est l'annonce d'un changement quelconque, il n'est pas démontré du tout qu'elle cause la
division de la France. Ces discussions oiseuses éma-
nent de gens qui s'imaginent qu'un ordre social ne
peut exister que tel qu'ils le voient fonctionner sous
leurs yeux.

Les chroniqueurs parisiens de bonne foi, (il y en a),
s'ils veulent voir les félibres véritablement chez eux
feront bien, au lieu de se mêler aux manifestations
tumultueuses et officielles dont un d'eux a complai-
samment dressé la liste (1), de prendre part aux réunions plus intimes qui s'organisent chaque année pour
la Ste-Estelle. Ce sont celles-là que nous allons décrire
pour en dégager l'impression ressentie non plus par
les parisiens mais par les compatriotes eux-mêmes
des félibres.

Sous ce rapport c'est une chose singulière, surpre-
nante pour les esprits conformés selon les rites de
notre sacro-sainte et surannée centralisation que le
remue-ménage produit par l'annonce de l'arrivée des
disciples de Ste-Estelle. Lorsque les organisateurs de
ces fêtes savent s'abstraire des irritantes questions de

(1) Linti hac. *Les Félibres* : En 1888, *Fêtes dauphinoises et
vauclusiennes* ; en 1890 : *fêtes gasconnes et franco-espagnoles* ; en
1891 : *fêtes rhodaniennes et méditéranéennes* ; en 1894, *fêtes rho-
danienes ou d'Orange*. — Qu'on ne se méprenne pas. Nous ne
méconnaissons pas l'utilité de ces fêtes qui, sous les auspices des
Cigaliers et des Félibres de Paris, font fraterniser l'élément intellectuel de la capitale avec celui de la province. Nous entendons
seulement caractériser d'une part ces solennités, de l'autre les
félibrées purement provinciales et dégager exactement la nature
spéciale des unes et des autres.

rivalités locales, toutes les classes de la population
se mettent en mouvement, toutes les opinions politiques fraternisent ; messieurs les maires mettent leur
écharpe neuve, réquisitionnent toutes les splendeurs
municipales et offrent des vins d'honneur dans la ·
Maison de ville'; des arcs de triomphe se dressent et
les édifices privés se pavoisent. Nous avons vu telles
de ces entrées des félibres dans les villes du Midi qui
dépassaient en enthousiasme, des entrées de roi ou de
chef d'Etat. Il en fut ainsi à Uzès, à Carcassonne, à
Aurillac, à Avignon. Même cette dernière causa tant
d'étonnement à Henry Fouquier, qu'il lui consacra
une de ses meilleures chroniques : « Savez-vous que
c'est bien joli de voir une ville sur pied, illuminée,
pavoisée, étonnant la vieille cloche papale et envoyant
sa jeunesse, les mains pleines de fleurs, au devant de'
poètes et de lettrés dont elle n'a rien à attendre ! Au
banquet Mistral offrit à Roumanille la coupe sainte,
présent des poètes catalans, où l'on boit à la ronde
en chantant sur un air sacré l'hymne du Midi à l'honneur des poètes... » (1)

La présence des maires et des préfets n'est pas le
caractère le moins curieux de ces fêtes. Passe encore
pour les préfets, personnages décoratifs, qu'on invite
parce qu'il convient de donner cette marque de déférence au pouvoir central. Ils s'en tirent généralement
avec un petit compliment gentiment tourné (certains
sont gens d'esprit), mais, en général, ils ne comprennent rien à ce qui se dit, la langue méridionale étant
inconnue pour ceux qui sont originaires du Nord ; et
aussi pour ceux de naissance méridionale, car leurs

(1) *Figaro*, 30 mai 1891.

séjours variés dans les diverses régions de la France leur ont parfaitement fait oublier la *lengo mairalo*.

Mais les maires et toute la cohorte des adjoints et conseillers municipaux, ceux-là comprennent le plus souvent. Or, pour eux, comme pour tout personnage élu, le premier article du *Credo* politique c'est la crainte de l'électeur. A de très rares exceptions près, ils votent avec enthousiasme les crédits demandés pour ces fêtes, en plusieurs cas même, et tout en n'étant pas des opposants aux actuelles institutions gouvernementales, on les a vus faire plus de frais pour Messieurs les Félibres que pour *Monsieur le Ministre*. C'est donc que le corps électoral, l'opinion, si l'on préfère, n'est pas hostile à ces manifestations. Sans doute, la politique est bannie du Félibrige, mais à chaque instant, (et ceci d'une manière sans cesse plus accentuée à mesure que de jeunes générations s'élèvent), les félibres invoquent les souvenirs des anciennes municipalités. Capitouls, consuls, prud'hommes n'ont point de tenants plus fidèles. Les jeunes félibres rappellent l'époque où les vieux corps consulaires jouissaient d'une splendeur, d'une autonomie, d'une force de résistance que nos modernes lois centralisatrices ne permettent plus aujourd'hui ; volontiers ils répètent le distique fameux :

> Alor avian de Conse, e de grand cieutadin
> Que, quand sentien lou dre dedin
> Sabien laissa lou rèi deforo.... (1)

Et Messieurs les maires, Messieurs les adjoints

(1) Alors nous avions des consuls et de grands citoyens — qui, lorsqu'ils sentaient le droit dedans — savaient laisser le roi dehors.

écoutent tout cela, l'èntendent, répondent ; certains
même, se piquant d'émulation, usent de la plus pure
langue méridionale...

Qui dira pour quelle part tout cela a pu entrer
dans le courant déjà marqué en faveur de la décentralisation ? Qui, dira, si elle continue, ce que peut produire cette évangélisation des hommes de leur pays
par ces poètes-apôtres ?

Une dernière question se pose qui pourra nous
donner quelques indications sur l'avenir du Félibrige,
si tant est, ce qui nous semble difficile, qu'on puisse
prévoir la destinée future d'une institution humaine.

Puisque les félibres se séparent radicalement des
patoisants, puisqu'ils ont la prétention d'écrire une
langue et non un patois populaire, leur idiome n'est
pas exactement celui du peuple. En parlant plus haut
d'Aubanel (2) nous avons cité l'opinion de M. Lintilhac
qui prétend qu'on n'a jamais parlé ni en Avignon ni
ailleurs la langue provençale de la *Miougrano Entreduberto*. Ce qui n'est pas tout à fait exact. Mais
aussitôt, il est vrai, M. Lintilhac apporte un correctif.
Il reconnaît qu'on ne parle aux Halles ni le français
de Ronsard ni celui de Hérédia. Voilà qui est bien ;
mais en suivant le raisonnement, on pourrait ajouter
que partout en France on ne parle pas comme aux
Halles. La pureté du langage se fait de plus en plus
grande au fur et à mesure qu'on franchit les échelons
sociaux pour arriver aux milieux lettrés, et la grada-
tion est, de ce chef, insensible.

Or, dans l'idiome méridional, si on représente
Ronsard et Hérédia par les Félibres, qu'y a t-il entr'eux et... les Halles ? En d'autres termes, si les

(2) V. p. 17.

félibres écrivent une langue qui s'éloigne de celle du populaire, cette langue est-elle comprise ?

Nous avons fréquemment suivi Mistral dans ses voyages félibréens et nous n'avons pas constaté qu'il parlât autrement qu'il n'écrit. Or nous avons pu voir qu'il était toujours compris des hommes du peuple avec lequel il conversait familièrement. Cette constatation, nous l'avons renouvelée avec les autres félibres provençaux chaque fois que nous en avons eu l'occasion. Au reste, est-il besoin de rappeler le merveilleux succès obtenu à Marseille par les prédications du père Xavier de Fourvières réunissant dans une commune admiration les lettrés et le peuple.

Quant à la poésie félibréenne pour savoir si elle est comprise en Provence on n'a qu'à y aller habiter ; on s'apercevra vite du grand nombre de chansons empruntées par le peuple aux félibres, et on y pourra constater aussi la popularité toujours croissante de l'*Armana Prouvençau*.

C'est qu'en Provence voilà déjà un demi-siècle que le Félibrige existe et qu'un chef-d'œuvre immortel a paru. Il faut reconnaître que dans les autres provinces d'oc, la question n'est pas aussi avancée. La Gascogne en est restée aux traditions de Jasmin. Il est probable qu'elle y restera longtemps encore, si grand est le rayonnement du génie, même en ses faiblesses, et Jasmin fut un *patoisant* de génie (1). L'Aquitaine, le Limousin, l'Auvergne, le Dauphiné ont vu paraître d'excellentes œuvres, mais ce n'est point leur faire injure de trouver qu'elles n'ont pas produit

---

(1) Nous avons eu l'occasion de redire que le mot *patoisant* n'implique pour nous aucune idée dédaigneuse.
Voir aux notes et documents : *Les patoisants.*

10

la profondeur d'impression qui devait forcément ré-
sulter d'un poème comme celui de *Mireille*. Au reste
il n'y a pas fort longtemps que l'idée félibréenne est
connue en ces pays. Le Languedoc est un peu dans la
même situation, surtout le Haut-Languedoc, car, on a
eu l'occasion de le voir au courant de ces pages, l'évangélisation a commencé beaucoup plus tôt du côté
oriental de l'Hérault que du côté de Toulouse.

Mais avec le temps on peut faire beaucoup de
choses, et cette éducation populaire complètement
redressée, ou à peu près, sur les bords du Rhône, n'est
pas impossible en Languedoc avec de la constance et
de l'homogénéité dans les efforts.

D'ailleurs on aurait mauvaise grâce à dire que Langlade, Mir, Chastanet, Isidore Salles, pour ne citer
que ceux-là, ne sont pas compris du peuple. Pour se
faire une opinion on n'a qu'à aller les écouter dans
leur pays.

On nous objecte le cas de poètes ratfinés tels que
Fourès et Estieu, qui, dit-on, ne sont pas toujours
compris. Cela serait-il exact, que le fait ne prouverait
pas grand'chose, car toujours il y a eu des poètes,
qu'on nous pardonne l'expression, *inaccessibles au
vulgaire.* Sans aller jusqu'à certains de la nouvelle
école française qui sont terriblement difficiles à comprendre même pour les lettrés les plus au courant, et
nous en tenant toujours à notre primitive comparaison avec le chantre des *Trophées*, nous demanderons
combien de Français pourraient apprécier les beautés des sonnets de Hérédia ? Le critique littéraire du
Temps disait avec beaucoup de raison : « Il y a certainement beaucoup plus de Provençaux ayant lu un
poème de Mistral que de Parisiens ayant lu vingt

pages des *Poèmes barbares*. Et cependant Leconte de Lisle est un grand poète. (1) »

Par conséquent de ce que l'œuvre d'un poète sera accessible à plus ou moins de lecteurs on n'a aucune conclusion à en tirer. Fidèle à notre habitude de ne parler que de ce que nous avons vu par nous-mêmes ou par des témoins dignes de foi, nous constaterons que nous n'avons jamais entendu Fourès dire ses vers au peuple (2). Mais nous avons entendu Estieu, qui, son vrai successeur, l'a très hardiment dépassé dans son œuvre d'épuration linguistique. Le milieu, nous l'assurons, n'avait rien de félibréen ; c'était tout bonnement la réunion d'un syndicat ouvrier et il y avait des ouvriers de la ville comme des ouvriers des champs. Estieu fut parfaitement compris ainsi que nous pûmes nous en assurer ; tout au plus si deux ou trois expressions, peu importantes au reste, échappèrent à ses auditeurs.

De telle sorte, que renversant ce qui a été admis jusqu'à ce jour, nous irons jusqu'à soutenir que ces poètes raffinés ont plus de chances d'être compris du vrai peuple que des lettrés. Pourquoi ? La raison en est simple. Parce que le peuple entendant journellement et se servant matin et soir de la langue d'oc, est imprégné jusqu'aux moëlles du génie de celle-ci, tandis que les lettrés, à moins d'être nés fils de paysans

(1) Cité par la *Cigalo d'or*, 15 Juillet 1894.
(2) Au reste bien rares sont ceux qui ont pu l'entendre en de telles occasions, car sa modestie n'avait d'égale que son talent. De plus, esprit très libertaire, cœur débordant de générosité humanitaire Fourès n'aimait se montrer qu'à ceux qu'il considérait comme étant à sa hauteur intellectuelle.

et d'être restés paysans, ne la savent qu'à moitié (1).

Mais, nous le répétons, Fourès et Estieu, seraient-ils destinés à ne pas sortir d'un cercle restreint de lettrés cela ne prouverait rien ni pour ni contre les données de l'orthographe et de la grammaire félibréenne. Dans toutes les littératures du monde il y a eu et il y aura des poètes dont les esprits cultivés feront leurs délices et que la foule sera incapable de comprendre.

Ces discussions ne peuvent amener aucun résultat pratique. Leur vivacité ne sert à prouver qu'une chose c'est la force d'expansion du mouvement félibréen. Si celui-ci était moins discuté nous le croirions moins vivace.

Il est probable enfin que le moule des poètes et des littérateurs d'oc n'est près d'être brisé ni en Languedoc, ni en Limousin, ni en Gascogne, ni ailleurs. Ce qu'une œuvre de génie a produit pour la Provence (et il y a lieu de ne pas oublier de ce chef la brillante cohorte qui accompagne *Mireille*), une pléiade peut l'accomplir pour les pays d'oc moins favorisés. La langue française ne s'est pas faite en un jour. Avant Régnier et Malherbe il y avait eu du Bellay, Ronsard, Jodelle, d'Aubigné, et cependant le terrain, si nous pouvons nous exprimer ainsi, était complètement vierge. Ici, au contraire, on se trouve en présence d'un idiome dégénéré, d'habitudes séculairement acquises, et l'on voudrait que du jour au lendemain, la

---

(1) Notez qu'ils sont de très bonne foi en croyant la savoir. Mais qu'ils lisent le *Curat de Cucugna* de Mir qui, certes, est tout ce qu'il y a de plus fidèle comme langue et de moins *savant*. Ils verront combien de mots les arrêteront. Bien mieux, qu'ils lisent Goudelin. S'ils sont sincères ils diront combien de fois ils auront été obligés de consulter le glossaire de Noulet.

—

réforme littéraire fut acquise, absolue, définitive. Allons donc! Il y a eu des tatonnements, mais le plus difficile est fait. On a habitué cette langue à ne plus rougir d'elle-même ; on lui a fait prendre l'habitude de ne plus se traîner dans des saletés ordurières ; elle a désormais ses poètes qui l'honorent et rivalisent avec ceux de toutes les autres littératures ; elle a ses admirateurs qui la défendent, et savent le motif de leur zèle. Elle s'élèvera, elle s'anoblira de plus en plus, et c'est le peuple qui finira par la défendre le plus ardemment, car ceux qui la cultivent sortent du peuple, et ce sont les couches populaires qui en ont le mieux gardé la tradition.

Des *patoisants*, c'est-à-dire de ceux qui n'acceptent aucune règle, ou se croient assez supérieurs pour interprêtor à leur guise ce qu'ils croient être d'anciennes traditions, il y en aura toujours. C'est un mal inévitable. Mais comme ceci n'est pas de l'histoire nous reprendrons ailleurs cette question. (1)

Il s'agit maintenant de savoir si la transformation du patois méridional en langue d'oc, théoriquement admissible d'après ce que nous venons de dire, a quelque chance d'être acceptée par ce maitre brutal qui s'appelle la *force des faits*. En d'autres termes, pour rappeler la formule connue : Les Félibres sont-ils venus trop tard pour refaire l'œuvre du Dante ?

Un maître éminent, M. Gaston Paris, n'a pas craint de dire que « malgré les siècles écoulés depuis l'annexion des pays de langue d'oc à la France, la formation et l'expansion d'une littérature originale dans les

(1) Voyez aux Notes : *Les Patoisants.*

provinces du Midi ont plus de chance de réussite aujourd'hui qu'au XIVᵉ siècle. » (1)

D'autres, dont la notoriété est, au reste, bien moins
indiscutable que celle de l'illustre romaniste, n'ont
pas envisagé aussi sincèrement la question. Pour les
uns, si cette tentative est impossible, ce n'est pas la
peine de l'essayer. Pour les autres, si elle est possible, il faut la dénoncer comme un danger public.

Voilà de bien grands mots pour de petites choses.
Nous ne pensons pas que parmi les félibres les plus
félibréjants il y en ait qui poursuivent l'idée (passa-
blement hasardée) de remplacer le français par la
langue d'oc. Ce n'est pas seulement l'administration
(laquelle n'est au fond qu'un mal nécessaire) qui a
besoin d'une langue unique et prédominante en France, ce sont surtout les nécessités commerciales, lesquelles sont l'essence même de la vie des peuples.
C'est déjà beaucoup que celles-ci soient gênées aux
frontières françaises par la diversité des idiomes sans
aller encore les compliquer. Ce sont elles qui mettront
les choses au point ; elles se chargeront bien d'empêcher, sans aucune rigueur administrative, et sans
croire faire œuvre de salut public, ce qui ne doit point
avoir lieu.

Par nécessités commerciales nous entendons évidemment non seulement ce que les hommes échangent
entr'eux pour satisfaire aux besoins de la vie matérielle, mais aussi les exigences toujours croissantes
de la civilisation et du progrès intellectuel. Le cosmopolitisme auquel tend notre état social moderne,

(1) *Les derniers Troubadours de la Provence*, Paris, Franck,
1871, p. 4.

est-il vraiment inconciliable avec le culte du foyer ? Cela tuera-t-il ceci ? Toute la question est là.

Le triomphe absolu du cosmopolitisme aurait pour résultat forcé la suppression de l'idée de patrie. Personne n'osera dire que ce triomphe soit bien rapproché.

Mais nous estimons que ce triomphe, s'il doit arriver, ne changera que la surface des choses. Sans doute les déplacements de voyageurs augmenteront avec le confortable et la vitesse des chemins de fer et des paquebots ; sans doute l'intensité du mouvement commercial et des échanges augmentera avec la progression des nouveaux débouchés ouverts et des nouveaux besoins créés. Mais parce qu'on trouvera partout des hôtels uniformes, parce que les grands magasins de confections auront imposé partout une *mode* unique, en supposant que toutes les maisons soient construites à peu près partout sur le même modèle, cela ne fera pas qu'on puisse vivre sous l'Equateur comme dans la Russie du Nord. Ce sont les éléments qui font les produits terrestres et la diversité des races. Contre ces facteurs rien ne saurait prévaloir. Et l'on a beau concevoir une civilisation à peu près semblable répandue sur toute la surface du globe on ne saurait admettre que les diverses races humaines n'aient plus des instincts particuliers, des aptitudes variées comme les latitudes.

Ce que le cosmopolitisme emportera sûrement ce sont les préjugés, les croyances sans fondement certain, les méthodes gouvernementales attardées. Au lieu donc de le redouter il faut le désirer, comme on espère d'un vigneron expérimenté qu'il débarrassera une vigne de ses pousses mal venues.

Par conséquent, que les uns ne croient pas à la résurrection des dialectes d'oc, que les félibres, au contraire, y emploient toutes les ressources de leur génie poétique et l'activité de leur propagande, que les ad-mi-nis-tra-tions laissent faire ou répriment, ni ceux-ci ni ceux-là ne sauraient empêcher ce que les mystérieuses et insondables lois des forces naturelles doivent produire. Les barrières de fer et de sang élevées par les conquérants ne peuvent avoir qu'une durée éphémère comme l'existence de ceux qui les imposent. Il n'y a que deux puissances indestructibles, celle qui se traduit dans l'homme par la volonté de satisfaire aux nécessités de la nature, au développement de ses facultés, et en second lieu la force du *Verbe* qui est la première marque de la solidarité humaine. C'est à elles à se concilier ; elles y arriveront toutes seules, tant est féconde la magique formule : activité et liberté. Tous ceux qui se mettront en travers auront, eux et leurs lois, le sort des imprudents mis en pièces par une machine dont ils se sont approchés de trop près.

Ces conclusions admises (et il est difficile de les repousser) qu'y a-t-il de si subversif à vouloir que la langue d'oc, auxiliaire d'abord de l'enseignement du français, ne soit plus méprisée, corrompue, abandonnée aux classes populaires les plus infimes ? Tout le monde ne peut pas naître aux alentours de l'Académie Française ni vivre à Paris dans une société de lettrés. Et lorsque des poètes comme Mistral, Anselme Mathieu, Tavan, Estieu, des prosateurs comme Roumanille, Mir, Baptiste Bonnet, fils de paysans, vivant au milieu de paysans, apparaissent marqués au front de l'auréole du génie ou du talent, il faudrait les écar-

ter dédaigneusement parce qu'ils ne s'expriment pas
dans la plus pure langue des classiques français ?
Est-ce leur faute si, à leur naissance, le vieil idiome,
celui qui ne s'oublie plus quand on l'a entendu aux
premières années, n'était pas tout à fait mort depuis
six siècles qu'il est mis au ban de tous les pouvoirs
publics ? S'il est vrai qu'un homme ne s'exprime bien
que dans une seule langue, celle qui est par atavisme
ou par éducation, la plus adéquate à sa pensée intime,
ces fils du *campestre* ne sont ils point absolument logiques d'avoir préféré à toute autre la chanson de
l'idiome familier ?

Qu'y a-t-il d'étonnant a ce que des méridionaux in-
telligents, comme Aubanel, Crousillat, Fourès, dirigés tout d'abord vers l'étude littéraire du français, se
soient laissé séduire par cette langue harmonieuse
dont ils entendaient les accents dans les rues de leur
cité natale, au point de lui donner la préférence pour
épancher la source de poésie qu'ils se sentaient au
cœur ? (1)

Quoi de plus naturel que cette garde d'honneur
montée autour des félibres par les lettrés les plus raffinés de province, qui, s'ils ne parlent pas tous couramment l'idiome d'oc, le comprennent cependant et
admirent les belles œuvres où ils retrouvent les échos

---

(1) Sans parler des nombreux travaux philologiques du dehors,
en honneur surtout parmi les universités allemandes, travaux
absolument didactiques, l'idiome d'oc n'a-t-il pas séduit bien des
étrangers ? N'a t-il pas séduit l'Irlandais Bonaparte-Wyse ?
N'a-t-il pas séduit M. et Mme Thomas A. Janvier, de New-York,
dont les travaux sont si intéressants. (Voyez aux notes : *La Litté-*
rature félibréenne à l'étranger.) Quant aux Français du Nord sur
lesquels il a été aussi irrésistible, nous en avons énuméré quelques
uns au cours de ces pages. Les nommer tous serait impossible,
car ils sont légion.

de l'incomparable langue des Troubadours aux noms glorieux ?

Ne sont-elles pas des plus touchantes ces scènes souvent répétées parmi les Félibres de Paris, qui nous montrent des hommes qu'une existence déjà longue a comblés d'honneurs, de fortune ou de·gloire, dont un long séjour loin du clocher natal devrait avoir fait des étrangers, venant au milieu de leurs compatriotes pour entendre, pour parler, quand ils le peuvent encore, la langue de la petite patrie ?

Comment empêcher ces foules méridionales qui, d'instinct, sentant dans les Félibres des frères et non des dominateurs, leur font, empressées à leur plaire, un triomphal cortège à travers les tableaux ressuscités de leurs vieilles coutumes, et les accents de leurs antiques mélodies ? A Barbentane avec la farandole du roi René, à Montpellier avec les chanteurs du *Clapas*, à Carcassonne avec les *Segaires*, dans l'Hérault avec la *danse des Treilles*, à Tarascon avec la Tarasque, à Aurillac avec les joueurs de cornemuse, en Camargue avec les *gardians* à cheval, que sais-je encore ?.. Essaiera-t-on d'empêcher les *Arlèses* de revêtir leur séduisant costume ? Ce n'est pas une énormité, car tout se tient. La vue d'un costume national éveille autant d'idées subversives que la résurrection d'un idiome. Voyez en Grèce, il y a peu de temps encore.

Au fond c'est tout ce que désire le Félibrige et le Midi avec lui. Qu'on permette aux méridionaux de parler tranquillement entr'eux la langue de leurs pères, qu'on laisse au temps, ce grand niveleur, le soin de faire disparaître d'inoffensives traditions de fêtes ou de jeux, on n'en demande pas davantage.

On connaît au sud de la Loire les liens indestructibles qui attachent la terre d'oc à la France. Il y avait des méridionaux à Austerlitz, il y en avait à Reischoffen (1). Et sous ce rapport le Midi est sans tache. Depuis qu'il s'est fondu dans la grande patrie française, on n'a pas une défaillance à lui reprocher et un des historiens qui connaissent le mieux le Languedoc a pu dire que sa conduite fut absolument héroïque pendant la plus dure épreuve qu'ait eu à supporter la Patrie française, pendant la guerre de Cent ans. (2)

Le Midi n'avait donc attendu, pour reconnaître l'Unité de la France, ni Richelieu ni la Convention. Maintenant, cela est vrai, beaucoup en ce pays considèrent que la Constitution de l'an VIII où Bonaparte a couché la nation française, sa maîtresse affolée, supportable peut-être' au moment de sa promulgation, produit aujourd'hui l'effet d'une vieille patache détraquée, encombrante, dangereuse. Mais cette idée les Félibres ne sont pas seuls à l'avoir ; beaucoup l'ont eue avant eux, beaucoup l'ont aujourd'hui qui ne seront jamais félibres, beaucoup aussi qui ne sont pas du Midi. Au lieu de discuter posément la question, comme un problème d'algèbre,

(1) Sous les plis de ce drapeau sacré où les partis contraires doivent tous aujourd'hui ensemble se blottir(Mistral aux Arlésiens, *Revue Félibréenne*, 1888, p. 9).

(2) Douais : *Charles VII et le Languedoc* : « Le Languedoc, devenu une des grandes provinces de la couronne, resta fidèle au roi, au XIVe et au XVe siècles, jusqu'à soutenir sa cause qu'il identifia avec la sienne propre ; il forma son plus bel apanage et autorisa l'espoir au milieu de l'épreuve. Par exemple, si en pleine invasion anglaise le roi de Bourges, affaibli et indolent,ne fut pas un roi totalement ridicule. c'est parce que son pouvoir s'étendait jusqu'à la Méditerranée, que Montpellier et Nîmes, aussi bien que Toulouse, obéissaient à ses ordres). *Annales du Midi*, avril 1896).

certains Félibres ont crié bien haut leur opinion
parce que, la plupart chez eux, se moquent des chi-
noiseries parlementaires et que c'est, au reste, l'habitude de crier très fort dans le Midi. Et après ? Est-ce
le ton qui fait la chanson ?

Quoi qu'il en soit, à l'heure actuelle, le Félibrige
peut regarder avec orgueil le chemin parcouru depuis 1854. Il a donné naissance à une pléiade littéraire qui ne le cède à aucune ni en qualité ni en
quantité. Il a eu cet honneur d'être exalté aussi haut
que bassement dénigré. Fidèle à ses premières pro-
messes de rechercher tout ce qui peut unir et non ce
qui tend à diviser, ce qui élève au lieu de ce qui
abaisse, il n'a jamais voulu se laisser entamer par des
discussions de partis (1). Il a si bien pris sa !part au
deuil de *l'année terrible* qu'un esprit éminent a fait
cette constatation curieuse que les seules bonnes poésies parues en France pendant la guerre de 1870-71
sont en provençal, en breton et en dialecte alsacien
(2). Il a atteint ce résultat que dans son pays les esprits
élevés, par raisonnement, les gens du peuple, par ins-

(1) Nous avons montré que si certains félibres avaient eu des
opinions politiques divergentes, l'idée félibréenne fut toujours
assez large pour n'occasionner aucune exclusion, ni aucune division.

(2) Michel Bréal : *Quelques mots sur l'instruction publique en
France*, p. 65. — A propos d'Alsace il n'est pas inutile de reproduire les quelques lignes suivantes écrites par Fourès en tête du
recueil collectif *Per l'Alsacio-Lourreno*, publié en 1883 sous son
inspiration : « Pour prouver que nous sommes Français ardents,
que nous n'avons pas oublié nos frères du Nord, arrachés par
l'horrible conquête à la mère-patrie, et aussi pour répondre à ceux
qui veulent nous faire passer pour séparatistes, il nous faut, en
dehors de la politique, publier un petit livre de vers en l'honneur
de l'Alsace-Lorraine et qui se vendra au profit des malheureux
de ce pays. » On sait que Fourès fut un fédéraliste impénitent.

tinct redressé, ne rougissent plus de l'idiome natal (1),
Il est rare que dans les cérémonies publiques dont le
caractère n'est pas exclusivement officiel (et encore
combien de fois le regretté Carnot ne fut-il pas ac-
cueilli par des chants du terroir !) une place ne soit
pas, grâce aux félibres, réservée à l'idiome ancestral
ou à d'anciennes traditions ressuscitées.

La première génération, celle qui fonda le Félibrige
a disparu en grande partie. La seconde, en ce moment, dans toute la plénitude de son épanouissement,
a vu se lever la troisième qui s'est présentée avec
toutes les ardeurs d'une vigoureuse jeunesse. C'est à
cette dernière qu'incombent désormais toutes les res-
ponsabilités, dont n'est pas la moindre celle de conserver le bon renom littéraire.

Le cycle de la poésie qui s'ouvrit tout d'abord,
comme dans toute évolution littéraire, a environné la
primitive génération d'une glorieuse auréole. Le cycle
de la prose, malgré l'éclat de l'œuvre poétique de la
seconde génération, a commencé avec celle-ci.

Quel sera le cycle troisième ? Sera-ce celui de l'action comme d'aucuns l'ont voulu prévoir ? Et alors
quelle sera cette action ?

Elle ne peut être que l'action tendant à l'émancipation provinciale. Mais ici, félibres ou non félibres

---

(1) Achille Mir nous disait un jour : « Ste-Estelle a fait un mi-
racle. Je me rappelle que sous Louis-Philippe et pendant les premières années de l'Empire personne n'osait parler le languedocien ; les gens du peuple avaient même l'air de croire qu'on se
moquait d'eux quand on s'en servait. Depuis, non seulement cela
a changé dans les rues, mais dans les familles les plus distinguées
on me demande partout pour dire mes œuvres ; malheureusement
je me fais vieux maintenant et ne sors plus guère que pour voir
des amis intimes. »

doivent être convaincus que cette émancipation la province seule peut la provoquer en s'imposant intellectuellement, commercialement, et industriellement.

Tout en restant officiellement dans une réserve imposée par la gravité même des questions soulevées, le Félibrige a donné à la cause régionaliste d'ardents soldats, agissant un peu au hasard comme des tirailleurs d'avant-garde, mais ayant puisé leur ardeur dans la lecture de ses œuvres, dans le rayonnement des souvenirs par lui évoqués.

Ce qui s'est produit parmi les volontaires fournis par Ste-Estelle à la cause provinciale s'est répété dans les autres bataillons. Des efforts louables ont été faits qu'il aurait fallu pouvoir grouper.

Aussi certains se sont demandé si l'idée félibréenne n'était pas assez vaste pour s'élargir encore, et si en concevant « Le Félibrige sans la langue d'oc, » on ne pourrait trouver le point de rencontre tant cherché.

Après tout, c'est possible. Le Félibrige envisagé uniquement comme le culte de la petite patrie, peut très bien symboliser les aspirations communes de provinces différentes. Cette conception est, certes, toute autre de celle qui posséda les premiers adeptes de Fontségugne. Mais si en littérature comme en histoire tout est fait d'évolution implacable, ce qui est vrai aussi, comme l'a dit Mistral auquel il faut toujours revenir, c'est que :

Quau tèn la lengo tèn la clau. (1)

(1) Qui tient la langue tient la clef.

Notes & Documents

Les Troubaires

D E certains de ces poètes populaires le souvenir doit être conservé ici. Et d'abord celui de Pierre Bellot qui, en 1841, fit paraître à Marseille le *Tambourinaire*, feuille périodique où vinrent se grouper la plupart des littérateurs provençaux. Ensuite celui de Désanat qui, à peu près à la même époque, fonda le *Boui-abaisso*. Le *Tambourinaire* ne dura pas longtemps; le *Boui-abaisso* eut une existence relativement plus longue. (1)

Mais si Bellot et Désanat eurent le mérite d'offrir, les premiers, à leurs compatriotes en littérature une tribune où ils pouvaient s'affirmer, ils n'ambitionnaient pas pour leur idiome de bien hautes destinées. Très modestement ils acceptaient pour lui la qualifi-

---

(1) *Lou Boui-Abaisso* parut d'abord : Marseille, Carnaud, 1841-42, 78 numéros ; puis de 1844 à 1846. — *Lou Tambourinaire*, Marseille, 1841, 36 numéros.

cation de *jargon populaire*. C'est par là que leur
pléiade se détache radicalement de celle des félibres
et ne caractérise dans l'histoire littéraire que la
période de transition qui rattache les isolés des premières années du XIXᵉ siècle à la nombreuse phalange qui surgit, plus tard, à la voix des *sept* de
Fontségugne.

A l'époque où vivaient ces isolés, nous entendons
ceux qui, de 1800 à 1830 environ, forment le trait
d'union du XVIIIᵉ siècle avec celui-ci, la poésie d'Oc
n'avait que de rares interprêtes. Il faut dire que la poésie française n'était guère en meilleure situation. Aussi
quand on a cité : Fabre d'Olivet, de Ganges (1767-
1825) ; François-Raymond Martin, de Montpellier
(1777-1851) ; le marquis de la Fare-Alais (1791-1816) ;
Auguste Tandon, de Montpellier (1758-1824) ; Aubanel, de Nimes (1758-1842) ; Diouloufet, d'Eguilles,
près Aix (1771-1840) ; Foucaud, de Limoges, (1747-
1818) ; Hyacinthe Morel, d'Avignon (1756-1829) ;
Rancher, de Nice (1785-1843) ; Navarrot, le Béarnais;
les frères Rigaud, de Montpellier, on aura mentionné
non pas tout, mais la majeure partie de ce qui nous
reste de cette période en fait de littérature méridionale.

Ces poètes n'eurent aucun lien entr'eux, et la plupart ne se connurent même pas de nom (1). On était
trop près de Grégoire et de son rapport sur l'anéan-
tissement des patois pour que, faire des vers dans le
vieil idiome ancestral, put être considéré comme

---

(1) Voyez cependant la tentative avortée du *Bouquet Prouven-
çaou*, Marseille, Achard, 1823, où figurèrent : J.-F. Achard, T.
Achard, Agnelier, Audouard, d'Astros, Diouloufet, F. Fournier,
Larguier et V.-F. Niel.

autre chose qu'un passe-temps futile ou un exercice
de dilettante.

A aucun titre donc ceux-là ne peuvent être consi-
dérés comme les *précurseurs* du Félibrige.

Les véritables précurseurs des Félibres ce sont les
Troubaires, ces « patoisants » si violemment excom-
muniés par Roumanille et son école. Mais s'ils purent
jouer leur rôle modeste et transitoire c'est qu'à partir
de 1830 l'horizon littéraire avait complètement changé. Les poètes, comme les artistes, s'étaient pris d'une
affection inusitée pour tout ce qui concernait les vieux
monuments dont est jonché le sol français. Par une
évolution toute naturelle on s'intéressa à ce qui rap-
pelait les usages, les mœurs, la langue des provinces
où se dressaient ces monuments. La mode vint jusqu'à adopter à Paris, en pleine Académie, les *Poèmes
Bretons* de Brizeux (1846) et la poésie gasconne (?) de
Jasmin (1852).

Dès lors, les rimeurs en langue d'Oc se firent plus
nombreux. « Malheureusement, le français dénaturait
de jour en jour la langue méridionale officiellement
proscrite depuis six siècles. A compter du moyen-âge
aucun historien n'en avait codifié les règles. Les
écrivains, peu nombreux, qui, de la Bellaudière à
Diouloufet, rimèrent en Provençal, avaient incon-
sciemment appliqué à la langue d'Oc l'orthographe
et parfois la syntaxe d'Oïl. Les quelques dictionnaires
qui précédèrent celui d'Honnorat, loin de redresser
cette erreur, s'en firent les complices et la propagè-
rent. De telle sorte que la langue méridionale était
attaquée à la fois dans son essence par le gallicisme
et dans son revêtement par les habitudes graphiques
venues de Paris. Pour réagir contre cette double al-

tération déjà invétérée, il aurait fallu un homme de
génie, et Désanat, dénué de culture autant que de
sens artistique, ne fut qu'un homme de bon vouloir.
Les plumes qu'il groupa autour de la sienne étaient,
à quelques exceptions près, des plumes villageoises,
inaptes à se dresser au delà de la chronique de leur
quartier ou de la satire de la rue. Le sentiment provençal, la perspective d'une rénovation littéraire de
la patrie et du parler des troubadours étaient à cent
lieues de leur cerveau. Toutefois ils eurent deux
grands mérites, celui de se grouper d'abord, chose
qui ne s'était jamais vue en Provence, même au grand
cycle médiéval, puis de préparer par le réveil du patriotisme de clocher, la grande renaissance provinciale. Ils furent les ancêtres nécessaires des Félibres.
Le *Boui-Abaisso* de Désanat prépara le personnel des
Prouvençalo de Roumanille. » (1)

Le rôle joué par Jean-Baptiste Gaut en cette période initiale n'a pas été assez mis en évidence.
Comme Roumanille et Crousillat il avait fait ses premières armes au *Boui-Abaisso*. Après l'apparition des
Prouvençalo il eut l'idée de grouper en un rapprochement effectif des hommes dont les goûts et les études
étaient les mêmes, mais qui ne se connaissaient jusqu'à ce jour que de réputation et par des rapports
littéraires (2). Ainsi eut lieu *en* Arles le congrès du
29 août 1852, puis celui d'Aix le 21 août 1853. De ce

(1) De Berluc-Perussis. *Eugène Seymard*. — Sous ce rapport
l'autre portion de la terre d'oc n'était pas plus heureuse ; au contraire elle n'eut même pas le pendant de la tentative Marseillaise. Il est vrai qu'elle eut Jasmin, mais on sait combien
celui-ci aimait peu frayer avec ses confrères.

(2) Cette idée féconde a été reprise par les statuts félibréens de
1876 au moyen de l'institution de l'annuelle fête de Ste-Estelle.

dernier il fut le secrétaire et l'historiographe dans le *Roumavagi deis Troubaires,* recueil de toutes les poésies qui furent lues ou envoyées en cette circonstance. (1)

La lettre d'invitation au congrès avait été signée par d'Astros, Bellot, Roumanille, Gaut, Crousillat, Bourrelly, Mistral, Bousquet, Aubanel. Ces noms sont à retenir, car nous les verrons se diviser sous l'influence des courants divers qui vont se partager la littérature provençale.

Pas n'est besoin de chercher l'explication du nom de *Troubaires,* quelque peu « pendule » et démodé à l'heure actuelle, mais qui ne détonait pas outre mesure en ces temps de littérature moyen-ageuse et indiquait fort exactement de quelle filiation prétendaient s'autoriser les modernes Troubadours.

Nous savons déjà que Roumanille avait, comme J.-B. Gaut, débuté au *Boui-Abaisso.* En 1850 et 1851 il publia, dans la *Commune* d'Avignon, de très intéressants feuilletons qui augmentèrent la notoriété que lui avaient valu *Li Margarideto* (1847) et que confirmèrent *Li Sounjarello* (1851) et *Li Capelan* (1851). A son appel il avait groupé trente-un poètes provençaux, dont il avait publié certaines œuvres à côté de ses feuilletons de *La Commune* et qu'il réunit dans le recueil collectif des *Prouvençalo* (1852). Se trouvant désormais assez qualifié pour se poser sinon en chef d'école, du moins en maître écouté, il exposa sa doctrine dans la dissertation sur l'orthographe provençale qui précède *la Part dou boun Dieu* (1853).

Le résumé de la doctrine de Roumanille c'est que chaque mot doit s'écrire avec les lettres indiquant

(1) *Roumavagi* signifie fête patronale, réunion populaire.

son étymologie, de telle sorte que chaque expression porte son certificat d'origine, D'autre part Bellot et Désanat refusaient d'écrire les mots autrement qu'ils étaient parlés c'est-à-dire avec d'autres lettres que celles indiquées par la prononciation. D'où les noms d'école *étymologique* donné à la méthode de Roumanille et celui d'école *naturelle* donné au système de ceux qui, comme Bellot et Désanat, se contentaient de reproduire l'idiome populaire tel qu'ils l'avaient rencontré au début de leur carrière littéraire.

Entre les deux se plaçait le système de Gaut. Conserver les lettres étymologiques tout en employant des formules abréviatives, des accents toniques et une prononciation simplifiant l'orthographe et la rendant plus coulante et plus naturelle. Ce système intermédiaire devait disparaître entre les deux extrêmes et on ne peut guère citer, comme recueil collectif, que celui du *Roumavagi* où il ait été appliqué de façon suivie. Bellot, Désanat, Eugène Seymard, Gelu, et d'autres, continuèrent donc à Aix, à Marseille, à Apt, leurs anciennes habitudes d'écrire, tandis que Roumanille, Mistral, Aubanel (la trinité avignonnaise comme on l'a appelée) se préparait à opposer école-contre école. Quant à Gaut, il fut le trait d'union, et souvent, avec ses deux amis Crousillat et Bourrelly, il s'employa à calmer les rivalités, parfois enflammées, qui séparèrent les deux groupes.

Au reste cette question orthographique, nous l'avons déjà dit, ne pouvait être tranchée définitivement que par une œuvre de génie. Elle le fut quelques années plus tard par le poème de *Mireille*.

Il n'est pas inutile pour qu'on puisse apprécier exactement l'intérêt de cette question de mettre en

regard quelques strophes d'une poésie de Mistral parue dans le *Roumavagi* et reproduite avec les modifications exigées par la nouvelle école dans le recueil
des *Isclo d'or*.

LA MORT DAU MÉISSOUNIER

Ligarèllo' accampaz, accampaz leis espigos,
　　Prenguez pas gardo à ièu !
Lou blad gounfle e madur s'espoùsso aù vènt d'estièu ;
Leissèz pas, ligarèllo', èis aucèus, èis fournigos
　　Lou blad que vèn de Dièu !

E lou vièi mèissounier, sus leis rufos gavèllos
Ero couchat, tout pâle et tout ensaùnousit,
E levan soun bras nus que le caùd a brusit,
　　Parlavo ansi èis ligarèllos.

E tout à l'entour d'èu, sèis voulame a la man,
Leis aùtreis meissounie' scoutavon en plouran ;
Mai leis chato' e leis femo' e pereù leis glenaires,
E pereù leis enfans, qu'au faùdaù de seis maires
S'arrapavon, de cris et de gingoulamen
Fasien restounti l'er en s'estrassan lou sen. (1)

LA FIN DOU MEISSOUNIÉ

Ligarello, acampas, acampas lis espigo,
　　Prengués pas gardo à ièu !
Lou blad gounfle e madur s'espoùsso au vent d'estièu ;
Leissés pas, ligarello, is aucèu, i fournigo,
　　Lou blad que vèn de Dièu !

(1) *Roumavagi*, p. 185.

E lou vièi meissounié sus la rufo gavello
Ero coucha, tout pale e tout ensaunousi,
E levant soun bras nus que la caud a brounzi
Parlavo ansin i ligarello.

E tout a l'entour d'èu, si voulame a la man,
Lis àutri meissounié' scoutavon lagremant.
Mai li chato e li femo, e perèu li glenaire
E perèu lis enfant qu'au faudau de si maire
S'arrapavon, de crid e de gingoulamen
Fasien restounti l'aire en s'estrassant lou sen *(1)*.

C'est dans les quelques mois qui séparent le congrès d'Aix de la réunion de Fontségugne que le groupe d'Avignon résolut d'abandonner pour toujours celui des *Troubaires* (2).

En somme, on le voit, la question orthographique fut une des principales causes de la fondation du Félibrige. Roumanille ·le proclame très nettement dans le premier *Armana Prouvençau :* « Nous n'avons appelé à nous que ceux qui ont juré, main levée, d'écrire avec notre orthographe qui est la bonne. » Mais comme ce sont les hommes de valeur qui font les partis puissants et que ceux-ci ne manquèrent pas à la phalange avignonnaise, si l'on partit de cette première donnée qu'avant tout il fallait refaire la langue, d'autres points de vue surgirent, plus larges, plus élevés.

(1) *Lis Isclo d'Or*, p. 254.
(2) A l'époque où il espérait pouvoir continuer de grouper les littérateurs d'Oc, Gaut avait fondé à Aix le *Gay Saber, journal des modernes troubaires.* Cet organe disparut quand la création du groupe de Fontségugne eut rendu la scission irrémédiable. (25 décembre 1853-15 juin 1855 ; 17 numéros).

Les Patoisants actuels

PRÈS les *Troubaires* les patoisants. Ceux-ci sont la continuation de ceux-là. Quarante ans après sa fondation, le Félibrige devait les retrouver, surtout dans les deux grands centres de Marseille et de Toulouse, car il faut de longues années pour corriger de mauvaises habitudes séculairement acquises.

Aussi à Marseille Fortuné Chaïlan (1801-1860), Bénédit (÷ 1870), Gelu (1806-1885) continuèrent les traditions des *Troubaires*. Nous avons eu l'occasion de voir que Dauphin, Cassan, Bigot, Trussy, et autres, (1) bien que nous les ayons rangés parmi les félibres, furent l'objet de certaines réserves de la part des orthodoxes de la grammaire félibréenne. Actuellement les collaborateurs de la *Sartan* (2) sont irré-

(1) Par exemple Pierre Mazière dans le *Tron de l'èr.* (V. p. 107).
(1) La *Sartan* paraît à Marseille depuis 1891.

ductibles et leur rédacteur en chef Pascal Cros, dit
Rimo-Sausso (1), prend le titre non équivoque de
Troubaire-direitour. Cette phalange montre, il y
aurait injustice à le méconnaître, de précieuses qualités de verve primesautière et ce n'est pas pour rien
qu'elle est de la Canebière. Aussi nous avouons nous
être franchement divertis aux délicieux tableautins
dont les auteurs sont *Jaque lou Soci*, (de son vrai
nom Philippe Mabilly) (2), Modeste Touar (*Batisto
Artou*) (3) et Louis Foucard (4).

Faut-il ranger Charles Senès, dit la *Sinso*, parmi
les patoisants ? On a disputé à ce sujet. Patoisant il
l'est sans doute, et c'est la spécialité de ses sujets qui
l'amène à l'être (5). En tout cas le Consistoire félibréen en lui donnant, en 1885, la Cigale d'or des
conteurs populaires a fait preuve de largeur d'esprit,
outre que celle-ci ne pouvait être mieux placée.

De l'autre côté du Rhône, Peyrottes (1813-1858) à
Montpellier, Birat (1796-1872) à Narbonne, Daveau
(1804-1870) (6) à Carcassonne, Vestrepain (1809-1865)
à Toulouse, ne se sont jamais préoccupés du Félibrige
ni de ses arrêts (7). De nos jours la cohorte des patoisants de la Cité Mondine se range autour du *Gril* de
Gabriel Visner. De tous ceux qui suivent son impul-

(1) *Lous tipes de Clar-Mount*, Alger, 1889.
(2) *Lou bras nou desounoura*. Marseille, Doucet, 1891.
(3) *Leis embarras de Marsiho*. Marseille, Bernascou, 1878. —
La Crèche, pastorale.
(4) *Lou Palangre. — Lou bon Marsiho. — Lou bèu Marsiho.*
(5) *Scènes de la vie provençale*. Avignon, Roumanille, 1886.
(6) Nous citons Daveau parce qu'il est le plus connu ; mais sa
réputation est surfaite. Ses compatriotes et contemporains Galtié,
Viala, Revel lui sont bien supérieurs.
(7) Mengaud ne s'en occupa guère davantage bien que nous
l'ayons cité parmi les félibres ; mais il *patoise* relativement moins
que les autres.

sion Visner est certainement celui qui a le plus de
valeur (1). Son camarade G. Fitte, dit *Guilhaoumet,*
n'est pas non plus sans mérite (2).

Nous n'avons aucun parti-pris contre les patoisants.
Ce n'est pas à leur genre que nous en voulons, c'est
à leur système orthographique, ou plutôt à leur ab-
sence de toute orthographe régulière. A plusieurs
reprises nous avons affirmé que leur procédé, celui
de *phonographier* en quelque sorte le langage populaire, leur permet de faire parfois des trouvailles sur-
prenantes de vivacité et d'originalité. Mais nous
croyons aussi qu'il faut une règle pour remédier aux
défectuosités qui altèrent tout langage laissé au libre
usage des classes peu élevées en culture littéraire.
Alors que le français est une langue officielle, consacrée par le pouvoir politique et par une longue tradition classique, on a senti le besoin d'une Académie
et d'un Dictionnaire. Cette nécessité est doublement
impérieuse quand il s'agit d'un idiome dénaturé par
un abaissement plusieurs fois séculaire.

Il existe une catégorie de patoisants, absolument
négligeable, dont la note est tellement grossière
qu'elle est condamnée à demeurer dans un cercle
infime. De ceux-là nous n'avons cure ; ils sont d'ailleurs très clairsemés, et sous l'action bienfaisante du
souffle moralisateur du Félibrige ils achèvent de disparaître.

D'autres, au contraire, ont du talent. Mais Bruant
n'en est pas dépourvu. Osera-t-on soutenir que ses

(9) *Le Ramel païsan*, Toulouse, 1892. — *Le Mescladis moundi.*
Toulouse, 1895.
(10) *Las abanturos de Sans-quartié*, Toulouse, 1893.

chansons sont écrites en français? Le plus curieux c'est que, pour cette catégorie, la différence qui la sépare des félibres s'apprécie dans l'orthographe. Ils savent leur langue, et comme, au fond, il n'y a pas trente-six façons de la parler, ils s'expriment à peu près de la même manière que leurs adversaires sauf qu'ils reculent moins devant le mot... nature. Mais ceux-là aussi sont peu nombreux et leur nombre décroîtra tous les jours car il en est de la littérature comme de tout. Chaque génération bénéficie des progrès d'éducation accomplis par la précédente. De même qu'en musique on ne saurait se contenter des rythmes de Cassanéa de Mondonville, de même on ne saurait se contenter de la poésie du libretto de *Daphnis et Alcimadure.* C'est ce qui fait que revendiquer la tradition de Goudelin et de Jasmin n'est plus suffisant aujourd'hui. Non pas qu'il faille la méconnaître. Un poète français qui refuserait de lire Corneille sous prétexte qu'on ne fait plus les vers comme au temps de Louis XIII, serait tout bonnement ridicule. Goudelin et Jasmin sont indispensables à connaître pour qui veut écrire l'idiome d'Oc et surtout le Languedocien. Mais soutenir que rien n'a changé depuis eux, c'est de l'exagération.

Les patoisants actuels ayant quelque valeur sont ou des hommes à qui leur âge n'a pas permis de changer des habitudes acquises au moment de la révolution de Fontségugne, ou qui puisent leur attachement à de vieilles formes dans la crainte exagérée de dénaturer leur dialecte particulier. Le nombre des premiers va diminuant chaque jour par la force naturelle des choses. Le nombre des seconds se réduit aussi, car l'expérience est faite, et il est démontré que la réforme orthographique du Félibrige n'entrave aucunement l'épanouissement des dialectes locaux. Aussi pourrait-on citer plus d'un littérateur qui ayant commencé en patoisant finit en félibre.

Mais les patoisants les plus irréductibles sont, eux aussi, emportés par ce courant de rénovation qui assainit, élève et épure la langue d'Oc. Ceux d'entr'eux qui se sentent quelque valeur répugnent de plus en plus à ces farces grossières qui, comme le dit Roumanille, faisait jadis ressembler la Muse d'Oc à une femme prise de vin. Consciemment ou non, ils suivent la voie indiquée par le Félibrige dans l'épuration de l'idiome et telle tournure *francimande*, qui aurait trouvé grâce autrefois, est aujourd'hui sévèrement rejetée par eux. La preuve en est facile à faire. La supériorité de la *Sartan* sur la presse du temps de Bellot et de Désanat est évidente. Certains morceaux du *Gril* sont bien au-dessus de ce qu'ont produit Vestrepain ou Daveau.

Tout se tient et s'enchaîne en physiologie, comme en histoire, en art et en littérature ; rien n'est immobile et tout change en progression ascendante ou descendante. La langue est ce qu'il y a de moins immobile, par conséquent elle doit ou s'élever ou s'abaisser. En ce moment la langue d'Oc est en progression ascendante. Ceux qu'on a appelés les *Précurseurs* des Félibres, au commencement du XIXᵉ siècle, ont donné la première impulsion. Jasmin les a dépassés ; nous ne parlons pas au point de vue du génie poétique, mais sous le seul rapport de l'idiome employé. Malheureusement l'éducation littéraire du poète d'Agen n'était pas à la hauteur de son inspiration ; aussi rencontre-t-on parfois en ses vers des formules qui n'ont de l'idiome d'Oc que l'enveloppe et dont le fond est absolument français.

Après Jasmin d'autres sont venus ; les uns étaient ses égaux au point de vue de l'inspiration poétique et les autres ses inférieurs ; mais égaux ou inférieurs étaient beaucoup mieux armés pour l'usage de la langue. Après ceux-ci il en viendra d'autres. Le tout est que ces changements incessants soient régularisés et dirigés par une autorité compétente. Et la compétence, l'autorité, en cette matière se mesurent au talent dont il a été donné des preuves. Que les règles données par le Félibrige puissent être perfectionnées, comme toute chose humaine, c'est possible ; en tout cas il n'est plus permis ni de les ignorer ni de les méconnaître.

L'*Aioli* constatait récemment que si les *sept* de Fontségugne n'avaient pas rompu résolument avec les *Troubaires,* le Félibrige n'aurait pu s'élever comme il l'a fait. Il avait raison. Selon la forte parole de Bossuet on ne fonde rien d'immortel sur des langues toujours changeantes ; or c'est bien une langue changeante que celle qui est abandonnée au caprice de chacun. C'est bien assez des modifications produites par l'évolution insensible et incessante que nous avons indiquée plus haut sans y ajouter les fantaisies de l'arbitraire individuel.

En définitive, pour demeurer ce qu'elle est, pour agrandir même son champ d'action, la littérature félibréenne n'a qu'à continuer ses traditions et à produire de belles et bonnes œuvres. D'autre part les patoisants n'ont qu'à continuer leurs errements pour achever de devenir une minorité absolument réduite, car les rares hommes de valeur dont ils peuvent citer les noms disparaissent progressivement, et fort peu viennent les remplacer. Au reste, il n'y a qu'à comparer le nombre des patoisants de valeur en 1860, par exemple, avec leur nombre d'aujourd'hui. Il est facile de voir de quel côté l'absorption s'est produite, quel groupe a augmenté et quel autre a diminué.

.

FRÉDÉRIC MISTRAL

(D'après un cliché photographique de 1860)

De la langue des Félibres

ERTAINS ont reproché aux Félibres de repousser la dénomination de « patois » et de qualifier leur idiome de « langue ». Le reproche est singulier. Qu'est-ce donc qu'un patois ? Littré nous répond : c'est un parler provincial qui, étant jadis un dialecte, a cessé d'être littérairement cultivé et n'est plus en usage que pour la conversation parmi les gens de province et particulièrement parmi les paysans et les ouvriers.

Personne ne soutiendra que l'idiome d'Oc a cessé d'être littérairement cultivé. D'autre part, la langue des Félibres n'est pas tout à fait celle des ouvriers. Donc l'appellation « patois » est fausse en l'espèce et les Félibres n'ont pas tort de la repousser.

D'autres leur demandent : Quelle langue parlez-vous donc? Est-ce le roman des Troubadours ? Est-ce l'idiome actuel ? Si on répond : Ce n'est ni l'un ni

12

l'autre, les voilà bien surpris. Et cependant c'est l'exacte vérité. Il ferait beau voir un poète écrivant des vers comme au XIIe siècle ; c'est pour le coup qu'on lui dirait que le peuple ne comprend pas. D'autre part, les Félibres ne s'expriment pas tout à fait comme sur les quais de Marseille ou dans les faubourgs toulousains. Mais on ne parle pas non plus à l'Académie française comme dans les cabarets de Belleville ou de Pantin. En résumé, les Félibres parlent la langue d'Oc telle qu'elle doit être parlée actuellement, et leur langue n'est ni l'idiome troubadouresque ni le patois populaire.

Laissons de côté les règles graphiques dont l'exposé nous mènerait trop loin, et dont on peut, au reste, très facilement se rendre compte en comparant un texte félibréen avec un autre de la première moitié du XIXe siècle. La comparaison montrera vite de quel côté sont la logique et la raison.

Quant aux procédés employés pour épurer la langue, ils sont d'une grande simplicité. M. de Tourtoulon les a résumés en trois principes d'une admirable netteté (1) :

1° Remplacer les formes françaises par exemple : *glouàro, istouèro, pèro, mèro*, etc., par les vraies formes languedociennes : *glorio, istorio, paire, maire*, etc.

2° Choisir entre deux synonymes ou deux tournures également correctes, le mot ou la tournure qui conserve le mieux à la langue méridionale son relief et sa couleur.

---

(1) M. Tourtoulon en exposant ces règles n'avait en vue que le languedocien, mais il est évident qu'elles s'appliquent aux autres idiomes d'Oc.

3º Créer, pour l'expression d'un certain nombre d'idées abstraites, des termes qui n'existent point dans le langage populaire, et pour cela prendre soit dans la langue des Troubadours, soit dans un autre dialecte, ou même dans une autre langue romane, des radicaux qu'il faut modifier logiquement d'après les lois qui ont présidé à la formation du dialecte employé.

Les deux premiers principes sont aussi évidents que des vérités de la Palisse. Le troisième l'est aussi ; mais, comme il est parfois discuté, il convient de s'y arrêter. On a contesté aux Félibres le droit de créer des termes nouveaux qui n'existent pas dans le langage populaire ; cependant c'est là un phénomène qui se produit journellement et même en dehors d'eux. Aussitôt qu'un objet nouveau entre dans l'usage journalier, le peuple le baptise ; sitôt qu'une habitude nouvelle entre dans les mœurs la voix populaire trouve un nom pour la désigner (1). Et il serait interdit aux Félibres, qui étudient leur idiome sous tous ses aspects, d'agir de même et de faire d'une manière intelligente et raisonnée ce que d'autres font d'instinct. Ce qui dans toutes les littératures est permis à tous les écrivains serait défendu aux seuls littérateurs d'Oc ! Ce n'est pas sérieux.

Il y aurait lieu ici de parler de la diversité des dialectes. Certains reprochent aux Félibres de ne pas

---

(1) En Languedoc nous trouvons : le vote *(la voutaciu)* ; le phyloxéra *(lou selera)* ; la charrue bineuse *(le grapi)* ; la bouillie bordelaise, solution introduite depuis l'usage de la vigne américaine pour arroser les pousses du vignoble *(l'aigo-verdo)* ; le velocipède *(le veloupedo)* : le télégraphe *(le tirografo)* ; le revolver *(le reverbèro)* ; la consommation consistant en un mélange de bière et de limonade *(le panachè)* ; le tramway *(le trembal).*

parler une langue uniforme, de telle sorte qu'un Félibre Agenais risque, dit-on, de ne pas être compris à Forcalquier.

En passant, on pourrait faire remarquer que cette diversité persistante des dialectes est précisément une marque de la fidélité avec laquelle les disciples de Ste-Estelle respectent l'idiome populaire tout en cherchant à l'épurer.

Mais, pour rester sur le terrain exclusif de cette note, nous avons vu Mistral aussi bien compris à Toulouse que Félix Gras en Auvergne, au moins par le populaire. Ceux qui éprouvaient quelque difficulté, c'étaient précisément les lettrés. Ce qui revient à répéter ce que nous disions plus haut à propros de Fourès et d'Estieu. Prenez un lettré d'Aix et faites-le parler en idiome d'Oc avec un lettré du Béarn, certainement la conversation sera difficile. Mettez, au contraire, en présence un montagnard des Alpes et un montagnard des Pyrénées, ils se comprendront admirablement. Parce que, disons-le une fois de plus, ces derniers ont le cerveau imprégné du génie de la langue d'Oc et que les autres, sauf de très rares exceptions, ne font de celle-ci qu'un usage accidentel. Et ils en concluent trop légèrement que ce qu'ils ne saisissent pas facilement d'autres ne peuvent pas le comprendre.

De même qu'en français il y a toujours eu la langue académique et la langue courante, celle-ci s'éloignant de celle-là selon le degré de culture du milieu où elle est pratiquée, il persistera dans l'idiome d'Oc, tant qu'il y aura des littérateurs dignes de ce nom, une langue qui ne sera pas la véritable langue popu-

laire et qui néanmoins sera la seule logique, la seule
conforme aux vrais principes philologiques.

Vouloir les amalgamer d'une façon complète l'une
dans l'autre est aussi impossible que d'exiger d'un
habitué des Halles qu'il parle aussi correctement qu'un
Renan ou un Littré. Cependant on peut essayer de
diminuer dans une large mesure la distance qui sépare l'une de l'autre. Les moyens ne manquent pas.

C'est d'abord de répandre parmi les Félibres eux-
mêmes la connaissance des chefs-d'œuvre de leur
littérature. Au lieu de distribuer dans leurs Jeux-
Floraux de vaines médailles d'argent ou de bronze,
que les Ecoles donnent en récompenses des livres
félibréens. Elles atteindront ainsi un double but,
elles feront une très utile propagande, en second lieu
elles fourniront aux auteurs eux-mêmes de précieux
encouragements.

Le rôle des Ecoles félibréennes pourrait aussi devenir très fécond si, diminuant la périodicité de leurs
Jeux Floraux, elles consacraient leurs ressources à
faire imprimer les ouvrages nouveaux d'auteurs peu
fortunés, à rééditer de bons livres épuisés, ou à faire
des éditions à bon marché d'ouvrages que leur luxe
d'impression ou leur rareté mettent hors de la portée
commune. Ce rôle serait peut-être moins bruyant, il
serait plus utile, d'autant que la multiplicité des concours littéraires amène forcément le triomphe de la
médiocrité.

Enfin les Ecoles doivent chercher à répandre des
grammaires populaires et des glossaires. *Le Trésor
du Félibrige* est, par son volume, inaccessible au plus
grand nombre. Quant au *Dictionnaire de Piat* il est à
la fois trop large et trop restreint, parce qu'en voulant

embrasser tous les idiomes d'Oc il ne fait pas aux dialectes spéciaux la part qui leur est due.

Il ne manque pas dans les Ecoles félibréennes d'hommes distingués dont cette tâche ne dépasserait pas les forces. Le tout est de vouloir.

A titre de document nous reproduisons les lignes suivantes traduites de l'*Armana Prouvençau* de 1865.

I

« Le principal reproche que font au Félibrige ses contradicteurs, c'est l'omission des *s* au pluriel, et la suppression de l'*r* dans l'infinitif :

Veut-on savoir pourquoi nous supprimons l'*r ?* Le voici :

1° Le peuple méridional nous donne l'exemple, car d'une mer à l'autre on prononce *canta*, *brusi*, *courre*, et non *cantar, brusir, courrer*.

2° Les poètes les plus renommés, depuis 200 ans, Goudelin, Saboly, Gros, Favre, Pélabon, H. Morel, Thouron, Lafare-Alais, Jasmin, Moquin-Tandon, Bénédit, Gelu, Roumanille, Crousillat, Gaut, Mistral, Aubanel, etc. etc, ont rejeté l'*r*.

3° Les plus anciens dictionnaires de notre langue, tels que Doujat, Sauvages, Pellas, et parmi les modernes, Avril, Couzinié, Azaïs ont rejeté ce vieux chiffon.

4° Les Latins écrivaient *mori, pati, nasci, parci*, comme nous écrivons : *mouri, pati, naisse, paisse*.... Et on voudrait que nous écrivions *mourir, naisser ?*

5° Enfin les Provençaux ne sont pas seuls à agir ainsi. Les Valaques, qui sont au nombre des sept peuples romans, ont aussi absolument repoussé l'*r*.

II

« Voici les motifs qui nous font repousser l's du pluriel :

1º Dans les cinq départements de Provence le peuple ne le prononce pas, ce qui rend notre langue très douce.

3º La grammaire des troubadours nous y autorise, car l's était autrefois la marque du singulier et non du pluriel : « Les nominatifs masculins, dit *le Donatz Proensals*, prennent l's au singulier et non au pluriel. » C'est vrai que quelquefois à l'accusatif, par exemple, l's devenait la marque du pluriel et c'est ce qui explique la prononciation languedocienne et gasconne qui est très sifflante. Nos voisins ont gardé l'accusatif et nous le nominatif.

3º La preuve que l's comme signe du pluriel n'est pas nécessaire et que les articles suffisent, c'est qu'en français, comme en italien, il y a un grand nombre de mots indéclinables. Tous les mots en *as, ais, aix, eux, is, ois, os, oux, ours*, n'ont aucun signe pour marquer le pluriel : *repas, palais, faix, gueux, ris, dos, jaloux*...

4º La majeure partie des écrivains provençaux de toutes les régions ont, en ce siècle, suivi cette règle de leur propre mouvement : Bénédit, Gelu, Gaut, Vidal, Pélabon, Thouron, Crousillat, Rancher, Reybaud, Castil-Blaze, Roumanille, Adolphe Dumas, Mistral, Aubanel, Martin, Brunet, Cassan Boudin, l'abbé Aubert, l'abbé Lambert, Tavan, Autheman, la félibresse du Calavon, Roumieux, Bigot, Trussy, etc.

5º Enfin, par la grâce de Dieu et la volonté du peuple, les poètes sont souverains dans leur langue ; ce qu'ils font est bien fait, ce qu'ils disent reste, et la

moindre chanson conserve plus une langue que toutes
les proses des pédants. »

Ce n'est point ici le lieu d'apprécier au point de
vue philologique la théorie renfermée dans ce document ; notre rôle est d'exposer des faits et non de
discuter des problèmes de linguistique. Mais ce point
de départ établi, si nous passons à la constitution du
vocabulaire nous pourrons saisir sur le vif la méthode de Mistral : « *Langue des Félibres*, a dit M. Gaston Paris, tel est le seul nom qui convienne à cette
langue littéraire qui a pour base le parler de St-Rémy, comme l'italien a pour base le parler de Florence,
mais qui, pour devenir ainsi que le toscan un « vulgaire illustre » a dû se donner une forme fixe. Mistral
a procédé à un double travail d'épuration (1) et de
fixation (2). A ce travail plutôt négatif il a ajouté un
travail plutôt positif d'enrichissement en faisant entrer dans l'idiome qu'il prenait pour base, en les
modifiant légèrement dans leur forme, quand il ne
était besoin, tous les mots qui lui semblaient propres
à exprimer de nouvelles nuances d'action ou de sen-
sation. *Ce n'est pas dans les vieux livres provençaux
qu'il a fait ses recherches, c'est dans l'usage du peuple.* Il a su, en outre, développer toutes les ressources de cette langue, soit en tirant un heureux parti
des extensions de sens suggérées par l'usage commun,
soit en profitant de la richesse, souvent inexploitée,
de la dérivation, pour faire porter à de vieilles sou-
ches des rejetons légitimes, mais imprévus, et assurer

---

(1) *Epuration* en éliminant les mots français qui avaient remplacé dans l'usage même du peuple les mots provençaux.
(2) *Fixation* en choisissant dans les mots qui avaient plusieurs
variantes la forme la plus rapprochée du latin.

ainsi à la langue un rajeunissement et un élargisse-
ment presqu'illimités. Mais le génie d'une langue ne
se révèle tout entier que s'il est évoqué par un grand
poète... » (1)

Sous ce rapport *Mireille*, *Calendal* et les *Iles d'or*
étaient des œuvres plus que suffisantes. Il faut donc,
qu'on le veuille ou non, considérer comme définitivement fixée la langue dans laquelle elles ont été écrites.
Mais à côté du *parler* de St-Rémy, la Provence en
comptait d'autres. Ce qui prouve d'abord que le procédé *mistralien* est bon (lorsqu'il est mis en pratique
bien entendu, par un poète de taille à se hausser
jusqu'à lui), ce qui prouve aussi qu'il ne dépend que
des autres *parlers* provençaux de se révéler à la vie
littéraire, c'est que ces derniers, lorsqu'ils ont été
maniés par des mains habiles, ont pu se manifester
tout en gardant intacte leur saveur particulière. Nous
n'en voulons pour preuve que le superbe poème du
Diamant de Sant-Maime dans lequel M. Eugène
Plauchud s'est si heureusement servi du sous-dialecte
de Forcalquier, tout en s'assimilant les procédés d'é-
puration et de rajeunissemeut inaugurés par le poète
de *Mireille*.

Il est certain (signalons au passage cet état d'esprit qui, bien que fugitif, ne laissa pas d'avoir une
certaine répercussion à la seconde époque du félibrige) il est certain qu'en voyant le succès de leur en-
treprise quelques-uns de ses promoteurs eurent la

(1) *Penseurs et poètes*. Paris, Calmann Lévy, 1896. L'admirable étude consacrée à Mistral par l'éminent critique est tout entière
à lire et à retenir, d'abord pour la compétence absolue de l'auteur, ensuite par la netteté et la précision des appréciations for-
mulées.

pensée de faire adopter la langue nouvelle par tous
les poètes de la terre d'oc, de même qu'au temps des
Troubadours le limousin s'était imposé aux préférences des maîtres les plus habiles en l'art de trouver (1).
Si la littérature félibréenne fut demeurée cantonnée
dans un milieu de lettrés absolument fermé, si elle
était devenue conventionnelle et artificielle comme
celle des Troubadours, la tentative aurait pu, peut-
être, réussir ; mais à mesure qu'elle se popularisa, a
mesure que le mouvement, gagnant de proche en proche, rencontra sur sa route des dialectes variés, il
fallut bien laisser ceux-ci se produire. Cette nécessité,
qui prouvait que l'évolution félibréenne n'était pas le
simple amusement de lettrés auquel on a voulu la
réduire parfois, n'est plus discutée aujourd'hui. A
l'heure actuelle toutes les régions méridionales ont
apporté leurs contingents dialectaux. Entre toutes, la
plus voisine du Rhône, le Languedoc, s'est distinguée
par une contribution importante.

Mais s'il s'est trouvé parmi les félibres languedociens des poètes dont certains avaient une valeur exceptionnelle, aucun ne s'est élevé à la hauteur géniale
qui a permis à Mistral d'exercer une action si profonde sur l'idiome provençal. Tandis qu'on voit tous les
jours des félibres de Marseille ou de Cannes se servir
de la *langue de Mistral* (il ne faut pas craindre de
lui donner son vrai nom), il ne viendra à la pensée

---

(1) Certains félibres languedociens, par exemple Roumieux,
Arnavielle, Gaussen, Antonin Glaize, ont souvent délaissé leur
idiome natal pour se servir de la langue de *Mireille.*

On a vu que jusqu'en 1878 le consistoire félibréen avait manifesté des préférences non équivoques pour les pièces provençales
soumises à son jugement. — L'almanach de la *Lauseto* conserve
l'écho des discussions qui se livrèrent alors.

d'aucun félibre de Toulouse de se servir du dialecte de Montpellier. (1)

De là résulte cette conclusion que le Languedoc ne possède point l'analogue de la langue littéraire reconnue et consacrée en Provence. Quant à savoir si la constitution d'une langue de ce genre y serait possible, il faudrait d'abord examiner si les différences dialectales n'y sont pas plus grandes que de l'autre côté du Rhône. A en juger par les apparences, on serait tenté de le croire ; cependant ces dissemblances n'y sont pas tellement accentuées que la tentative puisse être considérée, en théorie, comme absolument impossible.

Mais' la Garonne franchie, resterait encore pour parvenir à l'entière unité dialectale à conquérir la Gascogne, les Landes, la Bigorre, le Périgord, le Rouergue, le Limousin, l'Auvergne, nous en oublions. (2)

_____

(1) Chacun se servant, en Languedoc, de son sous-dialecte particulier avec une liberté allure qui n'a de limites que son talent individuel, il en est résulté une floraison variée, digne d'attirer l'attention des critiques et des romanistes. On y voit des poètes absolument littéraires comme Langlade, Fourès, Estieu, Bringuier; d'autres comme Achille Mir, Laurès, Junior Sans qui s'attachent à conserver les formes populaires, de telle sorte que, par des dégradations insensibles, on descend jusqu'aux véritables *patoisants*. N'est-ce point là une littérature complète ? Evidemment, et c'est par là qu'ils sont félibres, ceux qui sont au sommet ont usé du procédé *Mistralien* ; évidemment aussi le maître de Maillane a eu une certaine influence sur leur vocabulaire par le *Trésor du Félibrige* où sont consignés tous les idiomes d'Oc. Mais cette influence d'un lexique ne pouvait être aussi grande que celle d'une œuvre littéraire.

(2) Là se sont manifestées récemment d'excellentes œuvres, celles d'Isidore Salles dans les Landes, de Philadelphe dans la Bigorre, de Chastanet en Périgord, de l'abbé Bessou en Rouergue, de Vermenouze en Auvergne. Mais nous nous trou-

Or plus l'évolution félibréenne s'accentue, plus chacune de ces régions manifeste son attachement, légitime d'ailleurs, à son dialecte particulier. Et là, plus encore qu'en Languedoc, se pose la question de savoir si les différences dialectales ne forment pas un fossé impossible à combler.

Lorsqu'on constate cette floraison multipliée on est amené à conclure que la prédominance d'une langue unique s'élevant au-dessus des dialectes locaux n'est, à l'heure actuelle, reconnue que dans une seule région méridionale, la Provence.

Il semble donc que véritablement (selon la formule si souvent répétée) Mistral soit venu trop tard pour refaire l'œuvre du Dante. Et cependant, tout bien considéré, quel dialecte d'oc pourrait avoir la prétention de s'imposer aux autres, sinon celui qui a produit la seule œuvre qu'on puisse placer (toute différence de genre mise à part) en regard de la *Divine Comédie ?*

La langue de Mistral, si l'unité dont nous parlons se réalise un jour, est la seule qui puisse s'imposer. N'a-t-elle pas conquis les suffrages des lettrés du monde entier ? Ne s'est-elle pas produite, au moment où la langue d'Oc a commencé à reprendre conscience d'elle-même, de même que l'œuvre du Dante a paru au moment où s'inaugurait pour l'Italie une période

vons ici en présence d'individualités encore trop isolées pour qu'on puisse, tout en constatant leurs efforts dans l'épuration et le rajeunissement de leurs parlers respectifs, faire autre chose qu'apprécier les différences dialectales. Quant au Limousin, nous n'y insisterons pas, la tentative absolument inconsidérée de l'abbé Roux de ramener la moderne langue d'oc à l'ancien limousin ne méritant pas qu'on s'y arrête, d'autant que les maîtres les plus autorisés ont déjà apprécié à leur juste valeur les connaissances philologiques de l'auteur de la *Grammaire Limousine.*

MAURICE FAURE

Député de la Drôme

nouvelle ? Et n'est-ce pas à ceux qui, les premiers, pressentirent un ordre de chose nouveau que la mémoire des peuples, redressant l'opinion des générations contemporaines, se reporte invinciblement lorsque l'évolution nouvelle a pris l'entière plénitude de son développement ?

Car enfin supposons que les sept provinces (1) de langue d'Oc réalisent chacune chez elle (et c'est tout ce qu'on peut admettre) l'unité dialectale, on se trouvera en présence de sept idiomes différents.

A vouloir une seule langue méridionale on est contraint de prendre celle qui a déjà fait ses preuves. Donc le poète de Maillane a réalisé, à ce point de vue, l'œuvre du Dante. Mais le Dante n'a pas fait la sienne tout seul. Si le toscan s'est imposé à des dialectes qui, certes, en différaient au moins autant que le *parler* de St-Rémy diffère, par exemple, de celui des Landes c'est que les évènements, politiques ou sociaux, postérieurs à l'apparition de la *Divine Comédie* l'ont voulu. Ces évènements se produiront-ils pour la langue de *Mireille*, voilà comment la question doit se poser ; mais personne ne peut y répondre. Ce qu'on peut dire seulement c'est que si ces évènements se réalisent, ce sera celle-là, et point d'autre, qui s'imposera par sa netteté, par sa logique, et pour beaucoup d'autres raisons, parmi lesquelles sa *modernité.*

Il serait oiseux de défendre Mistral du reproche *d'avoir trop osé*, c'est-à-dire d'être allé trop loin dans la reconstitution de sa langue. « Quant au reproche que je lui ai souvent entendu faire, dit M. G. Paris,

----

(1) Admettons qu'il y en ait sept selon la tradition félibréenne.

d'avoir forgé de toutes pièces des mots qui n'ont jamais existé, il est tout à fait absurde. Il vient de personnes qui, ne parlant provençal qu'avec des illettrés pour les affaires quotidiennes, ne soupçonnent pas la richesse de la langue dont un petit nombre de mots leur suffit, ni, à plus forte raison, sa variété dans les différentes localités. Ce que Mistral a fait souvent et qui doit certainement le rendre parfois difficile à comprendre aux gens simples, c'est de créer des dérivés nouveaux ou de donner à des mots populaires un sens détourné et relevé qu'ils n'ont pas dans leur emploi habituel. Mais c'est le droit et l'art du poète. » (1)

Il serait oiseux aussi de défendre Mistral du singulier reproche de *n'avoir pas osé assez*, c'est-à-dire de ne pas avoir remonté le cours des siècles et de n'avoir pas repris des formes surannées en usage au XIIe siècle.

Car certains s'imaginent que les félibres sont, ou doivent être, les continuateurs des Troubadours. Comme le fait très justement remarquer M. G. Paris, « l'œuvre des félibres du Rhône n'est nullement une

(1) *Penseurs et poètes*, p. 115. — Ceci s'adresse à ceux que nous pourrions appeler les *naturels* du pays ; mais outre que nous pouvons affirmer avoir vu Mistral, Aubanel, Fourès, au moins aussi bien compris par leurs compatriotes que Leconte de Lisle, Verlaine, Hérédia, par les habitués des Halles de Paris, à mesure que les instituteurs, suivant la méthode du frère Savinien s'habitueront à prendre dans les textes félibréens des exemples pour mieux enseigner le français, les rares hésitations qui peuvent se produire de ce chef sont appelées à disparaître. — Quant aux Français du Nord qui se hasardent à prononcer des mots provençaux leur seul accent suffit à dérouter les bons paysans. Les exemples cités par Lintilhac, qui, lui-même, au reste, s'est laissé surprendre à propos du mot *magnanarello*, sont caractéristiques. (*Les Félibres*, Paris, Lemerre p. 52).

renaissance de la poésie des Troubadours qu'ils ne connaissaient guère que de nom et qu'ils se sont peu soucié d'étudier. Il ne faut pas du tout le regretter : la poésie des Troubadours, toute aristocratique et conventionnelle, étroitement liée à une société et à des mœurs que nous avons grand'peine à nous représenter, n'est compréhensible qu'au prix de longues et laborieuses études ; même comprise et goûtée, elle ne pourrait en rien féconder une poésie moderne ; en l'imitant on n'aurait abouti qu'à des parodies. Les troubadours n'ont influé sur la naissance de la nouvelle poésie provençale que par la gloire attachée à leur nom ; cette gloire a suscité l'orgueil et les grandes espérances des félibres qui ont aimé à s'en croire les héritiers, sans s'inquiéter d'ailleurs de vérifier leurs titres. Il y a là un de ces « malentendus féconds » dont la puissance a été si bien discernée par le plus profond et le plus fin des critiques qui ont essayé de comprendre la mystérieuse évolution des idées et des sentiments. (1) »

Nous ne cachons pas que nous sommes heureux de nous abriter derrière l'indiscutable autorité de M. Gaston Paris ; si nous lui faisons d'aussi larges emprunts c'est que, depuis quelques années, les Troubadours sont fort à la mode parmi les littérateurs d'oc. Le plus bizarre c'est que ce sont les plus raffinés des félibres et les *patoisants* les plus invétérés (les extrêmes se touchent souvent) qui prétendent s'autoriser

(1) G. Paris, *loc. cit.* p. 128. Ce qu'il faut regretter c'est qu'au mouvement littéraire du félibrige ne se soit pas joint un mouvement philologique : les troubadours sont étudiés par des Français du Nord, des Allemands et des Italiens beaucoup plus que par des Français du Midi.

des traditions *moyen-ageuses*. Reste à savoir si les uns ou les autres ont des connaissances suffisantes en la matière. La vérité nous oblige à répondre négativement pour la plupart des cas. A quoi certains répliquent que l'*intuition* suffit (1). Cet état d'esprit est regrettable. A l'heure actuelle l'étude des langues romanes a pris de tels développements qu'il n'est plus permis de les ignorer. En outre, si chaque littérateur d'oc, se doublant d'un philologue, voulait, de parti-pris, ressusciter la littérature du moyen-âge, c'en serait fait de ce mouvement littéraire moderne qui a eu de si heureux commencements.

Une littérature n'a de raison d'être que si elle est le reflet des mœurs qui lui sont contemporaines ; elle peut, à la rigueur, les précéder parfois, elle se suicide si elle se borne à devenir le pastiche d'un temps passé. A fouiller des nécropoles avec une autre intention que celle de constater ce qui fut jadis, à *chercher des mots dans de vieux lexiques au lieu de les retrouver dans l'usage du peuple*, à essayer de reconstituer des moules brisés au lieu de polir et de consacrer des formes vivantes, les félibres perdraient les qualités de fraîcheur exquise, de lyrisme délicatement passionné, de grâce naturelle qui ont déjà attiré sur eux l'universelle attention des lettrés, les sympathies de leurs compatriotes et feront vivre longtemps leur œuvre littéraire, plus longtemps, peut-être, que leur langue elle-même.

En résumé, Mistral a eu parfaitement raison de vouer son génie à la reconstitution d'une *langue in-*

---

(1) C'est d'un des poètes les plus distingués de la pléiade languedocienne que nous tenons cette réponse, qui, nous l'avouons, nous a péniblement impressionné.

termédiaire (1) également éloignée du patois actuel
et d'un idiome vieilli, mais représentant exactement
ce que doit être la moderne langue Provençale ré-
générée.

(1) Le mot n'est pas de nous. Il a été prononcé par un critique
qui n'admet pas de milieu entre le patois ou la langue des Troubadours. De ce dont a voulu faire une raillerie nous faisons un
éloge mérité. Cette langue intermédiaire M. Koschwitz lui a donné son vrai nom dans le très intéressant ouvrage qu'il a appelé
Grammaire hi-torique de la langue des Félib-es et non *Grammaire Provençale*, comme aurait pu le faire un esprit superficiel.

SUR LES SEPT DE FONTSÉGUGNE

E N disant plus haut (p. 20) que Jean Brunet remplaça Garcin dans la liste officielle des sept de Fontségugne lorsque ce dernier se sépara de ses anciens amis, nous n'avions fait que reproduire une opinion courante. La première partie de notre étude était déjà imprimée lorsque notre attention fut éveillée par deux notes de *l'Aioli* (27 février et 17 mars 1896), répondant à M. Henri Ner, qui, dans un journal de Paris (*Demain*, 16 février 1895), s'était fait l'écho de ce racontar.

Dans sa note du 27 février *l'Aioli* disait : « Si Garcin a été un des sept de Fontségugne, il est étonnant qu'Aubanel (qui fut toujours son ami) ait nommé Brunet dans la *Cansoun di Felibre* et n'ait pas nommé Garcin. »(1)

(1) Outre sa chanson Aubanel a énuméré les sept de Fontségugne dans son discours de Forcalquier (septembre 1875). Puisqu'il

Le 17 mars l'*Aioli* ajoutait : « Si M. Ner veut se renseigner sur cette question il n'a qu'à demander à M. Garcin, si réellement il était à Fontségugne. »

C'étaient là deux affirmations considérables, alors surtout que l'*Aioli* peut être regardé comme le journal officiel du Félibrige. D'autre part, M. Ner est généralement fort bien renseigné en ce qui touche les questions félibréennes.

Désireux d'avoir la solution de cette divergence nous nous sommes adressé à une très haute personnalité du Félibrige, qui, d'ailleurs, assista au banquet de Fontségugne ; nous en avons reçu la lettre suivante qui clot définitivement le débat :

« Mon cher ami, il n'y a pas de légende au sujet de Garcin. Les sept de Fontségugne sont bien les mêmes que l'*Armana Prouvençau* et autres publications ont dénommés maintes fois. Garcin, comme plusieurs autres, faisait partie de notre entourage et de notre camaraderie de poètes, mais il n'était pas à Font-Ségugne, je vous l'affirme. La réunion des sept premiers félibres est du 21 mai 1854. *Mireio* (publiée en 1859) cite Garcin au nombre des amis de Mistral, comme elle cite *Crousillat* et *Adolphe Dumas*, mais il n'y a là aucune allusion aux sept de Fontségugne, lesquels, en dehors de leur *septennat*, avaient naturellement de nombreuses relations et sympathies. Répétez et affirmez ce que je vous déclare. Nul ne vous contredira. »

était resté l'ami de Garcin après sa fugue de 1868 il n'est pas possible qu'il ait fait à celui-ci l'injure de l'oublier d'une manière si persistante et en une occasion si solennelle.

Albert ARNAVIELLE

ˏL'Oraison de St-Anselme

(d'où a été tiré le mot Félibre*)*

Mounsegnour Sant Ansèume legissié,
                        Escrivié.
        Un jour de sa santo escrituro
        Es mounta au cèu sus lis auturo
Auprès de l'Enfant Jèsu, soun fiéu tant precious,
        A trouva la Vierge assetado ;
        En meme tèms l'a saludado.
Elo i a dit : « Siguès lou bèn-vengu, nebout ! »
— « Bello counpagno, a dit soun enfant, qu'avès, vous ? »
            — « Ai soufert sèt doulour amaro
            Que vous li vole counta aro.

        La proumiero doulour qu'ai souferto pèr vous,
                O moun fiéu tant precious,
        Es quand entendeguère ièu messo de vous,
                Qu'au tèmple ièu me presentère,
        Qu'entre li man de Sant Simoun vous meteguère,
                Me fuguè'n coutèu de doulour

Que me tranquè lou cor, me travessè moun amo,
Emai a vous,
O moun fiéu tant precious !

La segoundo doulour qu'ai souferto pèr vous,
O moun fiéu tant precious
Es quand me venguèron
Un jour faire assaupre
Que lou rèi anavo
Vous faire mouri.
Me fuguè'n coutèu de doulour
Que me tranquè lou cor, me travessè moun amo,
Emai a vous
O moun fiéu tant precious !

La tresèimo doulour qu'ai souferto pèr vous,
O moun fiéu tant precious,
Es quand l'ange me venguè dire :
« — Enanas-vous-en, que lou rèi Erode
Vòu faire mouri cinq cènts enfant
Enjusquo à l'age de sèt an,
Censa que lou vostre ié fugue. »
E que Sant Jousè, moun espous,
M'acoumpagnè jusquo en Egito.
Me fuguè'n coutèu de doulour
Que me tranquè lou cor, me travessè moun amo,
Emai à vous
O moun fiéu tant precious !

La quatrèimo doulour qu'ai souferto pèr vous,
O moun fiéu tant precious,
Es quand vous perdeguère,
Que de tres jour, tres niue, iéu noun vous retrouvère,
Que dins lou tèmple erias,
Que vous disputavias
Eme li tiroun de la lèi
Eme li sèt FELIBRE *de la lèi.*
Me fuguè'n coutèu de doulour
Que me tranquè lou cor, me travessè moun amo,
Emai à vous
O moun fiéu tant precious !

La cinquèimo doulour qu'ai souferto pèr vous
        O moun fièu tant precious,
Es dins Jerusalèn quand ièu passère,
        Que per coustat me revirère,
        Disènt : « Quau es aquèu-d'eila ? »
— « Emè si grand tourment vous counèis pas ;
Es vostre car fièu Jèsu que van crucifica ! »
        Me fuguè'n coutèu de doulour
Que me tranquè lou cor, me travessè moun amo,
        Emai a vous,
        O moun fièu tant precious !

La sieisèimo doulour qu'ai souferto pèr vous,
        O moun fièu tant precious,
        Es quand vous arrapèron,
Sus l'aubre de la crous vous meteguèron
        De tres clavèu vous clavelèron,
De cinquanto-dos espino vous courounèron ;
        Me fuguè'n coutèu de doulour
Que me tranquè lou cor, me travessè moun amo,
        Emai à vous,
        O moun fièu tant precious !

La setèimo doulour qu'ai souferto pèr vous,
        O moun fièu tant precious,
        Es quand pièi vous prenguèron,
De l'aubre de la crous mort vous descendeguèron,
Dessus mi blanc geinoun mort vous remeteguèron...
Jusiòu, ah ! faus Jusiòu, que t'aviè fa moun fièu !
Jusiòu, ah ! faus Jusiòu, laisso m'ana après èu !
        Me fuguè'n coutèu de doulour,
Que me tranquè lou cor, me travessè moun amo,
        Emai a vous,
        O moun fièu tant precious !

        Aquèli sèt doulour, quau li saupra,
En bono devoucioun, un an, un jour li dira,
Que fugue fièu ou fiho, en Paradis anara,
        Ben mai, que fugue paire,
        Que fugue maire, sorre, fraire,
        Ouncle vo tanto, cousin o bèn cousino,

Touto sa generacioun
Coume dins un desert,
S'avien fa sèt an penitènci !
A la bouco dou bon Dièu fugue noumbra,
A la centuro de la Santo Vierge encentura,
Un pater, un Ave-Maria.

En publiant ce document dans *l'Aioli* du 17 octobre 1894, M. Mistral le fait suivre des observations suivantes :

« On sait que le mot *félibre* est tiré d'un récitatif qui se disait autrefois dans les familles provençales en guise d'oraison. C'est moi qui l'ai recueilli, dans les environs de Maillane, vers 1848, de la bouche d'une femme qui s'appelait Marthe et aussi de celle de quelques jeunes filles, qui, travaillant dans des ateliers de filage de soie, répétaient cette oraison populaire pour se distraire. Et lorsqu'à Fontségugne, en 1854, le Félibrige fut fondé, c'est moi également qui proposai ce nom de *Félibre* pour désigner les adeptes de la Renaissance provençale.

Dans un des derniers numéros de la *Romania*, M. le professeur Jeanroy après avoir donné pour origine à *félibre* le mot espagnol *féligrès* qui signifie « paroissien », ou plutôt « fils de l'église », *filii Ecclesiæ*, cherche à prouver que l'oraison sus-mentionnée est d'origine espagnole. M. Jeanroy ajoute : « Si M. Mistral voulait bien communiquer le texte complet de la pièce en question, peut-être y trouverait-on quelques arguments nouveaux en faveur de cette hypothèse. »

Pour satisfaire au désir de l'honorable romaniste, nous nous faisons un plaisir de publier en entier cette

pièce d'où est sorti l'heureux nom des félibres. Elle
s'appelait autrefois l'*Oraison de St-Anselme*.

Ce récit se retrouve en catalan. Voici la stance
correspondante à celle de la version provençale; il est
à remarquer que le mot *félibre* y est pris dans le sens
clair et net de « docteur de la loi. »

> Lo tèrs fòu quan lo tinguèreu
> Part de tres dies perdut ;
> Le trobàreu a' ne'l temple
> Disputant ab los sabuts
> Predicant à l'arboleda
> La celestial doctrina.

M. Jeanroy nous apprend qu'il existe aussi une
version castillane : « Le sujet de la pièce recueilli par
« M. Mistral est encore aujourd'hui très populaire en
« Espagne : mon collègue M. Mérimée me communi-
« que une *Suelta* (imprimée à Carmona en 1836) où
« l'épisode qui nous occupe est longuement traité :
« mais le mot *féligrès* ne s'y trouve point : il y est
« simplement dit de Jésus-Christ que

> «... la Escritura esponia
> à principes y doctores.

Donc le mot *félibre* appartient uniquement à la version provençale, qui pourrait bien être le thème original, d'autant plus que le préambule nous montre
Saint Anselme écrivant et lisant, ce qui ne se rencontre pas dans la version espagnole.

Maintenant, pourquoi St Anselme est-il dans ce
poème, plutôt qu'un autre saint, honoré des confiden-
ces de la mère des Sept Douleurs ? il faudrait, pour le
savoir, fouiller les légendes de ce bienheureux. Toujours est-il qu'en Provence, et nous l'avons consigné

au *Trésor du Félibrige* (V. Ansèume) quand un rayon de soleil traverse les nuées, les gens disent parfois : *Voici St Anselme*, ce que semble rappeler son *Oraison* où il est dit qu'il monta vivant dans le ciel. »

F. MISTRAL.

Quelques opinions sur le Félibrige [1]

PAUL MEYER

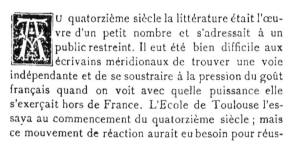U quatorzième siècle la littérature était l'œuvre d'un petit nombre et s'adressait à un public restreint. Il eut été bien difficile aux écrivains méridionaux de trouver une voie indépendante et de se soustraire à la pression du goût français quand on voit avec quelle puissance elle s'exerçait hors de France. L'Ecole de Toulouse l'essaya au commencement du quatorzième siècle ; mais ce mouvement de réaction aurait eu besoin pour réus-

(1) A plusieurs reprises nous avons eu l'occasion de parler de l'approbation accordée à l'œuvre félibréenne par les esprits les plus distingués. Il ne sera pas inutile de consigner ici l'opinion de quelques-uns d'entr'eux. Nous tenons à faire remarquer qu'aucun ne fait partie de l'association de Ste-Estelle.

sir d'avoir son point de départ dans le sentiment
national, et non pas dans des idées littéraires étroites
et arriérées. Mais le sentiment national, peu développé au moyen âge, n'avait pas encore pris la langue
pour signe extérieur. Ce n'est que de nos jours
qu'on voit des nations privées de leur indépendance
s'attacher à maintenir la pureté de leur idiome et la
perpétuité de leur littérature. Aussi, pourrait-on dire
que malgré les siècles écoulés depuis l'annexion des
pays de langue d'oc à la France, la formation et l'expansion d'une littérature originale dans les provinces
du midi ont plus de chance de réussite aujourd'hui
qu'au quatorzième siècle. » *Les derniers Troubadours
de la Provence.* Paris, Franck, 1871, p. 4.

ARSÈNE DARMSTETER

« Les œuvres admirables des classiques français
laissent le plus souvent indifférente la foule qui ne
peut les comprendre. Cette littérature n'est faite que
pour une minorité de lecteurs. Dès lors le peuple
n'ayant plus sa littérature, que lui reste-t-il ? De mau-
vais romans ou l'almanach. C'est là un état de choses
grave et qui ne va pas sans péril. Une nation a besoin de poésie ; elle vit d'idéal autant que de pain.
Déjà les croyances religieuses s'affaiblissent, et si le

(D'après un croquis du Viro-Soulèu de janvier 1895)

sens de l'idéal poétique tombe avec le sentiment religieux, il ne restera plus debout, dans les classes populaires, que les instincts matériels et brutaux.

« Les félibres ont-ils eu conscience de ce danger
ou ont-ils répondu d'instinct à un besoin populaire ?
Je ne sais. Quoi qu'il en soit, ils font œuvre bonne et
saine. Il circule encore, au plus profond des couches
du peuple, un courant de poésie, courant obscur, jusqu'ici dédaigné, sauf des savants ; je parle du *folk-
lore*, des croyances et des traditions, des légendes,
des contes populaires. Avant que cette source de
poésie ne disparaisse entièrement, les félibres ont eu
l'heureuse idée de la reprendre, de lui donner une
forme littéraire nouvelle, rendant au peuple, revêtue
des brillantes couleurs de la poésie, l'œuvre même du
peuple. L'œuvre a grandi vite, elle a conquis tout le
midi oriental, une partie de la Catalogne ; nous la
voyons maintenant gagner les Alpes-Maritimes et le
Lyonnais. Puisse le mouvement se propager, s'éten-
dre de proche en proche, des parlers de langue d'oc
aux parlers de langue d'oil, et ranimer sous la ba-
guette d'or de la poésie tous les dialectes locaux.

« Quant à cette rénovation générale de la poésie
populaire, je ne voudrais pas lui donner d'autre nom
que celui de *Félibrige*. C'est aux félibres qu'appartient le mérite du mouvement, c'est leur ardeur et
leur foi qui l'ont développé et fortifié. » (*Revue des
Langues romanes*, décembre 1883, p. 300.)

GASTON PARIS

« Quelles que soient les destinées de cette langue devant l'unification grandissante, elle est fixée pour toujours en des œuvres qui l'ont élevée au-dessus d'elle-même, et aux siècles, lointains ou proches, qui ne la parleront plus, elle racontera les gloires et les beautés de la Provence, les flammes de son soleil, les sérénités de ses larges plaines, la fraîcheur de ses vallées, le fracas de ses tempêtes, la douceur de ses brises parfumées, sa foi naïve, sa gaieté exubérante et sa fougue passionnée, les antiques traditions de ses foyers, la force de ses fils et la grâce de ses filles, la vie de ses laboureurs, de ses pâtres et de ses marins, l'amour enfin qui s'exhale de son sol ardent et flotte partout dans son air embrasé. » (*Revue de Paris*, 1ᵉʳ novembre 1894.)

EUGÈNE LINTILHAC

« Avec Lakanal et M. Michel Bréal nous estimons que les familles et les instituteurs qui interdisent aux enfants l'emploi du *patois* ont tort. L'emploi simultané de deux langues obligeant à la recherche des équivalents pour un même objet en change l'aspect, en fait faire le tour à l'esprit pour ainsi dire ; et c'est une excellente gymnastique intellectuelle que cette traduction perpétuelle. Un homme de grand goût et du Nord, professeur de littérature latine en haut lieu, et membre de l'Institut, peu suspect par conséquent de partialité dans la question, était aussi de cet avis, et nous disait un jour avoir souvent constaté la supériorité intellectuelle du paysan des frontières sur celui de l'intérieur des terres : « Ce n'est pas étonnant, « ajouta-t-il ; ne passent-ils pas leur vie à faire des « versions ? » Cet humaniste avait raison ; je le répète, en éducation, les patois, surtout ceux d'oc, sont le latin du pauvre. » *Les Félibres.* Paris, Lemerre, 1895, p. 87.)

MICHEL BRÉAL

« Loin de nuire à l'étude du français, le patois en est le plus utile auxiliaire, et il ne sera pas difficile de démontrer que là où existe un patois, l'enseignement grammatical pour peu qu'on sache s'y prendre, devient aussitôt plus intéressant et plus solide. On ne connait bien une langue que quand on la rapproche d'une autre de même origine. Le patois, là où il existe, fournit ce terme de comparaison. Tantôt il présentera à l'état simple des mots qui, en français littéraire, n'existent plus que dans des composés ou des dérivés. D'autre fois un mot qui est sorti de notre langue vit encore dans les patois. Souvent le français n'a gardé que le sens détourné quand le patois a encore le sens propre et primitif.

Si avec cela le maître montre à l'enfant que son dialecte (comme il arrive si souvent) est conforme à l'ancien français, et qu'il se rencontre avec la langue de Henri IV ou même avec celle de St-Louis, comme celui-ci respirera à son aise, comme en rentrant chez lui il verra d'un autre œil ce foyer domestique ! N'est-ce pas le premier des biens de n'être pas exproprié de son langage pour adopter exclusivement celui de Paris ? Si par bonheur la province a déjà quelques auteurs, comme Jasmin, comme Roumanille ou Mistral, lisez de temps en temps ces livres à côté des livres français ; l'enfant se sentira fier de sa province et n'en aimera que mieux la France. Le clergé connaît bien cette puissance du dialecte natal, il sait s'en servir à l'occasion, et c'est pour avoir méconnu la force des attaches locales que votre culture est trop souvent sans racine et sans profondeur.

Il faut que l'école tienne au sol et n'ait pas l'air d'y être simplement superposée. Qu'on ne craigne pas que l'autorité de la langue officielle se trouve ébranlée ; la littérature, le journalisme, l'administration suffisent amplement pour en rappeler à toute heure la nécessité.

Si l'Alsace nous est et nous reste attachée de cœur, c'est entr'autres causes, parce que nous n'avons jamais essayé de lui enlever son langage. Laissons des nations qui parlent plus que nous du respect de la langue, faire la guerre à tout ce qui n'est pas leur propre idiome. Elles n'arrivent par là qu'à faire haïr leur domination. » *Quelques mots sur l'Instruction publique en France.* p. 60.

Recueils Collectifs

— *Li Prouvençalo*, poésies diverses recueillies par J. Roumanille, précédées d'une introduction par M. St-René Taillandier et suivies d'un glossaire. Avignon, Seguin, 1852. (v. p. 16)

(Y figurent : A. d'Anselme, d'Astros, Th. Aubanel, F. Aubert, Barthélemy, Bastiéra, P. Bellot, Bénédit, Castil-Blaze, P. Bonnet, A. Boudin, M. Bourrelly, Cassan, Chalvet, Léonide Constans, Crousillat, A. Dupuy, C. H. Dupuy, E. Garcin, Gaut, Gautier, Glaup (Giéra), Jasmin, le marquis de la Fare-Alais, A. Mathieu, F. Mistral, Moquin-Tandon, Peyrottes, Camille Reybaud, Ricard-Bérard, Roumanille).

(On dit couramment que ce recueil fut le premier où les félibres s'affirmèrent. C'est une erreur. Sans doute on y reconnaît un certain nombre de ceux qui firent partie plus tard du groupe de Fonségugne ; mais on en

14

trouve d'autres, tels d'Astros, Bénédit, Cassan, Peyrottes, qui ne furent que très peu félibres, et aussi Jasmin et Bellot qui ne le furent pas du tout. Il ne faut
voir dans les *Prouvençalo* qu'une phase de la période
de tâtonnement qui précède toute formation de groupe, toute tentative de réforme. Le premier recueil absolument félibréen fut l'*Armana* de 1855. Au reste
Roumanille le déclare formellement : « C'est seulement depuis l'apparition du premier almanach que
nous avons eu une orthographe. C'est que l'orthographe d'une langue ne s'improvise pas et n'est pas
l'œuvre d'un jour. Félicitons-nous d'avoir en si peu
de temps constitué une espèce d'unité. » (Lettre à
Duret, 1857).

— *Roumavagi deis Troubaires*. Recueil des poésies
lues ou envoyées au Congrès des poètes provençaux,
tenu à Aix le dimanche 21 août 1853. Publié par
J. B. Gaut. Aix, Aubin, 1854.

(Y figurent : J. B. Gaut, d'Astros, F. Mistral, Rei-
ne Garde, Gimon, J. Gal, J. d'Ortigues, H. Michel,
Autheman, Léonide Constans, F. Martelly, P. Bon-
nefous, Aubert, Emery, M. Bourrelly, V. Thouron,
C. Garcin, H. Laidet, Reymonenq, F. Ricard, A.
Mathieu, Richard, J. Brunet, J. Lejourdan, Barthélé-
my-Lapommeraye, Caillat, Arnaud, Ange Grapau-
lier, Mathieu Lacroix, Ferrand, Philippe de Girard,
D Ollivier, Crousillat, Léon Alègre, abbé Lambert,
Roumanille, A. L. Granier, M. Senès, P. Garcin, J.
Fouque, Brun de Villecroze, Pierquin de Gembloux,
Hortense Rolland, Clément Fournier, Cassan, Fredol
de Magalouna (Moquin-Tandon), T. Payan, P. Bellot, F. Vidal, Laugier, Bousquet, Peyrottes, T. Aubanel, Chalvet, Tavan).

— *L'Abeillo Prouvençalo de 1858*, per uno ribam-
bello de rimaires, emé uno préfaço de J. T. Bory,
avocat. Marseille, Arnaud, 1858.

(Edité par le libraire et poète provençal Marius
Féraud ; n'a pas eu de suite. Y figurent : T. Achard,
François Arnaud, d'Astros, abbé Aubert, abbé Bay-
le, de Berluc-Perussis, Marius Chabert, de la Valette,
Antoine Castelin, Decard, abbé Emery, Marius Fé-
raud, Ferrand, Figanière, Gaut, Granier, Guieu, Mé-
rentié, Payan, Pélabon, Rampal, Ricard-Bérard, Dr
Roubaud, Roure, Sedaillon, Serre).

— *Li Nouvè de Saboly, Peyrol, Roumanille*, un
peçu d'aquéli de l'abat Lambert, em' uno mescla-
disso de nouvé viei e nou. Edicioun revisto e adou-
bado pèr lou felibre de la Miougrano (Aubanel) emé
la bono ajudo dou felibre de Bello-Visto (Mistral).
Avignon, Aubanel, 1858.

— *Un Liame de rasin*, countenènt lis obro de Castil-
Blaze, Adoufe Dumas, Jean Reboul, Glaup e T.
Poussel, reculido e publicado pèr J. Roumanille e F.
Mistral. Avignon, Roumanille, 1865. V. p. 36.)

— *Lou Dóu d'Antounieto.*

Sous ce titre à la fin du volume : *Li Belugo d'Anto-
nieto* (V. p. 34) sont réunies un certain nombre de
poésies.

— *Almanach du Sonnet.* publié par L. de BERLUC-
PERUSSIS. Aix, Remondet, 1874-1877, 4 vol.

(Quelques sonnets provençaux de ce recueil ont
été tirés à part sous les tiires : *Vingt sounet prouvençau* (1874) et *Un bouquet de campaneto* (1876).

— *Lou Libre de la Crous de Prouvènço.* Aix, Remondet-Aubin, 1874.

(La Croix de Provence a été érigée sur la montagne

Ste-Victoire, au bord de Lar, près Aix, le 18 mai 1875. Chaque face du piédestal porte une inscription : celle qui regarde Aix, c'est-à-dire la Provence, est en vers provençaux ; celle qui regarde Marseille, colonie Phocéenne, est en grec ; celle qui regarde Rome en latin ; celle qui regarde le Nord, c'est-à-dire Paris et la France, est en français. Pour l'inscription en vers provençaux un concours fut ouvert entre tous les félibres dont l'ouvrage en question renferme les envois.

— *La Calanco*, recueil de littérature provençale publié par les félibres de l'*Escolo de la Mar*. Marseille, Bérard, 1879. (Grav. d'après J. Letz.)

— *Poésies françaises et provençales*. Forcalquier, Masson, 1879.

— *Chants des Félibres*. Poésies provençales traduites en vers français par François DELILLE. Paris, Ghio, 1881.

(Il est regrettable que l'éditeur n'ait pas joint les textes originaux à ses traductions).

— *La Calanco*, ressouen II. Marseille, Olive, 1882.

— *Le Coin des Félibres*. Montélimar, Bourron, 1880-82, 2 vol.

(Publié par Maurice Viel dans l'*Alouette Dauphinoise*).

— *Passe-temps poétique et traduction en vers français d'odes et de sonnets provençaux*, par S. DUMAS. Perpignan, Latrobe, 1882.

— *Salut à l'Occitanie*. Montpellier, Hamelin, 188...

(Dans les publications de la Maintenance du Languedoc. C'est une page de Florian traduite en un certain nombre de dialectes locaux, avec préface de BERLUC-PERUSSIS.)

— *Mantenenço d'Aquitanio. Le Ramelet.* 1re année. Lavaur, Vidal 1882.

— *Mantenenço d'Aquitanio. Le Ramelet.* 2e année. Lavaur, Vidal, 1883.

— *Per l'Alsacio-Lourreno.* Paris, Maisonneuve, 1883. (Publié par Auguste FOURÈS).

— *A sa Majesta la Rèino Isabèu de Roumanio, lei felibre de la Mar.* Marseille, Imprimerie Marseillaise, 1883.

— *Les Fleurs Félibresques*, poésies provençales et languedociennes modernes, mises en vers français par Constant HENNION. Paris, Aix, Guitton-Talamel, 1883.

(C'est la meilleure anthologie félibréenne qui ait encore paru ; on y trouve les textes originaux).

— *La Cigale*, livraison artistique, française et provençale, publiée à l'occasion du quatrième Centenaire de l'Union Franco-Provençale. Marseille. Librairie Marseillaise, 1887 (illustr.)

— *Li Cantico Prouvençau.* Avignon, Aubanel, 1887. Publié par le P. Xavier de Fourvières.

— *Lou Galoi Prouvençau*, collection de chansonnettes publiée par l'éditeur Carnaud. Marseille, 1888.

— *Poètes provençaux contemporains.* Collection de la *Nouvelle Bibliothèque populaire à dix centimes.* Paris, Gautier, 1888.

— *Flous del Mietjoun* amassados dins nau departomens per dex felibres. Toulouse, Marqueste, 1889. (Sous la direction de Victor Levère).

— *Castagnado*, journal de las festos d'Alès ; (19,20, 21 octobre 1889. Montpellier, Firmin, 1889. (Dessins de Marsal).

— *Athénée de Forcalquier et Félibrige des Alpes*, Forcalquier, Crest.

(Depuis 1890, chaque année, a paru un recueil portant ce titre.

— *La Plume* (numéro spécial du 21 juin 1891) Paris, Boulevard Arago.

(Charles Maurras, rédacteur en chef de ce numéro).

— *Lou Luquet del Tarn*, bulletin mensuel du diner des Tarnais à Paris fondé par M. Desprats en 1891.

— *Revue Méridionale* (numéro de Juillet 1892, spécial aux félibres de l'Aude). Carcassonne, 3, rue Victor Hugo.

G. Jourdanne rédacteur en chef de ce numéro.

— *Chimère.* (numéro spécial de mai 1893) Montpellier, 1893.

(Paul Redonnel rédacteur en chef de ce numéro).

— *Cinq cantico sus lou caste Jousé.* Avignon, Aubanel, 1894.

(Par Marius André, F. de Baroncelli, E. Jouveau)

— *Lou bouquet nouviau de Clara e d'Augustin.* Montpellier, Firmin, 1894.

(Publié par H. Messine à l'occasion du mariage de sa fille).

Almanachs

— *Armana Prouvençau*, adouba e publica de la man di Felibre. Avignon, 1855-1897.

(V. p. 23. — Imprimé par Aubanel jusqu'en 1857 ; édité chez Roumanille depuis 1858).

— *Almanach historique, biographique et littéraire de la Provence*. Marseille, 1856-1876.

(21 vol. Publié par Alexandre Gueidon. Très peu félibréen, mais bon à consulter).

— *Armana Gascoun*. Bordeaux, 1873-1874.

— *Armana Cevenóu*. Alès, Brugueirolle,1874-1875.

(Fondateur : Arnavieille).

— *Lou Franc - Prouvençau*. Draguignan, Latil. (1855-1895).

— *Armana de Lengado*. Alais, Brugueirolle (1876-1878).

(Continuation de l'*Armana Cevenou*).

— *La Lauseto*, armanac del patrioto lengodoucian. 1877. Toulouse, Brun.

— *La Lauseta*, armanac dau patriota latin. 1878. Montpellier, Boehm.

— *La Lauseto*. 1879. Montpellier, Trouche.

— *La Lauseto*, almanac del patrioto Lati. 1885. Castres, Huc.

(Sur les 4 almanachs de la *Lauseto*, v. G. Jourdanne, *Bibliographie languedocienne de l'Aude*, article Fourès.)

— *Armana Rouman : l'Iou de Pascas*. Montpellier. 1885-1896).

— *Lou Cacho-fiò*, armana de Prouvenço et de Lengado (1881-1896.) Avignon, Durand, puis Carpentras.

(Rédigé par l'abbé Imbert, l'abbé Bresson, le frère Savinien, etc.)

— *Armana Doufinen*. (1885-1886).

— *Armana Lemousi*. Périgueux, Cassan (1884).

(Publié par J.-B. Champevel).

— *Armana Marsihés*. Marseille (1889-1896).

(Fondateur : Auguste Marin.)

— *Ormogna patoué*. Annonay, Hervé (1890-1891.)

— *Armanat Garounenc*. Villeneuve-sur-Lot (1891-1892). — Agen (1894).

(Publiés par les félibres de l'*Escolo de Jansemin*).

— *Almanac patouès de l'Ariejo*. Foix, Gadrat (1891-1897).

(Fondateurs : Gadrat et Pasquier).

— *Armana de la Sartan*. Marseille, 1892.

(Publié par le journal de ce nom.)

— *Armanac Patouès de la Bigorro*. 1893. Tarbes. Lescamela.

(Publié par Simin Palay et Michel Camélat).

— *Armanac Gascou*. (Bigorre, Béarn, Armagnac, Landes) 1894. Tarbes, Lescaméla.

(Publié par Simin Palay et Lescaméla).

— *Armana Mount-Pelierenc*. Montpellier, Hamelin (1893-1896).

(Publié par Roque-Ferrier.)

— *Armana Quercinouès* (1893).

— *Armana Cetori*. Cette (1894-1897).

— *L'Annada Lemouzina*, Brive, Verlhac (1895-1897).

(Publiée par L. de Nussac).

— **Armana populari**. Marseille (1895-1897).

COMPTE-RENDUS ET DOCUMENTS SUR LES
FÊTES FÉLIBRÉENNES

— *Concours de Poésies Provençales et Fêtes agricoles à Aix en 1864.* Aix, Remondet-Aubin, 1864.

— *Les Félibres catalans et les Félibres provençaux à St-Rémy de Provence*, par St-René Taillandier (*Revue des Deux-Mondes*, 16 novembre 1869.)

— *Pièces provençales des lauréats du concours du 23 avril 1869 à Aix*, précédées du rapport de la Commission (Jean Monné, Félix Gras, Daproty, J. B. Garnier, F. Martelly, Alphonse Michel, L. Francis, Autheman, Georges St-René Taillandier, Peise) Aix. Makaire, 1869.

— *Société académique du Var.* Discours, rapport et poésies. Toulon, Laurent, 1873.

(Rapport en vers provençaux de J. B. Gaut).

— *Fêtes littéraires et internationales. Cinquième Centenaire de la mort de Pétrarque*, célébré à Vaucluse et à Avignon les 18, 19 et 20 juillet 1874. Avignon, Gros, 1874.

— *Fête séculaire et internationale célébrée en Provence en 1874* ; procès-verbaux et vers inédits. Aix, Remondet 1874.

— *Lou Mie-Milenàri de messer Francès Petrarquo,* e lettro sus lou museon de Vau-cluso, par FRANÇOIS VIDAL, Aix, 1874.

— *Discours de Teodor* AUBANEL *per lou Centenàri de Petrarco*, segui dou raport de Félis Gras. Avignon, Aubanel, 1874.

— *Discours de Teodor* AUBANEL *per li festo de N. D. de Prouvenço,* Avignon, Aubanel, 1875.

— *Concours philologique et littéraire de Montpellier,* 1875. Montpellier, Société des langues Romanes.

— *Deuxième centenaire de Saboly* célébré à Monteux (Vaucluse). Le 21 août 1875. Avignon Seguin.

— *Uno felibrejado a-z-Ais.* Aix, Remondet, 1875 (?)

— *Lou Libre de N. D. de Prouvènço.* Forcalquier, Masson, 1876. Recueil des pièces de vers et de prose, provençales et françaises, composée pour les fêtes religieuses et littéraires célébrées à Forcalquier en septembre 1875 à l'occasion de la consécration de la chapelle de N. D. de Provence.

Cartabèu de Santo-Estello, recuei dis ate ouficiau dou Felibrige en 1876. Nîmes, Baldy, 1877.

(Très important. Renferme : Le compte-rendu de la séance où furent votés les Statuts de 1876 ; la liste des majoraux français et catalans ; la Chanson de la Coupe ; la liste des félibres mainteneurs de Provence et celle des félibres mainteneurs de Languedoc ; le discours d'Aubanel à la Maintenance de Pro-

Auguste FOURÈS

(D'après le cliché de la Muso Silvestro)

vence, et celui du baron de Tourtoulon à celle de Languedoc ; l'autorisation administrative du Félibrige.

— *Brinde pourtat dins la granda assemblada dau Felibrige* (le 21 mai 1876) par Charles de TOURTOULON. Montpellier, Hamelin, 1876.

— *Les Fêtes du couronnement de Ste-Anne* des 9 et 10 Septembre 1877 et les Jeux Floraux Aptésiens, par Charles CAVALLIER. Montpellier, Grollier, 1878.

— *La Cigale à Arles* par L. APARICIO ; préface de Henri de Bornier. Paris, Schmidt, 1877 (eau-forte).

(Documents français et provençaux sur les fêtes données à Arles par les Cigaliers de Paris en septembre 1877).

— *Mistral à Toulouse*, félibrée du Dimanche 4 mai 1879 avec les poésies qui s'y sont dites. Toulouse, Sistac et Boubée, 1879.

— *Les Félibres et les Cigaliers sur la tombe de Florian* par Jean du Gardon. Aix, Remondet, 1879.

— *Uno felibrejado a-z-Ais. Bèu premier acamp de l'Escolo de Lar*, 1879.

— *Félibrée de St-Clément*, au chateau de ce nom près Volx (Basses-Alpes) du 21 septembre 1879, par Ch. de GANTELME-D'ILLE. Forcalquier, Masson, 1879.

— *Couronnement du buste de Mistral et félibrée de l'Escolo* de Lar. Aix, Imprimerie Provençale, 1880.

— *Ste-Estelle à Roquefavour* (23 mai 1880) ; compte-rendu par L'*Escolo de Lar*. Aix. Impr. Prov. 1880.

— *L'Ecole des Félibres du Var*, sa fondation, son règlement. Draguignan, Latil, 1880.

— *Félibrée de St-Maime*. Forcalquier, Masson, 1880.

— *Constitution et règlement de* l'Escolo de Belanda à Nice. Nice, Cauvin, 1881.

— *Li Laren à Marsiho.* Aix, Impr. Prov. 1881.

— *Cartabéu de Santo-Estello, 1877-1882.* Marseille 1882, publié par le chancelier V. Lieutaud.

(Renferme les actes officiels ìu Félibrige de 1877 à 1882. — Il n'en a pas paru d'autre, la Revue *Lou Felibrige* de Jean Mouné, la *Revue Félibréenne* et *l'Aiòli* étant censés en tenir lieu).

— *Félibrée de Lurs* (4 juillet 1881), publication de l'*Escolo* dis Aup. Forcalquier, Masson.

— *Felibrige. Maintenance de Languedoc.* Montpellier, Hamelin.

(De 1881 à 1883 il a paru sous ce nom quelques fascicules renfermant les actes officiels de la Maintenance et quelques œuvres félibréennes).

— *Maintenance de Provence,* compte-rendu de l'assemblée tenue à Nice le 5 mars 1882. Aix. Imp. Provençale 1882.

— *Le Félibrige à Nice,* inauguration de l'*Escolo de Belanda,* par la Maintenance de Provence. Nice, Malvano, 1882.

— *Jeux Floraux de Provence.* Fêtes Latines et Internationales de Forcalquier et de Gap (mai 1882) Gap, Richaud, par Charles de GANTELME D'ILLE.

— *Lou Felibrige e l'Empèri dou Souléu,* causerie faite par MISTRAL au Cercle Artistique de Marseille le 25 novembre 1882. Montpellier, Hamelin.

(A paru dans le recueil : *Maintenance de Languedoc* numéro de janvier 1883),

— *L'idée Latine et le Félibrige à Marseille* (25 novembre 1882) par F. DONNADIEU.

— *Maintenance d'Aquitaine. Le Ramelet* (1882-1883) (V. aux recueils collectifs).

— *Maintenance de Provence*, réunion des 27 et 28 mai 1883, tenue à St-Raphaël. Aix. Impr. Provençale, 1883.

— *Le Centenaire de Favre*, journal illustré, paru les 22, 23, 24 et 25 mai 1884, contenant les œuvres choisies de Favre, ainsi que les documents relatifs à cette solennité. Montpellier, Grollier, 1884.

— *Les Félibres d'Aix à Hyères*. Aix. Remondet, 1885. Recueil des félibres de l'*Escolo de Lar*.

— *Le Livre d'or du Congrès des Félibres d'Aquitaine* par LAFONT DE SENTENAC. Foix Pomiès, 1886.

— *Compte rendu de la félibrée inaugurale* de l'Escolo de Caussado (28 mai 1885) par A. ROUDOULY. Lavaur, Vidal, 1886.

— *Carmen Sylva e Jacinto Verdaguer*, discours tengut davans la Cour d'amour del Mas de Cotte, lou 5 Jullet 1886. Montpellier, 1887. (Prononcé par Fr. Donnadieu).

— *Règlement de l'Ecole de Lerins*. Cannes, Robaudy, 1888.

— *Inauguration du pont d'Oraison*, avec les poésies provençales qui y ont été dites, Digne, Chaspoul, 1888.

— *Le Journal des fêtes romaines d'Orange*. Avignon, 1888 grav. musique.

— *Félibrée des Brandons*, par l'Escolo de Lar. Aix, Makaire, 1888.

— *Raport sus lou councours pouetic e literari de Gange*. Montpellier, Impr. Centrale, 1888.

— *Félibrée de Labrillane*. Forcalquier, Bruneau, 1888.

— *Théodore Aubanel*, inauguration du monument élevé à Sceaux à sa mémoire, avec les documents, discours, portraits, etc. Montpellier, Hamelin, 1889.

— *Félibrée du 8 Juillet 1889*. Aix, Remondet.

— *Souvenir du Concours de N.-D. de la Sedo*. Aix, Illy, 188...

— *Des Alpes aux Pyrénées, étapes félibréennes* (fêtes Gasconnes et Pyrénéennes d'août 1890) par Paul ARÈNE et Albert TOURNIER. Paris, Marpon, 1891.

— *Le voyage des Félibres et des Cigaliers sur le Rhône et le littoral*. (7-16 août 1891) par P. MARIETON. Paris, Savine, 1891.

— *Les Fêtes félibréennes et cigalières* (1891) par Louis Gallet. Paris, Chamerot, 1892.

— *La Comtesse de Die*, sa vie, ses œuvres complètes, les fêtes données en son honneur (août 1888) avec tous les documents par Sernin SANTY. Paris, Picard, 1893.

— *Ste-Estelle à Carcassonne* (10, 11, 12 mai 1893) par A. ROUQUET, G. JOURDANNE, etc. Carcassonne, Revue Méridionale, 1893, grav.

— *Rhône et Provence*, compte-rendu des fêtes félibréennes et cigalières de 1894 par Sernin SANTY. Avignon, Roumanille, 1894.

— *Journée Félibréenne* (inauguration des monuments Pasteur, Florian, Boissier de Sauvages, avec le discours prononcé par G. Jourdanne à l'inauguration du buste de ce dernier). Alais, 1896.

(Publié par Alcide Blavet et Emile Crespon).

— Collections de l'*Armana Prouvençau* et de la *Revue Félibréenne*.

ETAT CIVIL

DES MAJORAUX DU FÉLIBRIGE

Majoraux actuellement vivants

1814. Antoine-Blaise CROUSILLAT, né à Salon.

1820. Junior SANS, né à Béziers.

1820. Alexandre LANGLADE, né à Lansargues (Hérault).

1822. Achille MIR, né à Escales (Aude).

1822. Jean LAURÈS, né à Villeneuve-les-Béziers.

1824. Carles de CARBONNIÈRES, né à Castres.

1825. Sextius MICHEL, né à Senas (Bouches-du-Rhône).

1825. A. CHASTANET, né à Mussidan.

1827. Jean-François BLADÉ, né à Lectoure (Gers).

15

1828. Jean CASTELA, né à Autefeuille-Lagarde.

1828. TAMIZEY DE LARROQUE, né à Gontaud.

1829. Camille LAFORGUE, né à Quarante (Hérault).

1830. Frédéric MISTRAL, né à Maillane (Bouches-du-Rhône).

1831. Eugène PLAUCHUD, né à Forcalquier.

1831. Camille CHABANEAU, né à Nontron.

1832. François VIDAL, né à Aix (Bouches-du-Rhône).

1832. Rémy MARCELIN, né à Carpentras.

1832. Léonce COUTURE, né à Cazaubon (Gers).

1833. Alphonse TAVAN, né à Chateauneuf-de-Gadagne.

1833. Antonin GLAIZE, né à Montpellier.

1834. Le chanoine ROUX, né à Tulle.

1834. Alfred CHAILAN, né à Marseille.

1835. De BERLUC-PERUSSIS, né à Apt.

1838. Marius GIRARD, né à St-Rémy de Provence.

1838. Jean MONNÉ, né à Perpignan.

1839. Joseph HUOT, né à Aix (Bouches-du-Rhône).

1841. Le baron GUILLIBERT, né à Aix (Bouches-du-Rhône).

1843. Frédéric DONNADIEU, né à Béziers.

1843. Louis-Xavier de RICARD, né à Fontenay-sous-Bois, près Paris.

1844. Albert ARNAVIELLE, né à Alais.

1844. Le frère SAVINIEN, né à Villeneuve-d'Avignon.

1844. Victor LIEUTAUD, né à Apt.

1844. Félix GRAS, né à Malemort (Vaucluse).

1845. Léopold CONSTANS, né à Milhau.

1845. E. MARSAL, né à Montpellier.

1846. Alexis MOUZIN, né à Avignon.

1848. F. PASCAL (l'abbé), né à l'Espine (Htes-Alpes).

1850. Maurice FAURE, né à Saillans (Drôme).

1850. Malachie FRIZET, né à Pernes (Vaucluse).

1853. Dom XAVIER DE FOURVIÈRES, né à Roubion (Vaucluse).

1857. Louis ASTRUC, né à Marseille.

1858. Gaston JOURDANNE, né à Carcassonne.

1859. Paul CHASSARY, né à Grabels (Hérault).

1859. Pierre BERTAS, né à Marseille.

1860. Valère BERNARD, né à Marseille.

1861. Antonin PERBOSC, né à Labarthe (Tarn-et-Garonne.

1862. Paul MARIÉTON, né à Lyon.

1865. Maurice RAIMBAULT, né à Cannes.

Majoraux décédés.

ARÈNE (Paul) né à Sisteron en 1843, mort à Antibes, en 1896.

AUBANEL (Théodore), né à Avignon en 1829, mort à Avignon en 1886.

AZAIS (Gabriel), né à Béziers en 1805, mort à Béziers en 1888.

BARTHÈS (Melchior),né à St-Pons de Thomières en 1818, mort à St-Pons de Thomières en 1886.

BONAPARTE-WYSE (William) né à Waterford (Irlande) en 1826, mort à Cannes en 1892.

BOURRELLY (Marius) né à Aix en 1820, mort à Marseille en 1896.

BRUNET (Jean) né à Avignon en 1822, mort à Avignon en 1894.

CASSINI (Jules) né à Morières-d'Avignon en 1847, mort à Avignon en 1896.

DELILLE (François) né à Marseille en 1817, mort à St-Nazaire-beau-port (Var) en 1889.

FOURÈS (Auguste) né à Castelnaudary en 1848, mort à Castelnaudary en 1891.

GAIDAN (Jean) né à Nîmes en 1809, mort à Nîmes en 1883.

GAUSSEN (Paul) né à Alais en 1845 mort à Alais en 1893.

GAUT (Jean-Baptiste) né à Aix en 1819, mort à Aix en 1891.

GRIVEL (Roch) né à Crest (Drôme) en 1816, mort à Crest en 1888.

MATHIEU (Anselme) né à Chateauneuf-du-Pape en 1830, mort à Chateauneuf-du-Pape en 1895.

MICHEL (Alphonse) né à Mormoiron en 1837, mort à Marseille en 1893.

PONCY (Charles) né à Toulon en 1821, mort à Toulon en 1891.

ROUMANILLE (Joseph) né à St-Rémy de Provence en 1881, mort à Avignon en 1891.

ROUMIEUX (Louis) né à Nîmes en 1829, mort à Marseille en 1894.

ROUSSEL (Ernest) né à Nîmes en 1827, mort à Nîmes en 1884.

SARDOU (Léandre) né au Canet près Cannes en 1803, mort à Cannes en 1894.

DE TOULOUSE-LAUTREC (Comte) né à Rabastens en 1828, mort à Lavaur en 1888.

VERDOT (Auguste) né à Eyguières (Bouches-du-Rhône) en 1823, mort à Marseille en 1883.

Démissionnaires actuellement vivants

1836. Le baron Charles de TOURTOULON, né à Montpellier.

1844. Alphonse ROQUE-FERRIER, né à Montpellier.

? Paul BARBE, né à Buzet (Hte-Garonne).

MAJORAUX CATALANS

NOMMÉS LE 21 MAI A AVIGNON [1]

1. Marian AGUILO Y FUSTER, bibliothécaire de la ville de Barcelone, maître en gai savoir,

2. Victor BALAGUER, auteur d'une *Histoire de Catalogne*, maître en gai savoir.

3. Adolphe BLANCH Y CORTADA, historien catalan, maître en gai savoir.

4. Antoine de BOFARULL, auteur d'une *Histoire de Catalogne*, poète catalan.

5. Damase CALVET, de Figuières, poète catalan, le premier qui vint serrer la main aux Provençaux *(sic)*.

6. Antoine CAMPS Y FABRÈS, poète catalan, maître en gai savoir.

7. Monseigneur Jacques COLELL, poète catalan, maître en gai savoir.

(1) V. ci-dessus p. 76 et 81.

8. Louis CUTCHET, écrivain catalan, auteur de l'*Histoire du Siège de Girone*.

9. Thomas FORTEZA, poète de Majorque, maître en gai savoir.

10. Théodore LLORENTE, poète et publiciste de Valence.

11. MILA Y FONTANALS, auteur d'un *Romancerillo catalan* et d'un ouvrage sur les *Troubadours provençaux en Espagne*.

12. Jean MONTSERRAT Y ARCHS, romaniste et naturaliste catalan.

13. Louis PONS Y GALLARZA, écrivain catalan, maître en gai sevoir.

14. Joseph QUADRADO, archiviste de l'île Majorque.

15. Vincent Wenceslas QUEROL, poète, de Valence.

16. Albert de QUINTANA, poète catalan, auteur du *Comte d'Urgell* et de la *Conquête de Majorque*.

17. Jérome ROSSELLO, auteur du *Jongleur de Majorque*, maître en gai savoir.

18. Frédéric SOLER, auteur dramatique catalan, maître en gai savoir.

19. José-Maria TORRES, écrivain de Valence.

20. Pierre Antoine de TORRES, auteur dramatique catalan.

21. François UBACH Y VINYETA, auteur dramatique catalan, maître en gai savoir.

1876

Syndic de la Maintenance catalane : Albert de Quintana.

1883

Syndic : Louis Cutchet.
Vice-Syndics : Th. Llorente ; Jérome Rossello.
Secrétaire : Matheu y Fornells.

Prouven-çau, vei-cîo-i

_lan : A-de-rèng beguen nai

TOUTI EN COR.

plant. Coupo san-to o

bord, Vue-jo a-bord Lis estra

Prouvençau, veici la Coupo Que nous vèn di Catalan : A-de-rèng beguen en troupo Lou vin pur de noste plant !	Provençaux, voici la Coupe Qui nous vient des Catalans : Tour-à-tour buvons ensemble Le vin pur de notre crû.
Coupo santo *E versanto,* *Vuejo à plen bord,* *Vuejo abord,* *Lis estrambord* *E l'enavans di fort.*	*Coupe sainte* *Et débordante,* *Verse à pleins bords,* *Verse à flots* *Les enthousiasmes* *Et l'énergie des forts !*
D'un vièi pople fièr e libre Sian bessai la finicioun ; E, se toumbon li Felibre, Toumbara nosto nacioun.	D'un ancien peuple fier et libre Nous sommes peut-être la fin ; Et si les Félibres tombent, Tombera notre nation.
Coupo santo, etc.	*Coupe sainte, etc.*
D'uno raço que regreio Sian bessai li proumié gréu ; Sian bessai de la patrio Li cepoun emai li prièu.	D'une race qui regerme Peut-être sommes-nous les premi [ers jets ; De la patrie peut-être nous sommes Les piliers et les chefs.
Coupo santo, etc.	*Coupe sainte, etc.*

UPO

Cou-po Que nous vèn di Ca_ta_

J trou_po louvin pur de nos_te

san _ to, Vue - jo a plen

oword E, l'en_a_vans di fort !

Vuejo-nous lis esperanço
E li raive dou jouvent,
Dou passat la remembranço
E la fe dins l'an que vèn.

 Coupo santo, etc.

Vuejo-nous la couneissènço
Dou Verai emai dou Bèu,
E lis àuti jouïssènço
Que se trufon dou toumbèu.

 Coupo santo, etc.

Vuejo-nous la Pouësio
Per canta tout ço que vièu,
Car es elo l'ambrousio
Que tremudo l'ome en dièu.

 Coupo santo, etc.

Pèr la glori dou terraire
V'autre enfin que sias counsènt,
Catalan, de liuen, o fraire,
Coumunien toutis ensèn !

 Coupo santo, etc.

   (Avoust 1867)

Verse-nous les espérances
Et les rêves de la jeunesse,
Le souvenir du passé
Et la foi dans l'an qui vient.

 Coupe sainte, etc.

Verse-nous la connaissance
Du Vrai comme du Beau,
Et les hautes jouissances
Qui se rient de la tombe.

 Coupe sainte, etc.

Verse-nous la poésie
Pour chanter tout ce qui vit,
Car c'est elle l'ambroisie
Qui transforme l'homme en Dieu

 Coupe sainte, etc.

Pour la gloire du pays
Vous, enfin, nos complices,
Catalans, de loin, ô frères
Tous ensemble communions.

 Coupe sainte, etc.

   (Août 1867)

(Traduction de l'auteur : *Lis Isclo
d'or*, p. 41)

Grands Jeux Floraux Septennaires

.

1878

Célébrés à Montpellier, lors de ce qu'on a appelé les *Fêtes Latines*.

Poète-Lauréat : J. Marti y Folguera, majoral catalan.

Reine du Félibrige. Madame Frédéric Mistral, proclamée par M. Albert de Quintana, représentant le poète-lauréat empêché.

(On ne décerna pas d'autres grands prix.)

1885

Célébrés à Hyères.

Poète-Lauréat : Mlle Alexandrine Brémond, aujourd'hui Mme Joseph Gautier.

Lauréat de la prose. M. Charles Senès dit *la Sinso.*

Reine du Félibrige : Mlle Thérèse Roumanille, aujourd'hui Mme Boissière, proclamée par Mlle Alexandrine Brémond.

Propagande étrangère : M. Paul Mariéton.

1892

Célébrés aux Baux.

Poëte-lauréat. M. Marius André.

Lauréat de la prose. M. Baptiste Bonnet.

Reine du Félibrige. Mlle Marie Girard, aujour-
d'hui Mme Joachim Gasquet.

Propagande étrangère. Plusieurs *ajudaires* étrangers.

Statuts de 1862[1]

E N présence de la rapide extension de la renaissance provençale et de l'intérêt croissant que le peuple lui porte, le Félibrige, après délibération tenue en ville d'Apt, décide de faire connaître ses Statuts ainsi que la liste de ses membres.

Que si l'on s'étonnait de ne pas trouver dans cette liste tels ou tels noms de grand mérite, il faut remarquer que le nombre des félibres est sacramentellement septennaire et fixe, de telle sorte que la maison ne peut s'agrandir à moins, ce qui n'est pas à souhaiter, que la mort ne vienne éclaircir les rangs des premiers titulaires.

Article 1. Le Félibrige a pour but de conserver longtemps à la Provence sa langue, son caractère, sa liberté d'allure, son honneur national et sa hauteur d'intelligence, car telle qu'elle est la Provence nous plait. Par Provence nous entendons le midi de la France tout entier.

V. ci-dessus p. 60. — Tràduit de l'*Armana Prouvençau*, 1863.

Article 2. Le Félibrige est gai, amical, fraternel, plein de simplicité et de franchise. Son vin est la beauté, son pain est la bonté, son chemin est la vérité. — Il a le soleil pour flambeau, il tire sa science de l'amour et place en Dieu son espérance.

Article 3. Sont admis comme Félibres ou Félibresses, ceux qui ont marqué notoirement, de quelque manière que ce soit, leur amour pour la Provence. Les admissions se font par élection à la majorité des voix. Le Capoulié, le Secrétaire et le Trésorier sont nommés à vie.

Article 4. Le Félibrige comprend 7 sections et chaque section se compose de 7 membres, ce qui, avec le Capoulié qui est hors de compte, fait 50 félibres.

Les deux premières sections sont celles du gai-savoir, ce qui est juste, car c'est le gai-savoir qui a suscité le Félibrige ; les 14 membres des deux premières sections sont, à cause de cela, nommés *félibres cabiscols*.

La troisième section est celle des écrivains qui ont étudié l'histoire de la Provence, qui découvrent les origines de notre langue, ou qui font connaître nos vieux monuments.

La quatrième est celle des musiciens qui ont agréablement écrit des airs sur des paroles provençales.

La cinquième est celle des peintres, sculpteurs, graveurs, architectes, qui s'inspirent par dessus tout de la nature provençale ou qui enrichissent la Provence de leurs œuvres.

La sixième est celle des savants, quelle que soit leur spécialité, qui ont mis leur science au service de notre pays.

La septième est celle des amis, de toute condition ou de toute langue, qui ouvertement, d'une façon notable et de bon cœur, donnent leur aide au Félibrige.

Article 5. Les Félibres, une fois par an, peuvent se réunir où il leur plaît en séance solennelle et surtout dans les villes qui les appellent. Les réunions publiques du Félibrige portent le nom de Jeux Floraux, et quand on tient conseil les voix des Félibresses sont dominantes en cas de partage.

Article 6. Les Jeux Floraux, toujours présidés par un Consistoire de 7 Cabiscols, décernent des récompenses, des prix et des mentions d'honneur à ceux qui ont le mieux traité les sujets félibréens.

Article 7. Le Félibrige a 50 mainteneurs qui accompagnent les 50 félibres. Chaque mainteneur paie 20 francs par an ; avec son titre, qu'il reçoit en un beau diplôme signé des Cabiscols, il a droit de prendre place aux Jeux Floraux comme membre d'honneur ; il a droit aussi à toutes les publications. Cette cotisation, déposée entre les mains du Trésorier sert à payer les dépenses des Jeux Floraux et les publications du Gai-savoir.

N. B. — Les prétendants au titre de mainteneur peuvent se faire inscrire chez Roumanille, libraire à Avignon.

MEMBRES DU FÉLIBRIGE

1. Frédéric Mistral, de Maillane, *capoulié* du Félibrige.

I et II

Section du Gai-savoir

2. Joseph Roumanille, de St-Rémy, secrétaire du Félibrige.

3. Theodore Aubanel, d'Avignon, trésorier du Félibrige.
4. L'abbé Aubert, d'Arles, aumônier du Félibrige.
5. Jean Brunet, d'Avignon.
6. Antoine Crousillat, de Salon.
7. Rose-Anaïs Gras, de Malemort.
8. Jean-Baptiste Gaut, d'Aix.
9. L'abbé S. Lambert, de Beaucaire.
10. Ludovic Legré, de Marseille.
11. Jean-Baptiste Martin, d'Avignon.
12. Anselme Mathieu, de Châteauneuf-du-Pape.
13. Louis Roumieux, de Nîmes.
14. Alphonse Tavan, de Châteauneuf-de-Gadagne.
15. Victor-Quintius Thouron, de Toulon.

III

Section de l'Histoire, de la Linguistique et de l'Archéologie

16. Paul Achard, d'Avignon.
17. Léon Alègre, de Bagnols (Gard).
18. Gabriel Azaïs, de Béziers.
19. Jules Canonge, de Nîmes.
20. Jules Courtet, de l'Isle.
21. Eugène Garcin, d'Alleins.
22. Amédée Pichot, d'Arles.

IV

Section de la Musique

23. Emile Albert, de Montpellier.
24. Marius Audran, d'Aix.
25. A. Dau, d'Avignon.
26. Félicien David, de Cadenet.

27. Jules Gaudemar, d'Avignon.
28. Bonaventure Laurens, de Carpentras.
29. François Seguin, d'Avignon.

V

Section de la Peinture, de la Sculpture, de la
Gravure et de l'Architecture

30. Vincent Cordouan, de Toulon.
31. Estève Cournaud, de Carpentras.
32. Doze, de Nîmes.
33. Fulconis, d'Avignon.
34. Pierre Grivolas, d'Avignon.
35. Julles Salles, de Nîmes.
36. Louis Veray, de Barbentane.

VI

Section des Sciences

37. Dr Camille Bernard, de Saignon (Vaucluse).
38. Norbert Bonafous, d'Alby.
39. Comtesse Clémence de Corneillan, de Lourma-
rin.
40. Dr Dugas, de St-Gil'es.
41. Moquin-Tandon, de Montpellier.
42. Charles de Ribbe, d'Aix.
43. François Vidal, d'Aix.

VII

Section des Amis

44. Guillaume Bonaparte-Wyse, d'Irlande.
45. L'abbé Bayle, de Marseille.

16

46. Damase Calvet, de Catalogne.
47. Dᵣ D'Astros, de Tourves.
48. Alphonse Daudet, de Nimes.
49. Jean Reboul, de Nimes.
50. Saint-René Taillandier, de Paris.

Statuts de 1876 [1]

Art. 1er. — Le Félibrige a pour but de réunir et stimuler les hommes qui par leurs œuvres, sauvent la langue du pays d'Oc, ainsi que les savants et les artistes qui étudient et travaillent dans l'intérêt de ce pays.

Fondée le jour de Ste-Estelle, le 21 mai 1854, cette association s'est constituée et organisée dans la grande assemblée tenue en Avignon le 21 mai 1876.

Art. 2. — Sont interdites dans les réunions félibréennes les discussions politiques et religieuses.

Art. 3. — Une étoile à 7 rayons est le symbole du Félibrige, en mémoire des sept Félibres qui l'ont fondé à Fontségugne, des 7 Troubadours qui jadis fondèrent les Jeux Floraux de Toulouse, et des 7 Mainteneurs qui les ont restaurés à Barcelone en 1859.

Art. 4. — Les Félibres se divisent en *majoraux* et *mainteneurs* : ils se relient par les *Maintenances* qui

(1) Traduit du te × te provençal.

correspondent à un grand dialecte de la langue d'oc. Les Maintenances se divisent en *Ecoles*.

DES FÉLIBRES MAJORAUX ET DU CONSISTOIRE

Art. 5. — Les Félibres majoraux sont choisis parmi ceux qui ont le plus contribué à la Renaissance du Gai-Savoir. Ils sont au nombre de cinquante et leur réunion porte le nom de *Consistoire Félibréen*. Le Consistoire se renouvelle comme il va être dit.

Art. 6. — A la mort d'un Majoral tous les félibres mainteneurs sont avisés par les soins du Chancelier et ceux d'entr'eux qui désirent posséder le siège vacant, adressent au Consistoire, dans la quinzaine, une demande écrite où ils font valoir leurs titres.

Le Bureau du Consistoire aura aussi le droit de prendre l'initiative d'une candidature, en se conformant aux conditions énoncées par l'article 12. Le Chancelier fera connaître aux Majoraux, par une circulaire, les candidatures posées et l'élection aura lieu à la majorité des voix en séance consistoriale. Les majoraux présents ont seuls droit de suffrage ; au cas de partage, la voix du Capoulié ou celle de son remplaçant à la présidence, entraîne le vote.

Art. 7. — La réception solennelle du nouvel élu aura lieu pour Ste-Estelle, anniversaire du Félibrige. Un membre du Consistoire, à ce désigné, le complimentera publiquement, et le récépiendaire, dans sa réponse, fera l'éloge de son prédécesseur.

Art. 8. — Le Bureau du Consistoire se compose du *Capoulié*, des *Assesseurs* et des *Syndics*, ainsi que du *Chancelier* et du *Vice-Chancelier*.

Le Capoulié préside les assemblée générales du

Félibrige, les réunions consistoriales et le bureau du Consistoire.

Les Assesseurs remplacent le Capoulié empêché ; la présidence est déférée à celui que le Capoulié désigne, et au plus âgé au cas de non désignation.

Il y a autant d'assesseurs que de Maintenances, et chaque Maintenance a aussi un syndic chargé de l'administrer.

Le Chancelier garde les archives, tient la correspondance et perçoit la cotisation des félibres Majoraux. Le vice-Chancelier le remplace au besoin.

Art. 9. — Le Bureau est élu pour trois ans dans la séance consistoriale de Ste-Estelle. Le vote a lieu au scrutin secret. Les Majoraux absents peuvent voter par correspondance pouvu que leurs bulletins soient signés.

Le Capoulié est nommé par les Majoraux, mais c'est lui seul qui nomme le Chancelier et le vice-Chancelier.

Les Assesseurs et les Syndics sont nommés par les Majoraux de leur Maintenance.

Le Capoulié sortant proclame le nouveau bureau à la réunion de Ste-Estelle.

Art. 10. — Le Consistoire peut modifier les statuts sur la demande écrite de 7 félibres. Il peut exclure les indignes. Il peut dissoudre les Ecoles qui violent les statuts. Il peut casser les décisions des Maintenances. Il peut se prononcer sur les questions grammaticales ou orthographiques. Pour toutes ces décisions les deux tiers des suffrages sont nécessaires. Si le nombre des suffrages exprimés compte une voix de moins qu'un multiple de 3, le Capoulié ou son remplaçant peut donner une voix de plus ; si au contraire le nombre des suffrages exprimés est supérieur d'une unité, il en sera tenu compte pour le calcul de la majorité.

Le Consistoire peut, à la majorité simple, nommer des Majoraux, des associés (*soci*) ainsi que des délégués pour le représenter ; il peut créer des Maintenances. Il règle l'emploi de ses revenus.

Les membres présents ont seuls droit de vote et, en cas de partage, la voix du Capoulié ou de son remplaçant est prépondérante.

Art. 11. — Les décisions du Consistoire doivent être signées du Capoulié ainsi que du Chancelier et du vice-Chancelier ; elles sont contresignées par l'assesseur de la Maintenance à laquelle la décision est relative. Lorsque la décision intéresse le Félibrige entier elle doit être contresignée par tous les assesseurs.

Art. 12. — Dans l'intervalle des sessions du Consistoire, le bureau jouira de tous les droits consistoriaux, sauf de ceux qui concernent : la modification des statuts, le pouvoir de se prononcer sur les question grammaticales ou orthographiques, et la nomination des Majoraux ou des auxiliaires.

L'exclusion d'un félibre ou la dissolution d'une Ecole félibréenne ne peuvent avoir lieu qu'à la majorité des deux tiers des voix. Cette majorité doit être : 2 sur 3, 3 sur 4, 4 sur 5, 4 sur 6, 5 sur 7, 6 sur 8, 6 sur 9, 7 sur 10. — S'il y a plus de 10 votants on suivra la règle prescrite par l'article 10.

Lorsqu'un siège de Majoral est vacant le bureau peut poser une ou plusieurs candidatures, mais pour cela l'unanimité des suffrages exprimés est nécessaire.

Les membres du bureau peuvent voter par écrit, et leurs bulletins seront conservés aux archives.

Art. 13. — Cependant l'exclusion d'un membre ou la dissolution d'une Ecole ne peuvent être prononcées que provisoirement par le bureau qui devra soumettre sa décision au Consistoire. Le Consistoire peut annuler cette décision pouvu que cette annulation soit prononcée par les deux tiers des suffrages exprimés.

Le félibre coupable, ou l'Ecole fautive peuvent se défendre devant le Consistoire.

Art. 14. — Le Capoulié a la direction du Félibrige ; il réunit le Consistoire et son bureau ainsi que les assemblées générales. Il autorise ou repousse les candidatures de félibres mainteneurs avant leur présentation devant l'assemblée de la Maintenance.

Art. 15. — Dans les félibrées le Capoulié a pour insigne l'*Etoile d'or à 7 rayons* et les Majoraux la *Cigale d'or*.

Art. 16. — Chaque Cigale recevra du Consistoire un nom particulier qu'elle gardera à perpétuité.

DES FÉLIBRES MAINTENEURS

Art. 17. — Les Félibres mainteneurs sont en nombre illimité.

Art. 18. — Ceux qui voudront posséder ce titre devront s'adresser au bureau de la Maintenance de laquelle dépend leur dialecte natal.

Le bureau accepte ou repousse la demande ; dans le premier cas elle est transmise au Capoulié.

Si celui-ci donne un avis favorable la demande est de nouveau soumise à la réunion de la Maintenance qui se prononce en dernier ressort.

Art. 19. — La Maintenance dès qu'elle a ouvert

sa réunion, statue sur les demandes d'admission. Un délégué va aussitôt chercher les nouveaux élus qui prennent place à table à côté du syndic.

Art. 20. — Dans les réunions félibréennes, les mainteneurs portent comme insigne une *Pervenche d'argent*.

DES MAINTENANCES

Art. 21. — On entend par Maintenance la réunion des félibres d'un grand dialecte de notre langue d'oc.

Art. 22. — Le bureau de la Maintenance se compose du *syndic*, de deux ou trois *vice-syndics*, des *cabiscols* de la Maintenance, et d'un *secrétaire*.

Le Syndic préside les assemblées de la Maintenance. — En cas d'empêchement il est remplacé par le vice-syndic qu'il désigne, et à défaut de désignation par le plus âgé.

Les *Cabiscols* administrent les Ecoles.

Le *Secrétaire* tient les archives et la correspondance. Il perçoit la cotisation des félibres mainteneurs.

Art. 23. — Le bureau de la Maintenance est élu pour trois ans.

Le syndic est nommé comme il est dit à l'article 9.

Les vice-syndics et le secrétaires sont nommés par les félibres de la Maintenance.

Les Cabiscols sont élus par les écoles conformément à l'article 30.

Art. 24. — La Maintenance peut créer des Ecoles en se conformant aux articles 28 et 29. Elle nomme les félibres mainteneurs conformément à l'article 18. Elle peut célébrer des fêtes littéraires ou artistiques ainsi que des Jeux Floraux, soit d'elle-même, soit en se concertant avec des Sociétés ou avec des villes. Elle règle la disposition de ses revenus.

Les Félibres présents aux réunions de Maintenance ont seuls droit de vote.

Enfin les Majoraux qui ne font pas partie du bureau de la Maintenance n'ont pas le droit de voter sur les dépenses.

Art. 25. — Dans l'intervalle des réunions le Bureau a tous les droits de l'assemblée de Maintenance excepté celui de nommer des félibres Mainteneurs Il a le droit de poser des candidatures au titre de Mainteneur, mais en ce cas l'unanimité des voix est nécessaire. Les membres du Bureau peuvent voter par écrit et leurs bulletins de vote sont conservés aux archives.

Art. 26. — Le Syndic administre la Maintenance ; il en réunit les assemblées ainsi que celles du Bureau. Enfin, chaque année, dans la réunion générale de Ste-Estelle il fait un rapport sur les travaux effectués

Art. 27. — Dans les assemblées de Maintenance, le Syndic porte une *Etoile d'argent à sept rayons.*

DES ÉCOLES

Art. 28. — L'Ecole est la réunion des félibres d'une même région. Elle a pour but l'émulation, l'enseigne·ment des uns aux autres ou la collaboration à des travaux communs.

L'Ecole est constituée par décision de Maintenance sur la demande de sept félibres habitant le même centre.

Art. 29. — Les Félibres qui veulent créer une Ecole font eux-mêmes leur règlement tout en se conformant à l'esprit des Statuts et à l'obligation prescrite par l'article 7 ; ils le transmettent par écrit en même temps que leur demande au Bureau de la Maintenance, et ne peuvent sans l'autorisation de celle-ci modifier leur règlement.

Art. 30. — L'Ecole élit elle-même son bureau dont le Président porte le titre de *Cabiscol* et fait partie du bureau de la Maintenance comme il est dit à l'article 22.

Chaque année, à la réunion de la Maintenance, le Cabiscol fait un rapport sur les travaux et les progrès de son Ecole.

Art. 31. — L'Ecole peut être autorisée à s'agréger comme aides *(ajudaire)* les personnes de bonne volonté qui ne sont pas affiliées au Félibrige.

DES ASSEMBLÉES

Art. 32. — Le Félibrige doit tenir tous les sept ans une *Assemblée plénière* où sont distribuées les récompenses *(li Joio)* des grands jeux Floraux félibréens institués par l'article 46 des Statuts. Cette assemblée sera publique. Elle se tiendra dans chaque Maintenance à tour de rôle, et à moins d'empêchement reconnu sérieux par le Bureau du Consistoire, elle aura lieu pour Ste-Estelle, c'est-à-dire le 21 mai.

Art. 33. — Une *Réunion Générale* du Félibrige aura lieu tous les ans, le 21 mai dans la ville désignée par le Bureau du Consistoire. Celui-ci cependant peut en changer la date l'année où a lieu l'*Assemblée plénière*.

Dans la *Réunion Générale*, qui aura lieu à table, on traitera des choses intéressant le Félibrige et on célèbrera, en buvant à la *Coupe*, le saint anniversaire de notre Renaissance.

Art. 34. — Le Consistoire tiendra une fois par an au moins une réunion particulière. Elle aura lieu le

20 mai dans la ville choisie pour la célébration de la fête de Ste-Estelle.

Le Bureau du Consistoire se réunit à l'endroit désigné par le Capoulié et chaque fois que celui-ci le croit utile.

Art. 35. — Le Capoulié a le droit de convoquer, s'il le faut, d'autres *Réunions générales* et d'autres réunions du Consistoire que celles indiquées par les articles précédents. Mais ces assemblées ne peuvent s'occuper que des questions pour lesquelles elles sont convoquées.

Art. 36. Chaque Maintenance tient, une fois par an, une assemblée qui se réunit en septembre ou octobre dans la ville désignée par son bureau. Cette réunion n'est pas publique et se tient à table. On y traite les affaires spéciales à la maintenance.

Le syndic peut convoquer, s'il le juge nécessaire, d'autres assemblées de Maintenance. Il réunit le bureau de la Maintenance quand il le croit utile, il choisit de même le jour et le lieu de la réunion.

Art. 37. — Enfin les Ecoles choisissent elles-mêmes, à leur gré, leurs jours de réunion. Les membres des Ecoles doivent *félibréjer* (félibreja) c'est-à-dire se réunir de temps à autre à table pour se communiquer leurs créations nouvelles et s'encourager à la propagation du Félibrige. Ces réunions se nomment *Félibrées* et sont de tradition dans le monde félibréen.

DE LA COTISATION

Art. 38. — La Cotisation de chaque félibre est de 10 francs par an. Les Majoraux paient la leur entre les mains du Chancelier. Les Mainteneurs l'acquittent entre celles du Secrétaire de leur Maintenance.

Art. 39. — Il est prélevé sur chaque cotisation de
mainteneur une dîme de 2 francs au profit du Consistoire.

Art 40. — Les revenus du Consistoire sont employés aux dépenses de l'administration, et spécialement
à la publication d'un *Cartabèu* annuel où seront in-
sérés les compte-rendus des réunions générales du
Félibrige, du Consistoire et des Maintenances, les
rapports des Syndics au Consistoire, ceux des Cabiscols aux Maintenances, et la liste des membres de
l'association. Le *Cartabèu* sera envoyé gratuitement
à tous les Félibres.

Art. 41. — Chaque félibre recevra aussi du Consistoire un diplôme en règle, signé et scellé par les
membres du Bureau.

Art. 42. — Les revenus des Maintenances sont
d'abord affectés aux frais de gestion, ensuite à l'organisation de Jeux Floraux, enfin à subventionner les
Ecoles qui font des publications.

Les subventions données pourront représenter autant d'abonnements aux dites publications qu'il y a
de félibres dans la maintenance, de telle sorte que
les félibres recevront celles-ci gratuitement.

Des subventions pourront aussi être fournies sans
aucune espèce de compensation.

Art. 43. — Les Ecoles font ce qu'elles veulent des
revenus qu'elles peuvent avoir. Mais elles ne peuvent
imposer de cotisations qu'à leurs membres auxiliaires
(ajudaire) qui ne sont pas du félibrige.

Art. 44. — Le Chancelier paie sur mandat du Capoulié ; les secrétaires sur mandat du syndic de la
Maintenance.

Louis-Xavier de RICARD

DES JEUX FLORAUX

Art. 45. — Les Concours Littéraires, que nous appelons Jeux Floraux, sont de deux sortes : les *Grands Jeux Floraux du Félibrige* et les *Jeux Floraux de Maintenance.*

Art. 46. — Les Jeux Floraux du Félibrige ont lieu tous les sept ans pour Ste-Estelle. Le Consistoire entier forme le jury.

Seuls peuvent concourir les écrivains en langue d'Oc.

Trois récompenses au plus sont mises au concours.

La première est réservée au Gai Savoir ; c'est le Capoulié lui-même, en assemblée plénière qui proclame le nom du lauréat.

Le lauréat devra choisir lui-même la Reine de la fête, et celle-ci, devant tous, lui mettra sur la tête la couronne d'olivier en argent, insigne des maîtres en Gai Savoir.

Art. 47. — Les Jeux Floraux de Maintenance sont ouverts par les Maintenances, par les Ecoles, par les Villes, par les Sociétés. Dans ce cas le Syndic de la Maintenance où ont lieu les concours les déclare *Jeux Floraux* par une décision qui devra être lue avant l'appel des lauréats et désigne le Jury qui se composera de sept félibres parmi lesquels il doit y avoir au moins un majoral.

Art. 48. — Le titre de *Maître en Gai Savoir* est donné par le Consistoire à toute personne qui aura obtenu le 1er prix des Grands Jeux Floraux du Félibrige ou trois premiers prix à des Jeux Floraux de Maintenance. Les seconds ou troisièmes prix des Jeux Floraux du Félibrige compteront comme des premiers prix de Maintenance.

Les maîtres en Gai-Savoir reçoivent une couronne d'olivier en argent.

Art. 49. — Enfin le Consistoire peut accorder par diplôme le titre d'*associé du Félibrige* aux personnes qui, étrangères au pays d'Oc, ont bien mérité du Félibrige par leurs écrits ou par leurs actes.

Les associés ont le droit d'assister aux assemblées générales ou plénières.

Fait et délibéré, en ville d'Avignon, le 21 mai 1876, jour de Ste-Estelle.

Le Président,
FR. MISTRAL.

Le Chancelier,
L. ROUMIEUX.

AUTORISATION ADMINISTRATIVE (1)

A Monsieur Frédéric Mistral, à Maillane
(Bouches-du-Rhône)

Ministère de l'Intérieur

DIRECTION GÉNÉRALE
de la
SURETÉ PUBLIQUE

2ᵉ *Bureau*

Paris le 14 Avril 1877.

Monsieur

J'ai reçu la demande que vous m'avez fait l'honneur de m'adresser au nom d'un groupe de littérateurs et d'artistes méridionaux, à l'effet d'obtenir l'autorisation d'organiser, sous le nom de *Félibrige,* une association littéraire destinée à relier et à encourager les lettrés et les savants dont les travaux ont pour but la culture et la conservation de la langue provençale.

Je suis heureux de pouvoir vous informer, Monsieur, que cette demande m'a paru mériter le plus favorable accueil et que je me suis empressé d'écrire dans ce sens à M. le Préfet des Bouches-du-Rhône en l'invitant à prendre un arrêté autorisant la constitution régulière de l'association du *Félibrige.*

Agréez, Monsieur, l'assurance de ma considération la plus distinguée.

Le Président du Conseil, ministre de l'intérieur,
Pour le ministre et par délégation,
Le Directeur de la Sûreté Générale

DE BOISLISLE.

(1) Mistral qui ne perd jamais l'occasion de rappeler les dates historiques de la langue d'oc faisait remarquer à la Ste-Estelle de 1877 que : « depuis l'ordonnance de Villers-Cotterets (en 1539) où François Iᵉʳ défendit d'employer une autre langue que le français dans la rédaction des actes publics, ce document était le premier dans lequel le gouvernement français relevait la langue d'oc de sa déconsidération en lui reconnaissant le droit de se reconstituer. »

RÉPUBLIQUE FRANÇAISE

ARRÊTÉ

Le Préfet des Bouches-du-Rhône, correspondant de l'Institut, officier de la Légion d'Honneur :

Vu la demande de M. Frédéric Mistral adressée à M. le Ministre de l'Intérieur, à l'effet d'obtenir l'autorisation de former une association littéraire sous le nom de *Félibrige* ;

Vu les statuts projetés pour la dite association et produits à l'appui de la demande ;

Vu la dépêche de M. le Ministre de l'Intérieur du 14 avril 1877 ;

Vu le rapport de M. le Sous-Préfet d'Arles ;

Vu le décret du 25 mars 1852 :

Arrête :

ARTICLE 1er. — Est autorisée la formation d'une association littéraire sous le nom de *Félibrige* dont le siège sera à Maillane, arrondissement d'Arles.

ARTICLE 2. — Sont approuvés les statuts sus-visés dont un original demeurera annexé à la minute du présent : aucune modification ne pourra être apportée a ces statuts sans avoir été au préalable approuvée par l'administration.

ARTICLE 3. — Ampliation du présent arrêté sera adressée à M. le Sous-Préfet d'Arles chargé de la notifier au

Président, M. Mistral, à Maillane, sur papier timbré de 1 fr. 8o et d'en assurer l'exécution.

Marseille, le 4 mai 1877

Pour expédition conforme :

Pour le préfet des Bouches-du-Rhône
en tournée de révision
Le secrétaire général délégué
Signé : A. PAYELLE
Pour copie conforme :
Le Secrétaire Général
A. PAYELLE.

Pour le sous-préfet
Le conseiller d'arrondissement délégué :
Signé : Emile FASSIN.
Pour copie certifiée conforme
Le maire de Maillane
LAVILLE.

Organisation Administrative
du Félibrige en 1896

BUREAU GÉNÉRAL

Capoulié : Félix Gras.
Assesseur de Provence : Frédéric Mistral. (1)
Assesseur de Languedoc : Achille Mir.
Assesseur d'Aquitaine : Isidore Salles.
Chancelier : Paul Mariéton.
Vice-chancelier : Jean Monné.

———

Reine du Félibrige : Mlle Marie Girard (aujourd'hui
Madame Joachim Gasquet)
Poète-laureat : Marius André.

———

(1) On voit quelquefois décerner à Mistral le titre de *Subre-Capoulié* que nous pourrions traduire par *Archi-capoulié*. Ce titre, tout amical, et sans portée officielle, n'est qu'un hommage rendu a la situation exceptionnelle du grand poete dans l'association félibréenne.

MAINTENANCE DE PROVENCE

(Créée par décision du Consistoire du 21 mai 1876 ;
a pour siège Avignon et pour organe *lou Felibrige*.
Syndic : Marius Girard.
Vice-Syndics : Alphonse Tavan, Eugène Plauchud,
Paul Coffinières.
Secrétaire : Jean Monné.

ÉCOLES FÉLIBRÉENNES

A Avignon ; *Lou Flourege*, fondée à Font-Segu-
gne le 21 mai 1854, transférée *en* Avignon le 24 Janvier 1877, approuvée par décision de Maintenance le
28 Janvier 1877.

A Forcalquier : *Escolo dis Aup*, fondée le 6 novembre 1876, approuvée par décision de Maintenance du
28 Janvier 1877. A pour organe le bulletin de l'*Athénée de Forcalquier*.

A Marseille : *Escolo de la Mar*, fondée le 24 Janvier 1877, approuvée par décision de Maintenance du
28 Janvier 1877.

A Aix : *Escolo de Lar* fondée le 28 Janvier 1877
par décision de Maintenance.

A Valence : *Escolo Doufinalo*, établie le 10 juin
1879, approuvée par décision de Maintenance le 2
février 1880.

A Nice : *Escolo de Belanda*, établie par décision
de Maintenance du 6 février 1881 (s'est fondue depuis
dans l'*Escolo de Lerin*).

A Gap : *Escolo de la Mountagno*, établie par décision de Maintenance du 6 février 1881.

A Draguignan : *Escolo dou Var* établie le 17 avril

1880, approuvée par décision de Maintenance du 6 février 1881.

A Cannes : *Escolo de Lerin*, fondée en 1887. A pour organe *La Cisampo*.

A Lyon : *Escolo de la Sedo,* fondée en 1887.(N'a eu qu'une existence nominale).

A Arles : *Escolo dou Lioun* fondée en 1888.

A Toulon : *Escolo de Tamaris*, fondée en 1892.

A Carpentras : *Escolo dou Ventour,* fondée en 1893.

MAINTENANCE DE LANGUEDOC

(Etablie par décision du Consistoire du 21 mai 1876.
A son siège à Montpellier et pour organe *La Cigalo d'or)*.

Syndic : Hippolyte Messine.

Vice-Syndics : Albert Arnavielle, Junior Sans, Gaston Jourdanne.

Secrétaire : Jean Fournel.

ECOLES FÉLIBRÉENNES

A Nîmes : *Escolo de la Miougrano*, établie le 1er janvier 1877. Approuvée par décision de Maintenance le 25 mars 1877.

A Montpellier : *Escolo dou Parage*, établie par décision de Maintenance du 25 mars 1877. A pour organe : *La Campana de Magalouna*.

A Alais : *Escolo de la Tabo*, établie le 25 février 1877, approuvée par décision de Maintenance du 25 mars 1877. (S'appelle aussi : *Escolo Raiolo.)*

A Carcassonne : *Escolo Audenco*, établie le 4 juin 1892, approuvée par décision de Maintenance du 11 mai 1893. A pour organe : *La Revue Méridionale*.

A Toulouse : *Escolo Moundino,* fondée en 1893, approuvée par décision de Maintenance du 11 mai 1893. A pour organe : *La Terro d'Oc.*

A Cette : *Escolo de Ceto,* fondée en 1894.

A Aurillac : *Escolo Auvergnato e del Naut-miejour,* fondée le 11 novembre 1894. A pour organe *Lo Cobreto.*

A Foix : *Escolo de Mount-Segur*, fondée le 6 avril 1896. A pour organe : *Mount-Segur.*

MAINTENANCE D'AQUITAINE

(Créée par décision du Consistoire du 7 août 1877) (1)

Syndic : Carles de Carbonnières.

Vice-Syndics : X...

Secrétaire : X...

ECOLES FÉLIBRÉENNES

A Toulouse : *Escolo de Goudouli,* établie par décision de Maintenance du 7 février 1879. (2)

A Caussade : *Escolo de Caussado,* établie le 28 mars 1885 (s'est fondue dans l'*Escolo Carsinolo).*

A Agen : *Escolo de Jansemin*, fondée en 1890.

A Brive : *Escola Lemouzina,* fondée le 22 mai 1893. A pour organe *Lemouzi.*

(1) Le Consistoire de Brive (23 juin 1895) a décidé de remanier la répartition de cette Maintenance et voté en principe la création d'une Maintenance Limousine.

(2) On sera surpris de voir figurer cette école parmi celles de la Maintenance d'Aquitaine alors que nous avons placé l'*Escolo Moundino* dans la Maintenance de Languedoc. C'est que les membres de l'*Escolo de Goudouli* (aujourd'hui disparue) avaient accepté la décision du Consistoire qui place Toulouse en Aquitaine. Au contraire l'*Escolo Moundino* prétend qu'elle doit dépendre de la Maintenance de Languedoc à laquelle elle s'est d'ailleurs affiliée.

PAUL MARIÉTON

A Argentat : *Escola de la Sentria*, fondée le 18 novembre 1894. A pour organe *Lemouzi*.

A Tulle : *Escola de Ventadour*, fondée le 27 janvier 1895. A pour organe *Lemouzi*.

A Ussel : *Escola dels Uiscels*, fondée le 8 septembre 1895. A pour organe *Lemouzi*.

A Montauban : *Escolo Carsinolo*, fondée le 10 novembre 1895. (Lot et Tarn-et-Garonne).

A Orthez : *Escolo de Gastoun Febus*, fondée le 20 décembre 1895. (Béarn, Bigorre et Landes).

A PARIS :

Société des Félibres de Paris, fondée en 1879. (V. p. 86).

Escolo Felibrenco de Paris, fondée en 1893. (V. p. 137).

(Au Consistoire d'Avignon, en 1894, on proposa de grouper ces deux Sociétés sous la direction d'une Maintenance qui serait appelée *Mantenenço Aurouso* (Maintenance du Nord). Celle-ci aurait compris aussi les Ecoles futures fondées dans la capitale. La combinaison ne fut pas acceptée par les parties intéressées et demeura à l'état de projet.)

ECOLES DE L'ETRANGER

A New-York, *Escolo de l'Abiho*, fondée le 15 avril 1882. Ses statuts sont rédigés en dialecte languedocien de Montréal (Aude).

A Tunis, *Escolo Annibalenco*, fondée en 1893, autorisée par décision du Consistoire le 11 mai 1893.

La Littérature Félibréenne
a l'Étranger

ALLEMAGNE

Moritz Hartmann. Article sur *Mireille* dans la *Gazette de Cologne* (1859),

W. Kreiten, s. j. *Felibre und Felibrige Studien über die provenzalich Literatur der Gegenwart* dans la Revue *Stimmen aus Maria Laaçh* (Fribourg en Brisgau, 1875),

W. Kreiten. Etude sur *Nerto*, et traduction dans *Stimmen aus Maria Laaçh*, 1885.

Boltz. Traduction de poésies d'Aubanel dans la *Didaskalia* de Francfort, 1886.

Dr Heinrich Saberski. *Zur provenzalischen Lautlehre*, Berlin, 1888.

A. Bertuch. *Der Trommler von Arcole* dans *Deutsche Dichtung* de Dresde, 1890.

Koschwitz. *La phonétique expérimentale et la philologie franco-provençale*, dans le *Compte-rendu du*

Congrès scientifique international des Catholiques.
Paris, 1891.

KOSCHWITZ. Étude sur la traduction de *Nerto* par
Bertuch, dans *Litteraturblatt fur Germanische und
romänische philologie*, de Leipzig, 1892.

KOSCHWITZ. Etude sur la phonétique provençale
avec traduction du *Cant dou Soulèu* de Mistral, dans
*Sonderabdruck aus der Zeitschrift für franzozische
sprache und litteratur*, de Berlin, 1893.

KOSCHWITZ. *Ueber die provenzalischen Feliber und
ihre Vorganger*. Berlin, Gronau, 1894.

KOSCHWITZ. *Grammaire historique de la langue
des félibres* Paris, Welter, 1894.

E. RITTER. Th. Aubanel, discours, documents, dans
Sonderabdruck aus der Zeitschrift de Berlin, 1895.

G. SOMMER. *Etude sur la phonétique Forcalquié-
renne*, Greifswald, 1895.

ALSACE

A. BERTUCH. *Nerto, provençalische Erzahlung
von Frederi Mistral deutsch*. Strasbourg, Trübner.
1890.

A. BERTUCH. *Mireio, provençalishe Dichtung von
Frederi Mistral*. Strasbourg, Trübner, 1892.

AMÉRIQUE

Miss HARRIETT PRESTON. *Mistral's Mireio a provençal poeme translated*. Boston, Robert Bros, 1872.
2ᵉ édit. 1891.

HARRIETT PRESTON. Etude sur *Calendau* dans *The
Atlantic Monthly*, 1874.

HARRIETT PRESTON. Etude sur la *Miougrano entreduberto* dans *The Atlantic Monthly*, 1874.

A. MARTIN. Article sur la langue provençale dans le *Franco-Américain* de New-York (juin 1888).

H. BISHOP. *The new Troubadours at Avignon* dans le *Monthly Magazine* de Philadelphie, 1890.

X... *Mistral at home* dans la *Tribune* de New-York, 1890.

MARIA LEFFERTS ELMENDORF. *A recent renaissance, Roumanille and Mistral, The Felibrige*, dans le *Poet-Lore* de Philadelphie, 1891.

X... Traduction de la *Chato Avuglo* de Roumanille dans le *Franck Leslie's illustrated Weekly*, 1892.

THOMAS A. JANVIER. *Au Embassy to Provence.* New-York, 1893.

THOMAS A. JANVIER. Nombreux articles, qu'il serait trop long d'énumérer, dans le *Century Magazine* de New-York, depuis 1893 environ.

Mme CATHERINE A. JANVIER. *Etude sur les Memòri d'un Gnarro* de Baptiste Bonnet dans *The Critic* de New-York, 1894.

Mme CHANDLER MOULTON. *The Mirror*, traduit d'Aubanel dans le *Century Magazine* de New-York, 1895.

X... *Un paysan du Midi, Baptiste Bonnet,* dans *The Critic* de New-York, 1895.

THOMAS A. JANVIER. *Sant-Antoni-dis-Orto*, légende américaine, traduite par Mlle Girard, Reine des Félibres, Avignon Roumanille, 1895.

CATHERINE A. JANVIER. *The Reds of the Midi*, translated from the provençal of Felix Gras. New-York, Appleton, 1896.

ANGLETERRE

H. GRANT. *An english version of M. F. Mistral's Mireio from the original provençal.*

DUNCAN CRAIG. *Mièjour or provençal legend, life, language, and literature, in the land of the felibre.* Londres.

DUNCAN CRAIG. *The Handbook of modern provençal language.*

ARTHUR SYMONS. Etude sur Mistral, dans *The National Review* (Londres, 1886).

DARCY BULTERWORTH. *An introduction to the study of Provençal* Londres, Williams, 1887.

X... Article sur les Troubadours et les Félibres dans le *Daily Telegraph* de Londres, 1890.

J. W. CROMBIE. *The poets and peoples of foreign lands : Frederi Mistral.* Londres, Elliot, 1890.

X... *The provençal poete-laureat* dans le *Globe* de Londres.

CÈCILE HARTOG. *Poets of Provence*, dans la *Contemporany Review* de Londres, 1894.

AUTRICHE

ALFRED FRIEDMANN. *Feliber* dans *Wiener all .Gemeine Zeitung*, 1885.

JAROSLAV VRCHLICHKY. Traduction de plusieurs poésies de Mistral sous le titre *Z bàsni Mistralovych*, dans la revue *Kvety* de Prague, 1886.

Dr KŒNIGSBERG. Etude sur Mistral et le Félibrige dans la *New Free Press* de Vienne, 1889.

JAROSLAV VRCHLICKY *Hostem u Basniku.* Prague, 1891 (On y trouve traduites 7 pièces d'Aubanel et 13 de Mistral).

Dom Sigismond Bouska. Etude littéraire sur l'abbé Lambert dans la revue *Museum*, de Bohême, 1892.

Dom Sigismond Bouska. Etude sur Roumanille avec nombreux fragments traduits en langue tchèque dans la Revue *Obzor*, de Bohême, 1892.

Dom Sigismond Bouska. *Le 9 Thermidor, Les Innocents, Toussaint, Requiem*, traduits d'Aubanel dans *Vesna*, de Brno, 1892.

Dom Sigismond Bouska. Traduction du *Tambour d'Arcole* dans la Revue *Lumir,* de Prague, 1893.

Dom Sigismond Bouska. Traduction des chants IV et V de *Mireille* dans la revue *Vlast*, 1894.

Dom Sigismond Bouska. Etude sur Jasmin, Roumanille et Mistral dans la *Biblioteka Warszawska* (Bibliothèque de Varsovie) 1878.

BELGIQUE

Pol de Mont. *De Wedergeboorte in Occitanië.* Anvers, 1885.

Pol de Mont. Etude sur Mistral dans la revue *Los en Vast*. 1886.

Emile Roustan. *Les Félibres et le Félibrige* dans la *Revue générale* de Bruxelles, 1890.

P. Fabia. *Les Contes provençaux de Roumanille* dans la *Revue Générale* de Bruxelles, 1890.

Pol de Mont. *Losse Schetsen : De hedendaagsche Felibre-Beweging ; De Vorsten der Nieuw-provençaalsche Letterkunde,* Hasselt, 1890.

Emile Roustan. A fait une série de conférences

à Liège et Namur sur la littérature provençale moderne. 1891.

DANEMARCK

KRISTOFFER NYROP. *Romanske mosaiker, Kultur-
billeder fra rumanien og Provence.* Copenhague, 1885.
(Nombreuses traductions de contes de Roumanille et
étude sur ce félibre).

ESPAGNE

PELAY BRIZ, Traduction de *Mireille* en catalan.

ROCA Y ROCA. Traduction de *Calendau*, dans *lo
Gay Saber* de Barcelone, 1868.

C. BARALLAT Y FALGUERA. *Mireya, poema proven-
zal de Frederico Mistral puesto en prosa espanola.*
(Plusieurs éditions).

A. CARETA Y VIDAL. Traduction des *Carbounié*
dans *lo Gay Saber*, de Barcelone, 1878.

TUBINO. *Historia del renacimiento literario contem-
poraneo en Cataluna, Baleares, y Valencia.* Madrid,
1881.

J. RUBIO. Dans l'édition polyglotte de ses œuvres
(Barcelone, Jepus) publiée par *Lo Gayter del Llobre-
gat* on trouve de ses poésies traduites par Mistral,
Roumanille et Jean Monné.

BECERRO DE BENGOA. *Los Felibres en la Provenza*
dans la *Ilustracion Espanola y Americana* de Madrid,
1891.

VERDAGUER Y CALIS. *La Véu de Catalunya ;*
nombreux articles qu'il serait trop long d'énumérer.
Barcelone, depuis 1891 environ.

BOSCH DE LA TRINXERIA. Etude sur les *Oubreto*

de Roumanille dans la *Renaixensa* de Barcelone 1892.

X... Nombreuses pièces félibréennes dans le numéro de la *Ilustracio Catalana* de Barcelone, consacré au compte-rendu des jeux Floraux catalans de 1893.

C. PIQUER. *Literatura lemosina* dans *la Revista Contemporanea* de Madrid, 1894.

OMAR Y BARRERA. *Etude sur l'Eloge de Goudelin par G. Jourdanne* dans la *Vèu de Catalunya*, 1895.

LUIGI CAPELLO. *Raschiatura di madia* (La rascladuro de pestrin) traduit de Mistral, dans la *Buona Settimona* de Turin, 1895.

SOLER. Etude sur Marius André dans la *Vanguardia* de Barcelone 1896.

FINLANDE

G. ESTLANDER. — *Bidrag till den provençaliska litteraturens historia.* Helsingfors, 1868.

G. ESTLANDER. Etude sur le Félibrige dans la revue *Finsk Tidskrift*, 1884.

ITALIE

MAGLIANI. *I nuovi trovatori* dans la revue *Napoli letteraria.* 1886.

CANINI. *Le libre dell'Amore.* Venise, 1885. (Plusieurs poésies traduites de Mistral et Aubanel).

ZUCCARO. Article sur Mistral dans la *Gazetta del Popolo* de Turin, 1887.

LUIGI BASSI. *Discorso pronunciato da Frederico Mistral nella publica sedula che tenne l'Accademia de Marsiglia pel suo ricevimento, tradotto.* Candia Lomellina, 1887.

E. CARDONA. Traduction de poésies d'Anselme

Mathieu et de Bonaparte Wyse dans *Il pensiero dei giovani*. Naples, 1887.

X... Etude sur le Félibrige dans la *Cronaca rosa* de Messine (Mars 1888).

ZUCCARO. Etudes sur le Félibrige dans le *Corriere Lomellino* de Vigevano et dans la *Sesia* de Vercelli (Juillet 1888).

LUIGI-BASSI. Article sur Mistral dans *Firenze letteraria* (octobre 1887).

LUIGI BASSI. Biographie d'Aubanel dans l'*Iride* de Casal (1888).

ENRI CARDONA. Article sur le Romancero provençal de Gras dans *Il pensiero dei Giovani* (mars, 1888)

M^llo MARIA LICER. L'*Angelo*, traduction du VIe chant de *Nerto* dans l'*Iride* de Casal, 1889.

EMMANUELLE PORTAL. *La Nuova Sicilia*, de Palerme, 1890. (De nombreux articles ont paru dans ce journal sur les félibres et leurs œuvres ; il serait trop long de les énumérer).

G. GABARDI. *Il felibri provenzali* dans l'*Illustrazione italiana* de Milan, 1890.

F. MISTRAL. *A la sainto memorio de ma maire*, traduit de l'italien de D. Macry-Correale, paru dans la *Rivista Contemporanea* d'Empoli, 1890.

E. PORTAL. *Appunti Letterari : sulla poezia provenzale*. Palerme, Pedone, 1890.

L. ZUCCARO. *Un avenimento letterario, Mistral tragico,* dans *La Scena Illustrata* de Florence, 1891.

T. CANNIZZARO. *La Veneri d'Arli*, traduction dans la *Vita Intima* de Milan, 1891.

L. ZUCCARO. *Il felbrigio, rinascimento delle lettere Provenzali* dans la *Concordia* de Novare, 1892.

ANTONIO RESTORI. *Letteratura provenzale*, Milan, Hoepli, 1892.

E. PORTAL. *La Letteratura provenzale moderna.* Palerme, Pedone, 1893.

MARIA LICER. *I felibri* dans la *Roma Letteraria* (juin 1893).

C. CANNIZARO. *Fiori d'oltralpe*, Messine 1893. (On y trouve plusieurs pièces félibréennes).

E. PORTAL. *Scritti vari di letteratura classica provenzale moderna.* Palerme, Reber, 1895.

GIUSEPPE SPERA. *Saggio di letteratura classica comparata.* Lauria, Rossi, 1895.

LA HAVANE

FERNAN SANCHEZ : *A Frederico Mistral, después de haber leido su poema Mireya,* dans *El Figaro* de la Havane, 1891.

ROUMANIE

A. NAUM. *Traduceri*, Jassy (Moldalvie) 1891. (Traduction du chant IV de Mireille, de la chanson de *Magali* et du *Tambour d'Arcole*.)

V. A. URECHIA. *Album Macedo-roman*, Bucuresci, Socecu. 1880 (On y trouve de nombreuses poésies de félibres provençaux et languedociens.)

ROQUE-FERRIER. La Roumanie dans la littérature du midi de la France, dans *Mélanges de critique et de philologie.* Montpellier, Hamelin, 1892.

RUSSIE

PALOSKI. Etude sur le Félibrige dans le *Novoié-Vremia.* (Décembre 1886).

18

SUÈDE

Théodor Hogberg. *Den provençalska vitterhetens ateruppstandelse.* Upsal, Esaias Edquist, 1873.

P. Behm. A demandé à Mistral, en 1891, l'autorisation de traduire Mireille en suédois.

A. Geijer. A fait son cours (université d'Upsal) sur le dialecte provençal en 1891.

SUISSE

Victor Duret. *Poètes contemporains du Midi de la France,* dans *la Bibliothèque Universelle* de Genève (1857).

Victor Duret. *Sur la poésie contemporaine du Midi* dans la *Revue Internationale* de Genève (t. ii et iii).

Louis Maçon. Etude sur *lis Oubreto* de Roumanille dans la *Revue Internationale* de Genève (1859).

Victor Duret. *L'Epopée de Mireille* dans la *Bibliothèque Universelle* de Genève (1860).

Eugène Ritter. *Le Centenaire de Diez, suivi de lettres adressées à V. Duret par Roumanille.* Genève, Georg, 1894.

Berthe Vadier. Analyse de Mireille dans le *Journal des Dames de la Suisse romande.* 1895.

Essai d'une Bibliothèque Félibréenne

On a vu, par le grand nombre des ouvrages cités dans le courant de notre étude, que vouloir les réunir tous serait, à l'heure actuelle, à peu près impossible. Nous croyons donc compléter utilement notre travail en dressant une liste d'une centaine d'ouvrages dont la collection donnerait assez exactement le tableau de la littérature félibréenne. Qu'on ne se méprenne pas ; notre intention n'a pas été de composer un *tableau d'honneur*, car nous avons négligé beaucoup d'œuvres parfaitement recommandables. Nous avons cherché à établir un ensemble où seraient représentés les époques successives et les divers dialectes.

Enfin, les œuvres de certains littérateurs, éparses en divers recueils, n'ont pas été réunies en volumes ; on comprend dès lors que nous ne pouvions les citer.

ETUDES GÉNÉRALES

I

ASTRUC Louis. *Moun Album*, Paris, Ghio, 1885.

De BERLUC-PERUSSIS. *Eugène Seymard, le dernier troubaire*, Avignon, Roumanille, 1892.

BOISSIN Firmin. *Le Midi littéraire contemporain*, Toulouse, Douladoure, 1887.

DE BOUCHAUD. *Roumanille et le Félibrige*, Lyon, Mougin, 1892.

BRUN Charles. L'*Evolution Félibréenne*, Lyon, Paquet, 1896.

DELONCLE. *La Maintenance d'Aquitaine*, Toulouse, Douladoure, 1877.

DONNADIEU Frédéric. *Les Précurseurs des Félibres*, Paris, Quantin, 1888.

DONNODEVIE. *Les derniers Troubadours, Jasmin, Mistral*. Paris, Dubuisson, 1863.

ETRANGERS. (V. note 15. *La littérature félibréenne à l'Etranger*).

JOURDANNE Gaston. *Bibliographie languedocienne de l'Aude*, Carcassonne, 1896.

LINTILHAC Eugène. *Les Félibres, à travers leur monde et leur poésie*. Paris, Lemerre, 1895.

MARIÉTON Paul. *La Terre Provençale*. Paris, Lemerre, 1894.

MARIÉTON Paul. Article *Félibrige* dans la *Grande Encyclopédie* (tirage à part.)

MARIÉTON Paul. *Les Conteurs Provençaux, — Poètes provençaux.* (Collection de la *Nouvelle Bibliothèque populaire* à 10 centimes).

MICHEL Sextius. *La Petite Patrie,* notes et documents pour servir à l'histoire du mouvement félibréen à Paris. Avignon, Roumanille, 1894.

DE NUSSAC Louis. *Santo-Estello,* étude limousine sur le Félibrige, Brive, Verlhac, 1890. (Pseudonyme *Lemovix*).

PARIS Gaston. *Penseurs et poètes.* Paris, Calmann-Lévy, 1896 (On y trouve une étude très complète sur Mistral.)

RITTER. *Le Centenaire de Diez*, suivi de lettres de Roumanille à Duret. Genève, Georg, 1894.

RESTORI. *Histoire de la Littérature provençale depuis les temps les plus reculés jusqu'à nos jours.* Montpellier, 1895. (traduction de l'Italien).

ROQUE-FERRIER Alphonse. *Mélanges de critique littéraire et de philologie.* Montpellier, 1892.

ROUSSEL Ernest. *Aubo felibrenco.* Avignon, Aubanel, 1879.

ST-RÉMY ET LACROIX. *Les poètes patois du Dauphiné,* Valence, Chenevier, 1873.

ST-RENÉ-TAILLANDIER. V. ci-dessus p. 16, note 1.

TAVERNIER Eugène. *La Renaissance provençale et Roumanille*, Paris, Gervais 1884.

DE TERRIS Jules. *Roumanille et la littérature provençale.* Paris, Blond, 1894.

DE VINAC Marc. *Le Félibrige arverne.* Paris, Champion, 1896.

— *Les Félibres*, série de notices biographiques. Gap, Richaud, 1882.

II

ŒUVRES TECHNIQUES

AZAÏS Gabriel. *Dictionnaire des idiomes romans du Midi de la France*. Montpellier, 3 vol (1877-80).

BOUDON Emile. *Manuel élémentaire de linguistique pour l'enseignement du français par les idiomes locaux,* application du sous-dialecte Agenais. Agen, Boucheron, 1894.

CAMÉLAT Michel. *Le patois d'Arrens*. Paris, Picard, 1891.

CAMÉLAT Michel. *L'élément étranger dans le patois d'Arrens*. Tarbes, Croharé, 1896.

CÉNAC-MONCAUT. *Grammaire Gasconne*. Paris, 1863.

CHABANEAU Camille. *Grammaire Limousine*. Montpellier, 1876.

CHARBOT ET BLANCHET. *Dictionnaire des patois du Dauphiné*. Grenoble, 1885.

DEVAUX (abbé). *De l'étude des patois du Haut Dauphiné*. Grenoble, 188...

DONIOL. *Les patois de la Basse-Auvergne et leur littérature*, Montpellier, Impr. Centrale, 1877.

KOSCHWITZ Eduard. *Grammaire historique de la langue des félibres*. Greifswald, Abel, 1894.

LACOSTE. *Des patois à l'école primaire*. Dax, For-sans, 1889.

LESPY. *Grammaire béarnaise*. Pau, 1858.

MIR Achille. *Notes sur l'orthographe et la pronon-ciation languedociennes* en tête de la *Cansou de la Lauseto* et du *Rire* (1).

MISTRAL Frédéric. *Lou Tresor dóu Felibrige*. Aix, Remondet Aubin, 2 vol.

MOUTIER. *Grammaire Dauphinoise*. Montélimar, Bourran, 1882.

PIAT. *Dictionnaire français-occitanien*. Montpel-lier, Hamelin, 1893-94, 2 vol.

SARDOU Léandre. V. plus haut p. 38 note 2.

SAVINIEN (Le frère) V. plus haut. p. 116 note 3.

X... *Exposé d'un système rationnel d'orthographe niçoise*. Nice, Melvano, 1881.

VIDAL François. *Traité du Tambourin*. Aix, Re-mondet, 1864.

MONTAUT René. *Lectures ou versions provençales pour l'enseignement du français* (à paraître).

---

(1) Nous ne connaissons rien autre sur le dialecte carcassonnais-narbonnais.

III

PRODUCTIONS FÉLIBRÉENNES (1)

§ 1er *Dialecte Provençal*

ANDRÉ Marius. *Plôu e Souleio.* — *La Glori d'Esclarmoundo.*

D'ARBAUD (Mme). *Lis Amouro de ribas.*

ARNAVIELLE Albert. *Lous Cants de l'Aubo.* — *Volo-Biou.*

AUBANEL Théodore. *Li Fiho d'Avignoun.* — *La Miougrano entreduberto.* — *Lou Pan dou Pecat.*

DE BERLUC-PERUSSIS. *Sounet de Louviso Labé e rimo a sa lausour.*

BERNARD Valère. *Li Ballado d'aram.* — *Li Cadarau.* — *Bagatouni.*

BONAPARTE WYSE (William). *Li Parpaioun blu.* — *Li Piado de la Princesso.*

BONNET Baptiste. *Vido d'enfant.*

BRÉMOND Alexandrine. V. Mme Gautier.

CROUSILLAT Antonin-Blaise. *La Bresco.*

FOUCARD Louis. *Lou Palangre.*

Gaussen Paul. *Li Miragi.* — *La Camisardo.* — *Li Peiro bavardo.*

(1) Pour les indications bibliographiques se reporter dans le courant de l'ouvrage aux notes accompagnant les noms d'auteur.

GAUT Jean-Baptiste. *Sounet, souneto e sounaio.*

GAUTIER (Mme Joseph). *Li Blavet de Mountmajour.*
— *Velo blanco.* — *Brut de Canèu.*

GRAS Félix. *Li Carbounié.* — *Toloza.* — *Romancero prouvençau.* — *Li Papalino.* — *Li Rouje dou Miejour.*

MARCELIN Rémy. *Long dou camin.*

MATHIEU Anselme. *La Farandoulo.*

MICHEL Alphonse. *Lou Flasquet.*

MICHEL Sextius. *Long dou Rose et de la Mar.*

MISTRAL Frédéric. *Mireio.* — *Calendau.* — *Lis Isclo d'or.* — *Nerto.* — *La Reino Jano.* — *Lou pouemo dou Rose.*

MONNÉ Jean. *Casau.*

PERICAUD (Mme). *Goudelivo.*

PLAUCHUT Eugène. *Ou Cagnard.* — *Lou Diamant de Sant-Maime.*

RAIMBAULT Maurice. *Aguelo.*

RIVIÈRE Antoinette. *Li Belugo d'Antounieto.*

ROUMANILLE Joseph. *Lis oubreto en vers.* — *Lis oubreto en proso.* — *Li Capelan.* — *Li Counte Prouvençau e li Cascareleto.* — *Li Nouvé.* — *Lis Entarro-Chin.*

ROUMIEUX Louis. *Li Couquiho d'un Roumièu.* — *La Jarjaiado.* — *La Rampelado.*

SENÈS Charles, dit la *Sinso. Scènes de la vie Provençale.*

TAVAN Alphonse. *Amour e Plour.*

XAVIER DE FOURVIÈRES (Le Père). *Counferènci San Janenco.*

DIVERS. *Un liame de rasin.*

§ 2 *Languedoc*

ABERLENC (abbé). *Las Cevenolos.*

Azaïs Gabriel. *Las Vesprados de Clairac*.

Barthès Melchior. *Flouretos de Moutagno*.

Bessou (abbé). *Del Brès a la Toumbo*.

Bigot A. *Li Bourgadieiro*.

Bringuier Octavien. *Poésies Languedociennes*. (1)

Chassary Paul. *En Terra Galesa*.

Estieu Prosper. *Lou Terradou*.

Fourès Auguste. *Les Grilhs. — Les Cants del Soulelh. — La Muso Silvestro*. (2)

Langlade Alexandre. *L'Estanc de l'Ort. — Lou Garda-Mas. — Lou las d'amour. — La fada Serranella*.

Laurès Jean. *Lous Tres Boussuch. — Lou Campestre*.

Marsal Edouard. *Dins la carrieiras dau Clapas*. (3)

Mir Achille. *La Cansou de la Lauseto. — Lou Lutrin de Lader. — Lou sermou dal Curat de Cucugna*.

Sans Junior. *Las Telados*.

Visner G. *Le Ramel païsan. — Le Mescladis Moundi*.

§ 3 *Aquitaine et Gascogne*

Castela Jean. *Mous Farinals*.

Chastanet. *Counteis e viorlas. — Per tua lou tèms*.

Ratier Charles. *Lou Rigo-rago agenès*.

Salles Isidore. *Gascounhe*.

§ 4 *Roussillon*

Pepratx Justin. *Pa de casa*.

---

(1) Montpellier, Martel, 1896.
(2) Carcassonne, Servière, 1896.
(3) Montpellier, Firmin, 1896.

§ 5 *Limousin*

ROUX (Chanoine). *Chansou Lemouzina.*

§ 6 *Auvergne*

VERMENOUZE Arsène. *Flour de Brousso.*
COURCHINOUX. *Li Pousco d'or.*

§ 7 *Bigorre*

PHILADELPHE DE GERDE. (Mme Réquier). *Posos per-dudos. — Brumos d'autouno.*
CAMÉLAT Michel. *Et piu-piu dera me laguta.*

§ 8 *Dauphiné*

GRIVEL Roch. *Mas flous d'iver. — La Carcavelado.*
MOUTIER (abbé) *Lou Rose.* (1)

_____

(1) Valence, Impr. Valentinoise, 1897.

PROSPER ESTIEU

DE QUELQUES OUBLIÉS [1]

ARBAUD Paul. Nous avons dit un mot, p. 41, des belles collections du *Médicis provençal*. Il n'est pas hors de propos d'y revenir et de signaler la brochure de François Vidal : *Lou biblioufile Pau Arbaud.* Aix, Remondet, 1894.

BALAGUER Victor. Aux indications données plus haut (V. p. 58, 61, 63, 86) ajouter les curieux détails fournis par Auguste Fourès dans la *Muso Silvestro*, p. 280. Il convient aussi de donner ici une mention spéciale à certaines de ses œuvres. Citons son *Histoire des Troubadours*, 4 vol. ; sa magnifique Trilogie *Los Pirineos* que l'on trouve dans le second volume de ses *Tragedias ; El Regionalismo y los juegos Florales*. A la suite de ce livre figure la liste des œuvres complètes de ce grand poète, qui est aussi un incomparable orateur. Nul ne fut mieux placé que lui dans ses fonctions de président du Sénat d'Espagne.

BIGOT Antoine, le fabuliste nimois dont nous avons parlé (p. 45) est mort en Janvier 1897 (V. l'*Aioli*, 17 Janvier 1897).

---

(1) Etant donnée la masse considérable de documents consultés au cours de ces études il était impossible que nous ne commettions pas quelques oublis. Nous ne nous flattons pas de les avoir réparés tous ici.

BISTAGNE Charles de Marseille. A débuté par des poésies françaises, puis s'est adonné au provençal. (V. l'*Armana Prouvençau*, *La Calanco*, la *Revue des Langues Romanes*, *Les Fleurs Félibresques* de Constant HENNION).

BRUN Charles. Nous ne le connaissions que par quelques bonnes poésies d'oc, encore trop peu nombreuses pour être signalées, lorsqu'a paru sa substantielle brochure : L'*Evolution Félibréenne*. Lyon, Paquet, 1896. Malgré quelques réserves que nous avons cru devoir formuler en faisant le compte-rendu de ce livre (*Revue des Pyrénées*, 1896) nous croyons utile d'en recommander la lecture, très intéressante en ce qui concerne la théorie de l'évolution du félibrige.

BRUNEAU Bénezet, d'Avignon, a été lauréat des Jeux Floraux d'Apt, de la Cigale etc. (1877-79) V. *Fleurs Félibresques*, d'Hennion, p. 214.

CARTAILHAC Emile. Le savant anthropologiste, se souvenant de son origine marseillaise, s'est toujours intéressé aux choses du Midi. Il tient largement ouvertes à la littérature méridionale les portes de l'importante *Revue des Pyrénées* de Toulouse. C'est, au reste, dans cette revue, et sur l'initiative de M. Cartailhac, qu'ont paru les études qui ont donné naissance au présent livre.

CHAUVIER Philippe, de Marseille, plutôt *troubaire* que félibre. V. l'almanach : *Lou Franc-Prouvencau*.

COFFINIÈRES Paul. Un des plus sympathiques doyens du Félibrige. A été rapporteur du concours de Sceaux en 1886. Régionaliste ardent, il a fondé divers journaux, *Les Echos de Tamaris*, *Le Soleil pour Tous*, etc. Il a été l'instigateur de l'album offert à F. Mistral par les personnalités littéraires les plus éminentes. (V. le *Temps* du 23 Septembre 1884.)

DESAZARS DE MONTGAILHARD (baron). Fondateur et directeur du journal le *Lauraguais* il a toujours fait une place prépondérante à la littérature d'Oc, comme le montrent les noms d'Auguste Fourès, Fagot, Galtié, Louis de Santi, Pascal Delga, etc... qu'on y voit souvent figurer. En outre, par son discours de réception à l'académie des Jeux Floraux de Toulouse (1897) il a pris la place du regretté Boissin.

DESCOSSE Charles, de Forcalquier (V. *Fleurs Félibresques*, d'Hennion, p. 390.)

ESTRE Frédéric, de Marseille, aujourd'hui domicilié en Alsace. (V. *Fleurs Félibresques*, d'Hennion, p. 258)

FAGOT Paul. Par ses intéressantes études sur le folk-lore lauraguais il a droit à une mention particulière. S'il n'a pas produit d'œuvre personnelle il a su remettre au jour de nombreuses productions populaires (1).

FESQUET P. pasteur protestant à Colognac (Gard). Nous l'avons cité comme philologue (p. 69). Il est aussi poète languedocien (V. *Fleurs Félibresques*, p. 454).

GAILLARD Jules, d'abord avocat à Avignon, s'essaya dans la poésie provençale, (V. *Fleurs Félibresques*, d'Hennion, p. 170.) Depuis, devenu parisien, il a collaboré à la « Nouvelle Revue » et à la « Farandole ».

GARCIN Eugène, dont nous avons parlé ci-dessus, p. 20, nous a écrit pour nous prier de faire savoir

(1) *Folk-Lore du Lauraguais*, Albi, Amalric. 1891-94. 7 fascicules.

qu'il a toujours conservé d'amicales relations avec les Félibres. Il serait désireux, nous dit-il, que nous ne le considérions pas comme un transfuge. Nous lui accordons volontiers cette satisfaction ; fort honoré, d'ailleurs, nous sommes de ce qu'il a bien voulu prendre notre étude au sérieux. Fidèle à notre principe de nous appuyer sur des documents contemporains, nous avons dit ce qu'il fallait penser de son livre : *Français du nord et du midi*. D'autre part, dans son étude sur les *Origines du Félibrige*, parue dans la revue : *la Province* (1895), M. Garcin a expliqué : 1° qu'à l'occasion de la *Comtesse*, il déplore que Mistral n'ait pas montré immédiatement le sens symbolique de cette poésie ; 2° qu'au sujet ¡de *Calendau* il regrette l'interprétation politique donnée à ce poème. Il ajoute que s'il a eu des aspirations différentes de celles de Mistral et de ses fidèles, il n'a jamais rompu avec eux les anciens liens d'amitié. Nous lui en donnons acte. — Au reste, ce qu'il a pris pour des tendances séparatistes c'est tout bonnement le début des aspirations régionalistes ou fédéralistes dont se réclame aujourd'hui très catégoriquement la jeunesse félibréenne. Son cas, qui n'est pas isolé, montre le chemin parcouru depuis 1868.

GIRON Aimé, du Puy-en-Velay (v. *Fleurs Félibresques* 478).

GLEIZES Clair, d'Azilhanet. V. *Revue des Langues Romanes* 1879 ; *Armana Prouvençau, Fleurs Félibresques*.

DE REY Gonzague, de Marseille (v. *Fleurs Félibresques*, d'Hennion, p. 358).

VERDAGUER Jacinto. Si nous ne nous étions exclusivement cantonné dans l'histoire du Felibrige français, celui que nous avons appelé *le plus grand poète de la Catalogne moderne* mériterait mieux qu'une brève mention par la grandeur de son génie et de ses infortunes ainsi que par les sympathies qu'il a conservées en France. Nous croyons devoir signaler la substantielle étude que lui a consacrée M. Maurice Gay dans la *Revue des Pyrénées*, 1896, p. 390.

VERMENOUZE Arsène. Nos sentiments ne sauraient être douteux envers lui puisque nous avons eu l'honneur d'être le rapporteur du Concours de l'Académie des Jeux Floraux de Toulouse (1896) où fut couronné le beau recueil qui a pour titre *Flour de Brousso* (1). D'un seul coup le *cabiscol* de l'*Escolo oubergnato* s'est placé au premier rang des poètes de la seconde génération félibréenne. Il serait profondément regrettable que l'affection qui menace sa vue l'empêchât de continuer son œuvre si bien commencée.

(1) Aurillac. Imp. Moderne 1896.

19

Observations de M. de Berluc-Perussis[1]

Page 35, note 2. — Le surnom Arquinien de Bona-parte-Wyse était *Bon-Arqui-nas* et sa devise : *Se-guisse moun nas.*

(*Note de l'auteur*) A ce sujet, un autre membre de la société des *Arquins*, le majoral Antonin Glaize, nous a donné les détails ci-joints : « Wyse est sur-tout une anecdote du Félibrige. Ses œuvres sont d'un tour de pensée absolument anglais, et le rhytme, bien souvent, apporte un écho d'Angleterre. Mais cette figure est des plus originales et des plus curieuses, surtout si on la met sous son véritable jour. Wyse était d'une profonde ambition poétique. La dernière *arquinejado* qu'il a présidée était uniquement une occasion qu'il avait fait naître pour obtenir de la sereine indifférence d'Aubanel son abstention afin

(1) Ayant communiqué les bonnes feuilles de cet ouvrage à M. de Berluc-Perussis, nous avons reçu de lui ces observations que nous nous faisons un devoir de reproduire. M. de Berluc est un de ceux qui connaissent le mieux les hommes et les choses du Féli-brige ; en outre, la netteté et la pénétration de son esprit font de lui un conseiller des plus écoutés dans la jeune génération féli-bréenne, au point qu'Amouretti a pu dire : « Si en littérature nous sommes les disciples de Mistral, en ce qui concerne la politique félibréenne nous procédons de M. de Berluc-Perussis. »

de pouvoir réaliser son projet d'être nommé *Sous-Capoulié* avec succession éventuelle. Mistral lui refusa nettement cette succession pour trois motifs : le 1ᵉʳ parce qu'il portait un nom engagé dans la politique ; 2° qu'il n'était pas d'Outre-Loire ; 3° qu'il lui était absolument impossible de prononcer quatre mots en provençal, ce qui était vrai. Furieux de son échec Wyse s'est tenu depuis, et est mort à l'écart du Félige, sans publier son *Empèri dóu Soulèu* ni surtout sa *Vido di Troubadour* qui serait un bien curieux document pour une histoire du Félibrige. »

Page 37, note 1. — Vidal est encore l'auteur d'une *Etude sur les analogies linguistiques du roumain et du provençal* (Aix, Illy et Brun 1885), d'une traduction en provençal des *Pensées d'une Reine* (Carmen Sylva) parues en épreuves seulement, etc...

Page 39, note 5. — Les œuvres de Verdot vont être publiées avec notice par Louis Pascal.

Page 42. Si j'avais pu voir votre travail en manuscrit je vous aurais conjuré de ne pas rapprocher du nom de Legré, un athénien, celui de Decard, un des pires spécimens de la rimaillerie *ante* et *anti* félibresques.

Page 42. L'abbé Pascal appartient plutôt à la seconde génération.

Page 45, notes 3 et 5. St-Rémy est le pseudonyme de Victor Colomb, de Valence.

Page 65. Il serait intéressant de noter à propos de l'œuvre de Chabaneau qu'il a été le premier à apporter la lumière et la certitude dans l'histoire des Troubadours, et que, grâce à lui, le choix est décidément fait entre ceux qui ont existé et ceux qu'avait imaginés de toutes pièces ce maître fumiste qui s'appelle Nostradamus.

MARIUS·ANDRÉ

Page 68. L'année 1875 n'a pas été marquée seulement par le concours de Montpellier, mais surtout par les Jeux Floraux de N. D. de Provence à Forcalquier où le Félibrige, pour la première fois, se trouva réuni au complet. Leur succès amena Mistral à convoquer pour l'année suivante les dévots de la cause dans la salle des Templiers en vue de arrêter les Statuts.

Page 73, note 1. La rédaction des Statuts appartient presqu'exclusivement à Villeneuve, qui la débattit avec Mistral, Tourtoulon, votre serviteur et Quintana. Ceci, bien entendu, à titre de curiosité privée et sans qu'il y ait lieu de modifier votre note. C'est sur les indications de notre ami Gagnaud que furent empruntés au vieux régime municipal de Provence les termes de *syndic*, et d'*assesseurs*. Mistral aurait préféré *baile*, mais Quintana rappela que ce titre apparteuait jadis au représentant du pouvoir central, et convenait peu à un élu du suffrage. Un des vocables de la terminologie statutaire, celui de *majoral*, fut assez mal accepté en Catalogne où cette désignation s'applique aux conducteurs de diligences, et contribua, en partie à l'échec du Félibrige au delà des Pyrénées. Cet échec, d'ailleurs fut dû plus encore à la fierté catalane qui répugne à toute immixtion du dehors, et qui vit, dans l'organisation proposée, la subordination des Jeux Floraux de Barcelone à l'œuvre avignonnaise. (1)

(1) M. de B. P. a parfaitement raison de noter l'insuccès, au point de vue *administratif* de l'organisation félibréenne au delà des Pyrénées. Mais cela ne contredit en rien ce que nous disions plus haut (p. 61,) de l'amitié qui unit les félibres de France aux littérateurs catalans ; les rapports ont toujours été et sont encore des plus suivis entre les uns et les autres. Tous les félibres de marque qui ont voyagé en Espagne peuvent le certifier. — D'autre part,

Page 80. La Cigale de Lieutaud s'est appelée ainsi *Cigalo dou Luberoun.*

Page 85. Les fêtes latines de Montpellier (1878) furent suivies de celles de Forcalquier et Gap (1882) dont l'importance fut considérable. Alecsandri y posa la première pierre du *Pont des Latins,* sur lequel tous les dialectes d'Oc et toutes les langues latines sont représentés par des inscriptions commémoratives. Le Canada figura, pour la première fois, à cette occasion, dans les concours du Félibrige.

Page 132. Parmi les jeunes qui seront un jour les majoraux de Provence, il serait juste de mentionner le comte Charles de Bonnecorse et Joseph d'Arbaud, fils de la félibresse du Calavon, deux vaillants qui mènent de front la prose et le vers, le français et l'Oc et qui soutiennent énergiquement le programme de la nouvelle école Amouretti-Maurras (1). Ne pas omettre non plus Charles d'Ille, qui ne provençalise à peu près pas, mais qui, sans conteste, est le plus régionaliste de toute la Maintenance provençale, et le plus en vue.

Page 162. La question soulevée par cette dernière page est trop délicate pour pouvoir être abordée. Le temps la mûrira lentement. Il y a dans le félibrige

nous disions plus haut (p. 82, note 1), que le Consistoire de 1881, qui augmenta le nombre des majoraux Français, porta aussi à cinquante celui des majoraux catalans. Notre information n'était pas exacte. La seule modification introduite fut celle du Consistoire du 25 mai 1878 tenu à Montpellier. Sur la proposition de M. de Berluc-Perussis le nombre des Majoraux catalans fut porté de 21 à 25. C'est le seul changement qui fut effectué, l'autre demeura à l'état de projet. *(Note de l'auteur).*

(1) V. ci-dessus p. 124.

deux éléments marqués : les *unilingues*, qui jusqu'à
l'âge de raison, ont été bercés par la seule langue
d'Oc, et les *bilingues*, qui, dès le maillot, ont entendu,
compris et parlé les deux langues (1). Les premiers,
d'instinct, font de la question *langue* l'unique préoc-
cupation félibréenne ; pour les autres, urbains pour
la plupart, la revendication linguistique n'est qu'une
des composantes du desideratum total. A mesure que
l'instruction et la connaissance [des griefs historiques
de la province se généraliseront parmi le peuple, le
félibrige intégral gagnera du terrain, et la liberté de
la langue ne sera plus qu'un des cent aspects de la
question liberté.

Page 181. Ne serait-il pas bon de demander qu'un
félibre de patient vouloir entreprit un résumé du
Trésor de Mistral, comparable à celui qui existe
pour le Littré ? Ce livre serait volume de chevet pour
tous les provençalisants. Le libraire qui s'en ferait

(1) C'est pour avoir surtout eu affaire aux *bilingues* que M. G.
Paris soutient dans sa remarquable étude sur Mistral (*Penseurs
et Poètes* p. 118) que les félibres ne parlent que très peu entre
eux la langue d'oc et s'en servent encore moins dans leur correspondance. Cette opinion est exagérée ; nos archives personnelles,
où nous conservons soigneusement notre correspondance félibréenne, abondent en lettres écrites en langue d'oc. Il n'est pas
tout à fait exact non plus de dire que Mistral lui-même, comme
le croit M. G. Paris, s'exprime en français quand il veut s'entre-
tenir avec ses amis d'art ou de philosophie. Ce qu'il y a de certain c'est que si le vocabulaire d'Oc ne s'est pas encore tout à fait
haussé aux idées générales, chaque jour le progrès s'accentue, et,
en vérité, on ne saurait demander à une langue abaissée pendant
six siècles de reprendre du jour au lendemain le niveau de la
terminologie moderne. Quoi qu'il en soit, répétons-le, le progrès
est très sensible à cet égard : il est assez intense pour qu'on puisse
croire aussi à la prochaine réussite d'une littérature de journal,
d'histoire et de roman, car les publications se font à cet égard de
plus en plus nombreuses. (*Note de l'auteur*).

l'éditeur serait sûr d'un vaste débit chez nous et à l'étranger.

Page 193. Vous touchez ici aux deux problèmes aigus du félibrige, l'orthographe et les dialectes. J'avoue que le premier ne m'embarrasse nullement. Admettant que, comme toute chose humaine, la méthode mistralienne soit susceptible d'être perfectionnée sur certains points, elle est tellement supérieure aux vieilleries et aux nouveautés qu'on nous propose que je m'attache à elle sans objection ni réserve. J'estime d'ailleurs qu'en ces matières il faut suivre le courant. Vouloir opposer son petit raisonnement individuel aux règles généralement acceptées, c'est faire montre d'une ridicule hypertrophie du *moi* ou d'une fâcheuse insuffisance de jugeotte. Les réformateurs sont parfois des hommes de génie, mais presque toujours des orgueilleux ou des toqués. Donc sur la question orthographe je ne suis nullement disposé à les suivre.

Le problème *dialectes* me trouble davantage. C'est le point noir de l'avenir félibresque, et il grossit à mesure que s'élargit le domaine de la Cause. Pourtant j'ai fini par me trouver une règle qui concilie, ce me semble, les légitimes prétentions des parlers locaux et la nécessité d'une langue littéraire qui serait leur lien commun. Pourquoi chacun de nous n'emploierait-il pas son idiome particulier quand il s'agit d'une œuvre locale, discours, *brinde*, chanson, cantique, conte, destinés au public indigène, et l'idiome Mistralien quand il s'adresse à un public plus étendu, quand il parle au félibrige tout entier ? En même temps que nous sommes bilingues, tour à tour d'Oc ou d'Oil, selon notre interlocuteur, pourquoi ne professerions-nous pas un sage et ingénieux *bidialectisme* selons que nous parlons *urbi* ou *orbi* ? Nous aurions, comme je l'ai écrit quelque part, notre idiome des jours et notre langue des dimanches. Cette règle, bien simple, mettrait d'accord nos patriotismes de clocher et le devoir de nous présenter, unis par un même langage, en face des *franchimands*, qui se font une arme contre nous de la diversité de nos dialectes. Rien ne serait plus rationnel que d'entendre le majoral de Poulhariez parler languedocien comme président de l'*Escolo Audenco* et Maillanais comme rapporteur des Jeux Floraux septennaires du Consistoire. Voilà longtemps que j'applique cette méthode éclectique, en ce qui me concerne. et que je cherche à la propager. Malheureusement les éclectiques sont clair semés de par le monde. Les Maillanais supportent impatiemment les parlers locaux, et les champions du verbe local ne professent qu'une médiocre déférence pour le Maillanais...

J'eusse aimé, d'autre part, trouver dans ce chapitre un argument *ad hominem* Quelques félibres qui cherchent à faire triompher, en matière de vocabulaire ou d'orthographe, des idées personnelles (eussent-ils théoriquement raison contre Mistral et son immense légion de disciples) se condamnent à être péniblement compris et, par conséquent peu lus par le public méridional d'abord, par les philologues ensuite, car ces derniers se soucient fort peu de suivre les auteurs dans leurs fantaisies particulières, en dehors des règles universellement acceptées. Un second Mistral serait impuissant, à l'heure actuelle, à réformer sensiblement l'œuvre du premier. Ce n'est que graduellement, et à tous petits pas, que les écarts de la première heure (en matière d'accentuation, par exemple), pourront être rectifiés. Mais il faudra pour cela plusieurs générations et des écrivains de grande autorité. En attendant, pour Dieu ! pas de petites chapelles, pas de divisions sur les secondaires et étroites questions de revêtement linguistique ; c'est nuire à l'œuvre commune que de la compliquer de ces pédanteries. Mais c'est surtout nuire à l'œuvre personnelle des protestataires. Nul doute que Roque-Ferrier, par exemple, ne fût classé parmi les grands poètes languedociens si sa langue et sa graphie ne rendaient ses magnifiques vers absolument illisibles.

Blason du Félibrige [1]

Amy, sculpteur : *Armes* : Un semeur semant.
    Devise : Semena per meissouna.
Paul Arène. *Armes* : Le coq gaulois entouré de
quatre fleurs de lys.
    Devise : Canto cantara.
Aubanel. *Armes* : Une grenade entr'ouverte.
    Devise : Quau canto.
    Soun mau encanto.
Victor Balaguer. *Armes* : Une chauve-souris.
    Devise : Morto dihuen qu'es,
     Mes jo la crech viva.
Bonaparte-Wyse : *Armes* : Un papillon bleu.
    Devise : Me pause ounte flouris
Marius Bourrelly : *Armes* : Une déesse sur un
char de nacre trainé par trois chevaux marins.
    Devise : La Muso
     M'amuso.

---

(1) Sous ce titre une publication renfermant les armes et les
devises félibréennes fut annoncée par l'*Armana Prouvençau* de
1886 ; elle n'a point paru. Nous donnons les quelques documents
que nous avons pu recueillir à ce sujet ; mais la matière étant
essentiellement fantaisiste nous ne garantissons qu'en partie les
renseignements parvenus jusqu'à nous.

CROUSILLAT. *Armes* : Une abeille.

Devise : Mai de mèu
Que de fèu.

Maurice FAURE. *Armes* : Un soleil d'or, au-dessus du Ventoux, vers lequel vole une alouette.

Devise : Sempre per elo,
Sempre vers elo.

Auguste FOURÈS. *Armes* : Un grillon.

Devise : Coumo l' deforo libre
Ramut coumo fourest.

J. B. GAUT. *Armes* : Un rameau d'olivier.

Devise : La Prouvenço me fai gau.

Marius GIRARD. *Armes* : Une chèvre grimpant.

Devise : Trève li calanc.

Mlle Marie GIRARD, reine du Félibrige. *Armes* : Une harpe et une pervenche surmontées d'une couronne d'olivier.

Devise : Per l'Art et la Prouvenço.

Félix Gras. *Armes* : Une épée flamboyante.

Devise : Sempre plus aut.

Ludovic LEGRÉ. *Armes* : Un lézard au soleil.

Devise : Se noun cante, tant mai beve.

Remy MARCELIN. *Armes* : Une étoile surmontant le Ventoux.

Devise : Lèu sieu per orto quand parèis.

Anselme MATHIEU. *Armes* : Une branche de rosier avec sept boutons.

Devise : Tant de boutoun
Tant de poutoun.

Achille MIR. *Armes* : Une alouette.

Devise : Soun tiro-liro rejouits.

FRÉDÉRIC MISTRAL

(D'après un cliché de Pierre Petit 1896)

MISTRAL. *Armes* : Une Cigale surmontée d'un soleil.
   Devise : Lou Soulèu me fai canta.
ROUMANILLE. (1) *Armes* : Un Tambourin.
     Devise : Daut ! Daut ! tambourin,
      Boutas-vous en trin.
le même (2) *Armes* : La louve allaitant Romulus et
Rémus.
    Devise : Roma, Amor.
Louis ROUMIEUX. *Armes* : La Tour Magne.
     Devise : Chasque aucèu
      Trovo soun nis bèu.
Baron Charles de TOURTOULON. *Armes* : Une tour-
terelle aux ailes déployées.
 Devise : Tant naut que pode.
Victor THOURON. *Armes* : Un cep de vigne.
     Devise : Quau jouine planto
      Viei canto.

II. COLLECTIVITÉS, ÉCOLES, Etc.

Le Félibrige a pour armes : Une étoile d'or à sept
rayons, entourée d'une branche de pervenche fleurie,
au bas de laquelle est posée une Cigale.

Escolo Audenco. Armes : L'Aude coulant au pied
d'un château ruiné.

 Devise : Atax Audax
  ou Audencs Ardens.

Escolo dis Aup. Devise Plus aut que Lis-Aup.

Escolo de la Mar. Devise : Plus larg que la mar.

Escolo Moundino. Armes : La Croix de Toulouse
posée sur l'étoile félibréenne rayonnante.

(1) D'après la *Cigale d'or* : 12 août 1877.
(2) D'après l'album offert à Mistral en 1884.

Escolo de la Miougrano. Armes : La grenade d'Aubanel.

Devise : Luse tout ço qu'es bèu,
        Tout ço qu'es laid s'escounde !

Escolo Oubergnato. Armes : Un joueur de cornemuse.

Devise : Lo bouole lo Morianno
        Lo bouole emai l'ourai.

Le Félibrige de Paris. Armes : Un Tournesol.
                    Devise : Me vire vers lou soulèu.

Principaux ouvrages
publiés pendant l'année 1896

Thomas A. Janvier. *Sant-Antoni dis orto, ame la traducioun prouvençalo de Na Mario Girard, reino dou Felibrige.* Avignon, Roumanille.

Paul Martin. *Les pastissoun de la Mariano.* Forcalquier, Crest.

Arsène Vermenouze. *Flour de Brousso.* Aurillac, Imprimerie Moderne.

Armanac Mount-Pelierenc per 1896. Montpellier, Imprimerie Centrale.

Paul Grangier. *Li Joio.* Cannes. Bibliothèque de l'*Escolo de Lerin.*

Albert Lafosse. *Primel e Nola.* Montauban, Forestié.

Louis de Nussac. *L'annada Lemouzina per 1896.* Brive, Verlhac.

Pierre Duplay. *La Cla do parla Gaga.* St-Estève-en-Forez.

Amable Richier. *La Tambourinado.* Avignon, Aubanel.

Louis Astruc. *Tant vai la jarro au pous...* Avignon, Roumanille.

Eugène Plauchud. *Soui lei mèle*. Digne. Chaspoul.

Dom Xavier de Fourvières. *Sant Jan de la Crous*. Avignon, Aubanel.

De Beaurepaire-Froment. *Dictionnaire biographique des Hommes du Midi*, livraison II. (Notices sur : Tamizey de Larroque, Sextius Michel, Baptiste Bonnet.)

Félix Gras. *The Reds of the midi*. New-York, Appleton and Cᵒ, traduction anglaise de Mme Thomas A. Janvier.

Li Rouje dou Miejour. Avignon, Roumanille.

François Garbier. *La greva di pegot, vaudevilo*. Cannes, Robaudy.

Frédéric Mistral. *Lou Pouemo dou Rose*, publié par la *Nouvelle Revue*, de Paris.

Jules Cassini. *Li varai de l'amour*. Avignon, Seguin.

C. Martin. *L'Empremarie*. Aix, Nicot.

A. Roux. *Lous Caramans*. Montpellier, Hamelin.

Emile Brunet. *Li pichot mihas*. Nimes, Clavel.

Louis Pélabon. *Moun ate de neissenço*. Toulon, Isnard.

J. F. Audibert. *La néissenço dou Crist, pastouralo*. Marseille, l'auteur.

De Beaurepaire-Froment. *Dictionnaire biographique des hommes du Midi*, livraison III.(Paul Arène, Amy, sculpteur.

Charles Brun. *L'Evolution Félibréenne*. Lyon Paquet.

X... *L'avaras, coumedi*. Aix, Dragon.

Fernand de Mazet. *Lou loung del Lot*. Villeneuve-d'Agen. Delbergé.

ERRATA

Page 20, note 2. *C'est une violente diatribe....* lire *C'est une virulente diatribe.*

Page 35, note 2. *...uno siblado is Arquin* Waterford, 1889, lire *Waterford 1880.*

Page 40, ligne 12. *...chantera la Camargue,* lire *chantera la rivale de la Camargue.*

Page 45, note 2. *Né en 1830,* lire *né en 1829.* — *A Perpaus de Petraca,* lire *A perpau de Petrarca.*

Page 109, note 2. *Jacques Mabilly,* lire *Philippe Mabilly.*

Page 153. *Un maître éminent, M. G. Paris,* lire *M. Paul Meyer.*

Page 275. *Luigi Capello....* de *Turin.* Cet article est placé par erreur en Espagne.

Table des Noms

Table des Matières

Notes et Documents

Annonay (Ardèche) Imp. J. ROYER.

Imprimé en France
FROC021925141020
25421FR00011B/148